楊爭光 文集

杨争光文集 卷·陆

短篇小说卷

深圳出版发行集团
海天出版社

图书在版编目（CIP）数据

杨争光文集. 短篇小说卷 / 杨争光著. — 深圳：海天出版社，2013.1
ISBN 978-7-5507-0550-0

Ⅰ. ①杨… Ⅱ. ①杨… Ⅲ. ①杨争光－文集②短篇小说－小说集－中国－当代 Ⅳ. ①I217.2

中国版本图书馆CIP数据核字(2012)第234314号

杨争光文集. 短篇小说卷
Yangzhengguang Wenji. Duanpian Xiaoshuojuan

出品人：尹昌龙
责任编辑：涂　俏
责任校对：李小梅　徐起先
责任技编：蔡梅琴　梁立新
排版制作：花季雨季
封面篆刻：李松璋
装帧设计：李松璋书籍设计工作室

出版发行：海天出版社
地　　址：深圳市彩田南路海天综合大厦(518033)
网　　址：www.htph.com.cn
订购电话：0755-83460137(批发)　83460397(邮购)
排版制作：深圳市花季雨季杂志社有限公司　Tel：0755-83526403
印　　刷：深圳市新联美术印刷有限公司
开　　本：787mm×1092mm　1/16
印　　张：28.5
字　　数：370千
版　　次：2013年1月第1版
印　　次：2013年1月第1次
定　　价：55.00元

目 · 录

从沙坪镇到顶天峁 ……………… 1

鬼地上的月光 ……………… 9

石头 ……………… 17

镇长 ……………… 25

干旱的日子 ……………… 33

高坎的儿子 ……………… 43

老钱 ……………… 53

石匠三娃 ……………… 63

那棵树 ……………… 71

牡丹台的风 ……………… 79

伙伴 ……………… 89

打糜子的 ……………… 101

狗狗 ……………… 109

正午 ……………… 119

盖佬 ……………… 127

蛾变 ……………… 135

金华饭店 ……………… 145

叛徒刘法郎 ……………… 155

干沟 ……………… 165

刘感的故事 ……………… 185

麦正他们 ……………… 189

洼牢的大大 ……………………… 199

他好像听到了一声狗叫 ……………… 207

耳林和马连道的笑模样 ……………… 217

连头 …………………………… 227

万天斗 ………………………… 235

光滑的和粗糙的木橛子 ……………… 245

滋润 …………………………… 255

多巧 …………………………… 265

黑俊 …………………………… 277

板兰她爸罗莫的最后一天 …………… 287

罗过 …………………………… 297

死刑犯 ………………………… 307

两层小楼 ……………………… 317

我的邻居 ……………………… 331

哀乐与情结 …………………… 343

爆炸事件 ……………………… 355

蓝鱼儿 ………………………… 367

代表 …………………………… 379

马自达先生的简历及其他 …………… 389

公羊串门 ……………………… 397

上吊的苍蝇和下棋的王八蛋 ………… 417

谢尔盖的遗憾 ………………… 427

高潮 …………………………… 437

作者致谢 ……………………… 445

从沙坪镇到顶天崂

集市从下午两点开始就散了。没两袋烟的工夫，赶集的人就珠子一样，滚进方圆几十里的十几个稍沟。街道上空落落的。收购站门前的石头上坐着三个老头，表情淡漠地说着什么。几条狗在街上大模大样地走来走去。风从西街口灌进来，溜过街道。街道的尽头是一所学校，没有围墙，一棵槐树上吊着一个铁片，上下课当铃敲。学校的旁边是一家逢集才开业的食堂。

那个提着纸包包的汉子就是从食堂里出来的。他拐进学校，时间不长，又从学校里出来了，背上多了一个铺盖卷。一个十二三岁的男孩相跟着。石头上的三个老头儿一直仰着脖子，看着他们走过来，下了街口的土坡。

当他们登上一个高坡的时候，沙坪镇就变成了一个空火柴盒子，一无声响地被丢弃在山梁的阴影里，两根指头就能把它捏碎。

看不见人影，看不见树影，也没有庄稼，满眼都是山梁、山坡。坡上有一些梯田，秋收后留下的玉米根直乎乎对着天空。山顶上是种小麦的土地，光秃秃的，像一顶顶贫瘠的帽子。太阳还有一阵才能跌进不知哪一架山梁的背后。在太阳光的照射下，那些帽子金灿灿的，赤裸裸地袒露着，让人寒心。背阴处长着些草一样的东西，已经干枯了，像一片又一片垢甲。

那个汉子眯着眼睛，望了望挂在天空的太阳。

"走小路。"他说。

小孩没有说话，也没有看那个汉子，只跟着他，走上了一条通向拐沟的小路。风从沟里蹿出来，有点冷。

这条路只能通向顶天峁。那是这个镇所辖最西边的一个村子，三十多里。路不时地在拐弯的地方消失，又在远处爬起来。就是这样的路。

"你说你给我送馍，不让我回家，你又不了。"小孩说，"念不好书我不管。"

汉子不说话，好像没听见小孩的话。

"我真不愿意跟你回去。"小孩说。

"你妈想你。"汉子说。

"妈好点吗？"小孩的头并没有歪过来，只盯着路面。

"她说她想你。"

"看了妈，我再来学校。"

"……"

小孩歪过头，看了看汉子的脸。他什么也没看出来，就不再言语了，顺脚把一块石子踢进沟底。

他们又看见太阳了。

"太阳真耀眼。"小孩说。对面的崖畔上有一些蒿草一样的东西，不是树，也许是些不能活的小树。

小孩没什么事可想，就看着那些东西，看着几株高一点的，看什么时候能把它们转到背后去。

"这路真难走。我都不想走了。"他说。

"这路近。"

"这么多沟。我都讨厌沟了，这么多。"

"水冲的。"

"我就不信。"

"一天一天冲的。"

"我就不信。"

孩子仰头看着那些山梁，层层叠叠的，都是这样的山梁。

"你说不让我回家，你又不了。"孩子说。

不知什么地方传来一溜浑浊的歌声，只唱了两句就停住了：

> 来了来了又来了，
> 对面壕壕下来了——吆喝！

他们走了好长一阵，才看见是个拦牛的，看不清模样，只有头上的白羊肚手巾很显眼。他手里拿着一根长鞭，在坡上转悠着。他好像看了他们一眼，又转过去，唱了两句：

> 来了来了又来了，
> 清水河里过来了——吆喝！

每一次都不唱完，两句后边一定有个吆喝牛的动作，似乎那个歌儿就应该这么唱。曲调很简单，也只有两句，不停地反复，可他唱得很特别，速度很慢，发声的部位不在喉咙，比喉咙低一点，声音就是从那里拱出来的，出口以后，又被干巴巴的风撕成了长短宽窄不齐的破布条，显得吃力而沙哑，使他的歌声带上了一种说不出是奔放还是拘谨，是凄凉还是悲壮的味道。歌声使一贫如洗的天空和一眼望不透的山包子显得更加单调、寂寥。歌声虽然沙哑，却传得很远：

> 来了来了又来了
> 花花大门进来了——吆喝！

"爸，他唱歌呢。"小孩说。

"拦牛的。"

"他唱的什么？"

"酸曲。"

"酸曲是什么？"

"胡编的。"

"他怎么老唱？"

"心里恓惶。"

"唱歌了，心里就恓惶？"

"就恓惶。"

"唱歌的人都恓惶？"

"都恓惶。"

孩子不做声了。转过一个弯，又看见那个唱歌的人。他还在唱，沙哑的歌声像撕碎的布条，在干冷的空气里摇来摆去，落在沟岔里，沉下去了，四周冷冰冰的。

"我真不想跟你回去。你说你给我送馍的。"孩子说。

"我说了，你妈想你。"汉子说。

他们已经走到沟底了。两面都是山，天似乎暗了下来，太阳光只能照在最上边的山包顶上。风偶尔拨弄一下沟坡上的干草，一条小河向深沟里流过去。小路被河水拦了一下，又向对面的高处伸去。

"我本来就不想走这条路，你硬走，都怪你。"

"歇歇吧。"汉子说。他放下铺盖卷，靠着崖畔站住。小孩站在他的旁边。汉子坐在铺盖卷上，低头看着脚尖，想着什么。孩子站了一会，便跑到河水跟前，用手撩水花。一会儿，又走回来了。

"看你把我叫回去，人家本不想跟你回去。"孩子说。

汉子抬起来，看着孩子，拉住孩子的手。孩子不知道要发生什么事情，紧紧地盯着汉子那张粗糙的脸，脸背着光，更显得粗糙不堪。

"三子，你成大人了。"汉子说。他把孩子拉过来，把孩子的头偎在他的胸膛上。

"你又喝酒了。"孩子说。

汉子不说话，用脸偎着孩子的脸。

"三子，你姐走了。"汉子说。

"走哪儿？"

"不知道……跟一个过路的男人走了。那个人在咱家住了一夜。第二天，你姐就跟他走了。"

"姐为什么要走？"

"……"

"你没挡？"

"没挡。"

"妈呢？"

"你妈也没挡。你妈哭了。"

小孩在汉子的怀中看着天。天好像一个大布包子，把下边的一切包得严严的。布包子出奇的蓝，连一丝儿风也挂不住。

"我听见你姐和那个人说话来。你姐找的人家。说了一个晚上，我都听见了。我睡着了，你妈摇我，我起来听。你姐和那个人在院子里。就这样走了，连窑也没回……你妈就病了，我给你妈抓药，也叫你回去。"

山包子上已没有太阳光了，阴影最先伸进那些凹进去的地方，那些地方就像被刀子砍过一样，坐上了一层厚甲。高高的崖畔不言不语地向沟底挤过来，再一看，它们又冰似的冻住了。山梁上的那些土地，已藏起了那种让人寒心的黄色。暮色把一切都掩盖起来，沟壑也罢，山坡也罢，都模糊不清了。

"山到什么地方了？"孩子仰着头，问。

"很远。"

"能翻出去么？"

"能吧。"

就这么，天真的黑了。沟里的风像带着指甲，在他们的脸上划来划去。他们在这里停留的时间已经很长了。汉子站起来，重新把铺盖卷搭在肩膀上。那实在算不上铺盖卷。

"天黑了。"他说。

"我就不想跟你回去。你说过，你又不了。"小孩的声音很委屈，但他还是跟着汉子走。他们走过沟底那条不知名的河水，开始爬沟，沟里能看清的只有这条弯曲的路。

他们听到了一声狗叫。

"咱庄上的狗。"孩子说。

他们又看见了几团灯光。他们的脚步突然慢了。汉子打了一个寒噤。孩子害怕似的向汉子身边靠了靠，抓住汉子的后衣襟。

灯光看起来很近，其实，走起来还很得一阵。

原载于《中国》1986年第9期 《原》三篇

鬼地上的月光

窦宝让尿憋醒了，他把开花被子往外一掀，光着屁股坐在炕沿上，两只瘦脚在地上找鞋，找着了，就拖着出了窑门。窦宝夜里睡觉从来不提尿盆，冬天也不提，出了窑门就尿。现在是夏天，他就走远一点，站在硷畔跟前。月亮也光着屁股，夜很静，他抬着头，听见尿水冲了一条小沟，往硷畔下面流。

他打了个尿颤，抖了抖，转过身子，就看见窑门口的石头上坐着一个人。光屁股月亮明光光的，他看出是他的女儿窦瓜。窦瓜用手托着头，不声不响。那块石头长出了一截身子。窦宝脸上的皮抽了一下。

他拖着鞋从女儿身边走了过去。他先点煤油灯，再上炕穿衣服，然后，从连炕的锅台上取来旱烟筒，盘腿坐在炕上。他把烟锅头在锅台上磕了两下，女儿就进来了。

窦瓜半个屁股挨在炕沿上，她不看窦宝。窦宝的旱烟筒"呼噜"完了一锅，还没听见窦瓜说话。窦宝又装了一锅，烟筒僵硬地往上翘着，那意思好像说，你要坐就坐着，一直坐到大天亮。可是——

"他死了。"窦瓜说。

窦宝脸上的皮又抽了一下。烟筒像软了，险些掉了下来，可很快又翘起来。

"他跟我到鬼地，我用石头敲了他一下，敲到脑门上了，他就倒了，可能是死了。"窦瓜说，"我走的时候，他还没有起来，是我把他敲死的。"她说。

窦瓜好像听见"嗖"的一声。窦宝的拦羊鞭挂在窑门背后，鞭梢儿顺着窑壁悄悄溜下来。她知道那根鞭梢从耳边掠过的时候就这么响。她感到脊背上有一块肉跳了一下，其实，什么也没有动，煤油灯爆了一声火花，窑壁上的鞭影扭了扭。

窦宝脸上没有一点表情。

窦瓜从沙坪镇上回来，天已黑了。她什么事也没办。她一去就碰上了柴老师。他和她说了几句话，她心里就不好受了。她坐在川道向拐沟的弯处，看着赶集的人一个一个走过去，走得不见人影了，走得剩一条干黄干黄的路了，她才往回走。

莽莽在窑里等她，一抱搂住她，往炕上搂。她往莽莽脸上唾了一口。莽莽松开胳膊，用手背抹净脸上的唾沫，看她，诡秘地对她笑笑，就一个人上炕脱衣服，脱得光光的，朝被窝里缩了进去。

她心里难受，就唾了莽莽一口。

最后，她就到这儿来了。

都把这儿叫鬼地。没人到这儿来，晚上更没人到这儿来。这块地从来不长庄稼，一根草也不长。这儿是一片红土，其他地方都是黄土，就这儿是一色的红土，所以叫鬼地。

她常来这儿，都是晚上。

今晚，鬼地上蒙着一层月亮。红红的土上蒙着一层月亮。她坐在鬼地的边上，她一个人，一棵草也没有。

"兰英，"柴老师从那边走过来，喊她。

兰英是她念书时用的名字。

"兰英，你也来了。"柴老师说。

"柴老师。"她说。

"兰英你好么？"

她记得她笑了一下。柴老师说：

"泉茂回来了。你还记得泉茂么？他去年考上中专了，回来过暑假。你看看他去。他来我这儿，问到你。你俩都是咱班上的尖子……泉茂是咱这里第一个呢。"柴老师说。

她记得她笑了一下。

她就这么给柴老师笑了一下，心里就难受了，就往回走。她坐在从川道向拐沟的弯处，看着赶集的人一个一个没影了，只剩下一条干黄干黄的路。路很长呢。

她也往里走，走着走着，就成了摊煎饼的姑娘；走着走着，就成了莽莽的婆姨。

那是个星期天，她没去学校，她在窑门口摊煎饼。乔家沟一伙修梯田的人从路上往过走，他们把头从肩膀上拧过来，往这边看。

"白生生的卷心菜。"有人说。

"窦宝家的。"有人说。

"路上有人把咱盘，你就说咱俩是婆姨汉……"有人唱酸曲。

她有点怕，想上茅房，可没敢起来，一直等到那伙人过去。

茅房在碥畔的西边，玉米秆堵着。她刚蹲下去，听见有人站在上边笑。

是莽莽，笑着笑着，又笑了，歪着脸看她的大腿。

世上有这么不要脸的男人。她哭了，关在窑里直哭到窦宝拦羊回来。

窦宝已经知道了。他黑着脸，叫她出来。她听见"嗖"的一声，鞭子从耳边掠过，脊背上像被刀子割了一条口子。

晚上，窦宝进了乔家沟，找莽莽他大：

"我家女儿的身子让你莽莽看见了。掏几个钱接过去，算你们娘的便宜了。"

那时，她十六岁，再也没去过学校。

莽莽是一头公牛，除了劳动，就是睡觉。莽莽的手像簸箕、莽莽的脚指头像老虎牙。一进窑门，莽莽就抱窦瓜。

白生生的卷心菜，莽莽一晚上拱三次。

"莽莽，你饶了我。"她说。

"嗬嗬，嗬嗬。"莽莽看着她笑。

"莽莽，你不能干点别的？"

"干什么？都这样。"莽莽说。

天刚黑，全村就静得像死了一样，听不见人声，见不着人影，男人们都抱着自己的女人。除了这，晚上，能干什么呢？只有这时候，劳累了一天的男人们，才能把大山给他们的疲倦卸在他们女人的胸膛上，然后，直挺挺地躺在一边，就死了过去，锥子也扎不动。

莽莽睡死的时候，窦瓜悄声哭。莽莽听不见她的哭声，他要睡好，明天要上山呢。

莽莽上山的时候，包一摞窦瓜摊的煎饼，又从炕头上撕一叠纸，当旱烟筒，那是窦瓜念过的课本。

白生生的卷心菜，就这么让莽莽拱着。

三年，没拱出一个儿女。

"窦瓜，你不想跟我过？"莽莽骑在窦瓜身上，问。窦瓜不明白莽莽的意思，睁眼看着莽莽的脸。

"你不给我生儿子。"莽莽说。

"你想跟哪个野汉子跑，是不？"莽莽说。

莽莽真是一头公牛，他以为是他的力气不够呢。窦瓜脸上的泪水一流两行。

"爸，我不跟莽莽过了，我受不了，我受不了了。"窦瓜跪在窦宝脚跟前。

碥畔上、窑背上围了许多人，看着窦宝。谁也不知道窦宝会干什么。

窦宝黑着脸，进了窑，出来时，拿着拦羊鞭子，围观的人看着他把鞭子举了起来。

"嗖——"窦瓜听见耳边响了一声，鞭梢从脊背上拉了过去，她感到一块肉被咬烂了。她再也没有力量爬起来，她把脸挨在地上，浑身打着战。

窦宝什么也没有说，进窑去了。

"该，都像窦宝，婆姨女子们，哼！"有人说。

"听说炕头还放着书呢！"

"莽莽什么不好？"

"想野汉子……"

人们一个一个走散了，窦瓜听得出来，那一鞭子，抽出了她爸窦宝的好名声。

看不见一个人影的时候，窦瓜爬起来，回了乔家沟。她把衣服剥得光光的，挺在炕上。

"莽莽，你来，你爱怎么就怎么。"她说。

"莽莽，你把我糟蹋了。"她哭了。

她再没回过她爸窦宝那里。

可她常去鬼地。

那里是一片红土，那里什么也没有，连一根草也没有。可她爱到那里。

这会儿，鬼地上蒙着一层月亮，月光像雾，飘来飘去，柴老师的眼镜片上也好像蒙着一层雾，飘来飘去。

还有那条路，也飘来飘去。她走着走着，就成了摊煎饼的姑娘，成了莽莽的婆姨。

她听见有人走路，朝鬼地这边走。她知道是莽莽。她知道是莽莽找她来了，莽莽怕她找野汉子。

"莽莽，是你把我糟蹋了。"她在心里说。就这么，她抓起手边的石头，朝莽莽的脑门砸了一下。莽莽一声不响地倒了。

石头声不大，可传得远，惊动了鬼地上的月光。月光像一群白蝴蝶，扑动着翅膀。

她看了莽莽一眼，莽莽的眼睛瞪得大大的，好像在问她出了什么事。

窦瓜就干了这个。

现在，窦瓜在她爸窦宝的窑里，屁股挨了炕沿，给窦宝说了她干的事。

窑里什么也没有动。窦宝拦羊的鞭子挂在窑门背后，鞭梢儿顺着窑壁溜下来，安安静静的。鞭影也安安静静的。

光屁股月亮明光光。窦瓜想起鬼地上的月光，像一群白蝴蝶，还在扑动着翅膀。她去过鬼地多少次，只有今晚的月光像白蝴蝶，这是她不会忘记的。

原载于《中国》1986年第9期 《原》三篇

石 头

　　来福的婆姨真水灵，你怎么也想不出来福晚上在炕上抱她搂她的时候，她会是个什么样子。美死狗日的来福了，你想不出。

　　可互助就爱想，尽管想不出来，他还是爱想。互助是成立互助组那年生的，就叫互助。他老剃个光头，圆圆的脑袋高低分明，不管春夏秋冬，都爱把两只手塞进袖筒，也爱在腰间紧一截麻绳当腰带。他没娶过婆姨。没人给他说亲，所以就没有婆姨。当然他也想有一个，是没人给他说。

　　他爱去来福家，常给来福家干点杂活。这全是来福的婆姨的缘故。他就爱去，你有什么办法，尽管连他自己也清楚，他并不能像来福那样抱那个女人，就连看也不会多看那个女人几眼，他没那个胆，可他就是爱去。人不一定能拿住自己，互助就管不住他去来福家。其实，一见那个女人，他什么也不想，她叫他干什么他就干什么，一离开，他才想来福抱她搂她的样子。"狗日的来福，美死他了。"他就这样想。这样想很有趣，想着他觉得愉快，心里有点痒酥酥的，舒服。给来福干点活有什么，反正他又没什么事，反正他也不愿意有其他什么事。光棍汉也许什么好处都没有，但可以有这么一个好处。这世界还真平平的呢，什么都是平平的，没有这一头，就有那一头。

　　自从来福家招了耍钱赌博的那些人以后，互助也多了一样事：望风。这样，互助所能享受的好处也便多了几样，不只有想来福搂他婆姨的样子时心上爬过去的那种舒服，有人赢了钱，一时高兴，说不定会给他块儿八角，够去沙坪镇那家小饭馆里吆喝一声。而且，他看到了多少惊险的景致！安沟乡那个麻脸，多康硬，输了钱，想捞，越捞越深，眼睛红得冒血，可就是不走，可就是不流汗。他点着一根烟，猛吸了几口，就好像很随便地把烟头放在大腿上，一会儿就闻到了皮焦味，再一会儿就闻到了肉焦味，咝咝响。麻脸没事一样地揭牌，眉头皱也不皱。而且，钱来得多容易！狗日的，一个晚上，狗日的。每一次送走那伙人，他都能这样骂几句。他把手塞在袖筒里，望着他们的背影。

"狗日的！"他把头缩在领子里，斜着眼，小眼角里挤进去半个眼珠子。

当然，这都是以前的事。来福已经被关在县大狱里半年了。来福的婆姨虽然被放了回来，可威风已经扫地，似乎没以前那么水灵了。互助当然也再没踏过来福的门。互助的心完全被另外的一件事占据了，使得他魂不守舍，一想起来就浑身发烧。

这件事是互助突然想起来的，就是来福被关进大狱，来福的婆姨放回来以后，他突然想起来的。

就是安沟乡那个麻脸，那一天他来得早，人不齐，他就说了一件新鲜事。他说安沟乡有一个人打窑时挖出了几瓮古钱，县上文物站一次奖给他五百块，还登了报，上了广播。

"这不稀奇，"来福很有些见多识广地说，"咱这大山里过去什么都有，说不定一块平平常常的石头底下就压着宝贝呢！"

来福的婆姨刚好端着一壶泡好的砖茶走过来，她看见互助盯着麻脸和来福，就笑着说：

"互助，真的呢。你也发个横财，发了财我给你说婆姨。"

互助就想起这件事来了。当时，互助并没在意，但现在，他却想了起来。互助他爸让互助去沟里看看他们家承包的那一块坝地，看看坝有没有让雨水冲坏的地方，坏了就要修补，秋天要种玉米。他就是在沟里想起这件事来的。沟里边一个人也没有。他望着天，天很低，在沟里看天就是这样，你以为你站到沟畔上就能揪下一块天来。其实，你真的站上去，天就高了。天就是这么个蓝蓝的怪东西。他看见天上有一块云，比天还低，快搭在沟畔上被雨水冲成的两个土柱上了。土柱和沟畔裂开了一道缝，似连非连，像刀砍的一样，摇摇欲坠。就在土柱之间夹了一块大石头，石头！

他就是发现了那块大石头以后，突然想起这件事的。

"挖出了几瓮古钱碰得就那么巧？"他想。"石头底下压着宝贝？一块石头底下能压着宝贝？平平常常的石头？肯定是胡说！"他想，"麻脸和来福都不是好货，都是日脏货！"他想。他眯眼看着那块石头。

奇怪，两根眼看就要塌下来的土柱什么也不夹，就偏偏夹住了那块石头。那肯定是一块石头，那肯定不是别的什么。"肯定是胡说，日脏货！"他差点骂出了声。狗日的，偏偏夹住了一块石头。石头旁边什么也没有，连一棵草也没有，连一根枸杞子也没有，真是，狗日的，现在是映山红开花的时候，可是，连一株映山红也没有。

他坐在土坝上，两手塞在袖筒里。坝里边是淤起来的地，满是去年秋收后留下来的玉米根，整整齐齐的，斜着有行儿，顺着有样儿，一直到两边的沟崖底下。沟圪崂里不知什么地方，有野鸡子扑动翅膀的声音，不时碰在沟崖上，拉起一阵清晰的回音。

就是有一块云，搭在土柱的上边，云块靠太阳的这边厚，被太阳光舔红了，背面的颜色暗了点，像野鸡的尾巴。偏偏就有这么一块云，停在上边。

"那肯定什么也不是，那肯定是一块石头。"他想。

云块全部变暗的时候，他起身回家。他看了看那块石头一眼。一股风在土柱上擦了一下，吹起一点细土，有几块小土疙瘩从土柱上溜下来。这是为什么？偏偏这时候吹了一股风，偏偏就吹在土柱子上。

他感到两个鬓角有点疼。他从来没对什么事想得这么多，这么仔细。这世界不敢多想，你怎么想也想不透。你想着想着就有点害怕。沟里一个人也没有，他真的有点害怕了，所以，他就往回走。他把手塞在袖筒里，踏着沟里的那条路路。路路就是每一条沟里都有的那种小路，窄而长。

石头。他想。

他真的变得仔细了。他自己也感到吃惊。他感到他心里有一种东西直往嗓子眼上边蹿，不是蹿，是"别、别"地往上跳。他好像在等待什么，想看见一样什么奇迹突然出现。他已不想那块石头了，但他却注意起脚跟前，眼跟前的许多细小的东西，几乎随便一样什么东西都能搅起心底里埋着的那种欲望。他小心翼翼，又有点心不在焉。他不停地告诫自己："不会的，什么都不会有。"或者，"没有吧？不会吧？"可另一个自己总禁不住让他的一双眼睛盯住某一样东西想入非非。比如，那一片花花绿绿的纸。好像就是纸，依稀能看出它的花花绿绿，早已落上了一层灰土，又让雨水搅和成尘垢，半埋在泥土里，另一半从泥土里伸出来。他的心又"别、别"地跳，越跳越快。可等到他走到它的跟前，就跳得不那么厉害了。他先用脚拨了拨，把它全部拨出来：是张水果糖纸。谁会把水果糖纸带到沟里来呢？他半信半疑，或者说他很怀疑，就用手捡起来，好像很无所谓地翻过来倒过去，看了看，确实是张水果糖纸。当然，他不晦气。他本来就不相信会有什么，他只是不知道那是个什么东西才把它捡起来的。他把它揉成一团，扔了。不知道为什么，他朝沟里环顾了一周，甚至朝两边的沟坡上看了看。他知道没有人，可还是看了看。"没有人，没人看见的。"他在心里说，"就是看见了，谁又能知道我在干什么。"他又补充了这么一句。就这么说了以后，又不太甘心地朝埋糖纸的地方看了看，继续往回走。

"石头。"他想。

并不是每一块石头都引起他的注意，勾引他的眼睛，但也说不准哪一块石头就引起他的注意，勾引他的眼睛。比如这一次看见的这块石头，很小，埋在路旁的塄坎里，上面有些黑点。"怎么能有黑点呢？"他这样想。但这一次，他不像看见糖纸时那么激动了。他只是走上去，很随意地踢了它一下，没动。又踢了一下，动了。再踢一下，滚到塄坎下边去了。由于劲大了一点，脚趾被踢疼了。他没有把受疼的脚在地上蹭来蹭去，以减轻痛苦，只在地上点了一下，插在袖筒里的手反射性地抽出来半截，又插了进去。他看着石头被踢走以后留下的那个小圆坑，又用眼睛找见了那块石头，还像埋在塄坎里一样，有黑点的那一面依然在上边。那石头上确实有些黑点。

"日脏货！"他想起麻脸和来福，他想他根本就没相信他们的话。

"石头。"他想。

晚上躺在炕上，他才知道他一直想着的是那块石头。窑里黑洞洞的，他瞪着眼睛出神。那块大石头夹在两个摇摇欲坠的土柱之间，好像守着一个秘密，让人猜不透。猜不透，就越想猜，越猜越感到神秘。奇怪，偏偏夹住了它，什么也没有，连一棵草也没有，连一根枸杞子也没有，连一株映山红也没有。狗日的，就夹住它，偏偏夹住了它。

就这样，那块石头不光在他的眼睛里，也压在他的心上了，一想起它，他就喘气，浑身燥热，喉咙发干，想喝水。

他只是随便爬上沟畔，站在了那两个土柱跟前的。他告诉他自己，他根本就不信那两个日脏货的胡说，他只是随便爬上来的。"日脏货，肯定是胡说。"他在心里给自己说。他的两只手依旧塞在袖筒里，眼睛直勾勾地看着脚下的那块石头。石头还是石头，不同的是以前往上看，现在是往下看。它夹在土柱之间，纹丝不动。土柱和沟畔之间裂开了一道缝。他试着往下探了探身子，够不着。他甚至把脚往前伸了伸，脚下的土刷刷地溜了下来，碰起几溜烟尘。

谁知道呢，他感到下边好像有谁拽了他一把，他就从沟畔上落了下去。这一次，碰撞出一股弥漫的烟尘。

他在窑里躺了多半年，脚就这么跛起来了。秋后一场大雨，他爸又让他去看那条坝。坝这一次确实冲了个大缺口。那两个土柱不见了，倒进了沟底，留下一片新土的痕迹。谁知道那块石头哪里去了，也许埋在了土里。

"石头……"他想。这次有点凄然了。他感到跛脚好像疼了一下。

这时，来福已从县大狱放出来了，碰见他，老远喊："互助，来家玩。"他装作没听见，心里骂了一声："日脏货！"就拖着跛脚走开了。

后来，他听说后刘坬的徐金亮在一条沟里找到了什么矿石，交给县里的水泥厂，政府还给他货款，买了一辆手扶，让他当专业户。

他心里像被什么拧了一下。

"石头……"他想。

这回，跛脚互助真的有点凄然了。

原载于《中国》1986年第9期 《原》三篇

镇 长

他骑着那辆半新不旧的"蝴蝶"，咯吱了整整七十里。他四十多岁，是个大块头男人，像一头熊。车子在他屁股底下不住地呻吟，他根本没听见，还是那么一下一下地踏，踏。他就这么个脾气。到县城的时候，天早已黑了，街道上的几盏路灯很耀眼。他一手扶着车子，一手揉揉眼睛。他总是那么个醉眼朦胧的样子。他喜欢喝酒，每次下乡，村干部们都会弄点酒给他喝。那里的人都爱喝酒。刚去的时候，他不明白那些人为什么那么爱酒，一喝就是半夜，又嚎又叫，玩命。后来，他也喝上了，和他们一起嚎叫，也就再不说"他们怎么那么爱喝酒呢"！爱喝就是爱喝！所以，他老显出醉眼朦胧的样子。所以，一见县城街道上那几盏电灯，就揉揉眼。

他一直把车子骑到税务所的小铁门跟前，他知道小铁门晚上不关。

那孔窑里还亮着灯。他一眼就看见了那孔窑。"她没睡。"他心里刚这么一想，浑身就一阵痒酥酥的。

她真的没睡，正准备睡，她给他开门的时候，只穿着一件短裤。她和他一样，也胖得可以，是个胖女人。

他们的目光就这么碰在一起了。

他们有三个孩子。两个女儿在隔壁窑里。最小的是儿子，和他妈睡一起，已睡着了。

他没喝水，也没洗脚，就这么把他埋进了她肥胖的肉里，就这么浑身轻松了。

沙坪镇越来越遥远，终于变成了一块土坷垃，在胖女人的温情里变软，融化了。

那是个鬼地方。三年前，刚一进那条沟，他就知道那是个鬼地方。他真不相信那些沟沟岔岔、梁梁峁峁上还能长出什么庄稼；那里还会住着人，竟能活下来，没有憋死。明明是一片死地，是他娘埋人的地方。他真不明白，他当时为什么没有拐过头，到县上找那个组织部长，给他的猴脸上吐一口，却一下一下地往里踏，踏，越踏越深，把自行车踏到了沙坪镇政府的院子里。那也叫镇，麻雀扇一下翅膀，也能刮下镇后边山上的黄土。他就在那里指手画脚，在那里喝酒，打老虎杠子，在那里听那些遭了偷的，挨了打的，做了结扎手术留下后遗症的人诉苦，喊冤，哭鼻子，眼泪水在脏脸上流。

他竟没找那个猴脸。

现在，他躺在胖女人的身边，躺在她的胳臂里，尽情地嗅着她的气息，甚至能嗅出她的气息，甚至能嗅出她脸上残存的雪花膏的气味。他舒服极了，是一种被解放后的舒服，舒服得说不出一句话来。现在，他躺在城里，而不是沙坪镇。他躺在自己的女人身边。刘如森的婆姨就是把院子泼满水，让水从门里淌到街上，他也不会嫉妒。

他常听见刘如森的婆姨泼水，那女人在镇上那所小邮电所工作，爱干净，天天洗衣服，洗衣服时就泼水。这很让他嫉妒。她好像专门泼给他看的。刘如森总站在窑门口笑眯眯地看着他婆姨，也偶尔转过头来和他说两句话。这让他很不好受，因为这时候，总是傍晚的时候，是男人最容易想女人的时候。天天憋在沟里，眼睛里塞满了黄土和石头，晚上有个女人在身边该有多好。人不能光喝酒，他这么想，甚至想让他的胖女人调到镇上来。可他一次也没给胖女人说过。他知道她不会来，他也不愿意让她来这里，他只是

"想"让她调到这里来，而且也只是在听见刘如森的婆姨泼水的时候才这么想。睡不着觉的时候，他就会听见刘如森和他婆姨在窑里说话，嘤嘤嗡嗡的。他娘的刘如森，工作不怎么样，就是爱婆姨。

"嘤嘤……"他们好像知道他在说他们什么。

"娘的，像一对苍蝇。"他在心里说。

"嗡嗡……"

"能爱婆姨也好啊！"他又这么想，"这个鬼地方。"

他记得第一次从那里回来，他躺在胖女人身边。她问他："那地方怎么样？"他想了想，说："好，清静，街道上过去个狼也没人撵。"胖女人笑了。他抱着她的脖子，贴着她的身子，身子很热，热乎乎的。他从来没感到他的胖女人的身子有这么热。

这就是那个鬼地方给他的好处。

但他没有找过那个猴脸。这次回城，他也不会找他。

现在，就连刘如森的婆姨泼水的声音也听不见了。人他娘的就这么容易满足，就是这么一种可怜的东西。

这一觉睡得太美了。醒来的时候，他一看表，已经十点多。外边有淅淅沥沥的声音，好像下雨了。两个女儿去学校，儿子该是去了幼儿园，胖女人上班了。桌上留着一张纸条，告诉他饭在锅里焐着。

真的下雨了。

他感到有点晦气。本来，他想好好住一段时间，想带着小儿子在县城逛几天。他知道县城很小，没什么好逛的地方，可他想逛，哪怕在城外，躺在哪个土坡上看天，看天上的云是怎么变成云朵，又怎么化成一缕一缕的云丝，终于消失在蓝天里边的；或者看太阳落山。

"那是云吗？"儿子会这样问他。

"是云。"他说。

"云怎么是红的呢？"

"太阳烧的。"

"太阳是火么？"

"是火。"

"不对，"儿子一定会这么说，"火有火苗儿，太阳的火苗儿呢？"

"太阳的火苗儿，唔，火苗儿，火苗……"他会若有所思，而又心不在焉，像自言自语，就这么和儿子说话。不是要说出什么好听的话，而是说些话，随便说，轻轻松松地说。"火苗儿，唔，火苗儿……"这时，天就不早了，他们也就该回家了。

可偏偏下雨，而且下了几天，还没有晴的意思。

胖女人不能不去上班，两个女儿当然要上学，小儿子不愿意待在家里，说幼儿园好。白天，窑里只有他一个人，一个人。

雨淅淅沥沥，不紧不慢地下着，下着。

他想喝点酒。出税务所的小铁门左拐，不远处就有一家私人开的小饭馆，他买了一包猪杂碎，又要了一瓶柳林春。

酒又辣又涩。这连他也感到吃惊，酒怎么会是这种味道呢？

这里不是喝酒的地方。他突然想。

这里不是真正喝酒的地方。他想。

他这才感到，他原来并不想喝酒，他没有喝酒的那种欲望和热情，这里不会有真正喝酒的人，要是在沙坪镇……

他想起沙坪镇。"在那个鬼地方，要是遇到这么个雨天。"他想。

"老虎！""杠子！"

"喝！"

"鸡吃虫，喝！"

"毛娃耍赖，喝！毛娃！"有人站了起来，红脖子涨脸。大家都红脖子涨脸，要打架一样，像谁偷了他们的婆姨。

"毛娃，你喝！"

毛娃端起酒杯，用那双红眯眯的醉眼望着那些嫉恶如仇的脸，可怜巴巴的，像受了绝大的委屈。他输急了，喊了一声"狼"，老虎杠子里哪来的狼？喝！

"哈哈哈哈……毛娃喝了。"

"喝了，哈哈！"

这些真正喝酒的人，蓬头垢面，衣衫褴褛，这些山沟里的人，喝醉了，就让人扶回家，就吐，就让婆姨流着眼泪给他们捶背，就稀里糊涂睡一觉，第二天，就上山，下沟。

"哗——"不知怎么的，他想起了刘如森，想起了那个女人泼水的声音。"哗——"他想。

"那个女人。"他想。他真不明白，在那个地方女人就真他娘像个女人，女人就那么让男人动心，那些男人们和她们厮守一辈子，也没有个够。

"哗。"他想。

"那些个女人。"他想。

那是个鬼地方。

天晴了。路上刚能走人的时候，他推出了那辆"蝴蝶"。

"不是说要住一段时间么？"胖女人看着他的脸。

"天一晴，早播玉米该出苗了。我得看看，我是镇长，不管不行。"他说。

"去了，想回来。回来了，又待不住。真是下贱胚！"她说。

他知道她说得对，就是这么个下贱胚。去了，还想回家的。不只是下贱，还有点可怜。就是这么个人，有什么办法。

他蹬上那辆半新不旧的"蝴蝶",回那个鬼地方去了。胖女人一直看着他过了畜牧局门口的那堆碎石子。他还是那么一下一下地踏,踏……

原载于《海鸥》1986年第11期

干旱的日子

他取下羊栏上的铁丝钩，羊就从圈里往外挤。他仰头望了望天，太阳像个干红薯，在天上吊着。人们正吃晌午饭。每到这个时候，他就把羊从圈里赶出来。

那是一群山羊。它们顺着坡往下跑，一会儿就到沟底了。在水塘跟前，有几只跑过去找水喝。水塘早没水了，叮那儿只羊还是跑过去，尾巴撅得老高，亮着红屁股。他朝它们扔了几块土坷垃。

他把它们赶进了长枸树的那个沟岔。那里长着几棵枸树。他甩了一下鞭子，羊就自个儿往里走了。那真是些肠子一样的路。他看见它们像些白虫，在草丛里拱。他丢下它们，顺着沟往上爬，一直爬到土圪垯那个地方。他听见几声羊叫从深处浮上来。他没往下看，他知道它们正在吃草。就这么，他一个人坐在土圪垯上抽旱烟。这里离村子已很远了，闻不见一点气味。没有风。他听见空气在他耳朵跟前梆梆响。周围的黄土峁峁一个挨着一个，有的高，有的低。五个月没下一滴雨，干巴巴的。

"毁了，种不上麦子了。"

已到了九月半截，往常，麦子早种上了，可是，五个月没下一滴雨。

"毁了，种不上麦子了。"

这几天，村上人都这么说，都看看天。大家都心烦意乱。

现在，村子死在不知哪个地方了，看不见一个人影，空气在他的耳朵跟前梆梆响。

奴给——你脱——衣——裳

他突然这么唱了一句。

他就想起了来米。就这么，他想起了她。

他早就不想来米了，这会儿他想起了她。人的心比电还快。

他让来米脱衣裳，来米不脱，他说来米你脱了吧，我想让你脱，来米就脱了。他跪在来米跟前，看着来米。他把羊关进半山上的羊圈里，天就黑了。那里有一个小场，白光光的，晚上也能看见它白光光的，有几堆荞麦秆堆在那儿。来米就在那儿等他，给他脱衣裳。

先解纽扣后解怀

然后再把裤带解

奴和你玩耍来……

来米躺在荞麦秆上，瞪着黑眼睛看他。来米的身子真好。来米不说一句话。来米总服服帖帖的。来米总轻轻地呻唤。来米真他娘是个好人儿。来米真好。来米坐起来的时候，头发上沾着几枝碎荞麦秆儿。她光着身子，身子上有一股味道，身子上有两个白肉馍馍。照着月亮光，馍馍底下就有一团黑影影。不照月亮也有黑影影。那两个白肉馍馍又暖又软，他使劲捏过它们，他使的劲很大，像要从里边捏出另一个东西来。来米不说话也不叫喊，来米只轻轻地呻唤。这是他忘不了的。

"我要走了。"来米说。

"我想和你坐。"

"我爸会喊我。"

"你一走，就我一个人了。"

"我爸会喊我。"

"那你走。"

"明晚我再来。"

小路白白的，来米朝下走。

> 清水水梨泡砂糖
>
> 不比奴的唾沫香。

明晚我再来，来米这么说。小场光光的，堆着几堆荞麦秆。来米总在那里等他。她回去给她爸咋说呢？她总能跑出来。女人真有办法。

"明晚我再来。"来米说。

小路白白的，来米朝下走。

他这么想着来米，就听不见空气的响声了。他心里有点快活。没有一个人影。他看见对面峁峁上有一条小路，还有一条，还有一条，一动不动。就是没有一个人影。他感到口有点干，就咂了咂舌头，吐了一口唾沫。其实，没吐出几个唾沫星子。

> 拉拉扯扯亲了个口
>
> 奴的好绵手。

尿，好的不是手，是身子。歌都是他娘胡编的，哄人哩。还有电影，那些个人，尿，不抵我和来米一半好。男人和女人在一块，不是那个样子，还抱哩，抱个尿，一看见就想解裤带，还能顾上文气，文得像个先生！

他赶着羊往回走，看见来米在坡地里挖菜。来米弯着腰，后腰上露出一截裤带。他感到那一截裤带变成了虫虫，钻进了他的骨头里。血往头上一冲，他就抱住了来米，把她扳倒了，就把她弄了。后来，来米坐在地上哭，眼泪把脸上的土冲成了泥水水。他害怕了，跪到来米跟前。

"来米。"他说。

"你不让我活人了。"来米说。

"我是畜生，来米。"他说。

来米提着篮子走了。

他几天没看见来米。他想：来米跳沟里了。来米喝卤了。他把羊关进圈里，顺着小路往下走。在小场那里，他看见来米等着他。

"你，你不是畜生。"来米说。

就这么，谁说得清呢?人是个说不清的东西。来米在小场那里等他。来米说他不是畜生。来米就是这么个好人儿。

"来米，你不怕你爸知道？"

"怕。"

"那你还来？"

"来。"

"不来不行？"

"嗯。"

来米这么一说，他就把他埋在来米的身子里，恨不得拱下一块肉来。

"你，你甭把我的肚子弄大了。"来米说。

人真怪，人把衣裳一脱，就什么话都能说了。

小场还在那里，年年有荞麦秆。小场是打荞麦用的。他让来米脱衣服，来米不脱。他说来米你脱了吧，我想让你脱，来米就脱了。

他就这么想着来米，一个人坐在土圪垯上。几声羊叫从沟底浮上来。

"毁了，种不上麦子了。"他说。

百锁不知什么时候上来的，他看见他在低处的一堆乱草里屙屎，屁股就像两个白瓷碗。他屙屎还拣地方，这狗日的。

"百锁。"他喊。

百锁不说话。

"把他的，百锁——"

他看见他站了起来，这才知道喊错了。不是百锁，是省城来这里蹲点的干部老曹。

"怪道，屁股白生生的。"

他看见老曹一边紧裤子，一边往上走，走到跟前了。

"嗬，嗬嗬。"他有点不好意思。他不该把人看错，人家正在屙屎。

"噢——喂！"他拖长声音朝沟底下喊了一声。

"你的羊？"老曹问他。

老曹在他身边找个地方坐了，抽了根纸烟给他。

"不，不抽，我不抽那个，你看你，我不抽。"他说。他把头伸到老曹的耳朵跟前，压低声音，说：

"人家的，人家帅玉才的，我揽工呢。"

"噢，噢噢。"老曹说。

"你喊它们听话么？"

"听话。羊是好东西。"他说，"羊吃草在一堆。牛就不行了，十只牛十条路，胡走。"他说。

他感到和老曹坐在这里说话很好，往常，都是他一个人坐在一个地方，周围都是黄土峁峁，没个人影。有时也能看见几个人，可说不成话。山里就这号地方，看着近，说不定就隔着一条沟，看见也不顶事。

"我放了几十年羊了。"他说。

他感到他的心动了一下。他看着老曹的脸，希望老曹问他一句什么话。可老曹的脸一直对着沟底，不知是看那些羊，还是正想着什么事情。

他把嘴抿了抿，咽了一口唾沫。

"羊是好东西。"他说。

来米和一个外来户结了婚，因为来米的肚子大了。来米她爸拿出一条麻绳，让来米上吊。那天，他关了羊，一直等到天黑，看不见人影了，就去了来米家。他跪在地上。

"把来米给我。"他说。

"猪！"来米他爸说。

"把来米给我。"

"我让她喂狗。"

来米的几个叔伯哥把他拖到硷畔上，用那条麻绳抽他的脖子，踏他的腿和肚子。他们说要用刀子把他那个东西割了，剁成肉酱塞进泥里。他抱着头一声不吭。他听见来米在窑里哭。后来，他们没有割他，一人踢了他几脚就走了。他听见他们关了窑门。再后来，来米就跟了那个外来户。来米肚子里的娃娃一生下来就送了人，不知是男是女，反正送了人。

羊吃着草上来了，他听见了羊吃草的声音。

"你肯定想家了。"他突然这么说。

"哪里哪里。"老曹把脸拧过来，对他笑了笑。

"一方水土养一方人哩，在哪搭住惯了，哪搭就好。"他说。

"你去过省城么？"老曹好像来了点精神。

"没没，看你说的，我哪能去呢！"

"去一回，逛逛。"

"没个空，农村人没个空么。"

"种了麦子就没事了。"

"哎！"他惊讶地叫了一声，"还要淘粪，剥玉米壳，打蔓豆，看你说的，老曹尽说笑人话。"他看着老曹笑，笑得很开心。老曹也笑了，两个人对着笑了好一阵。

"你看这土坷垃，毁了，种不上麦子了。"他看着那些白花花的坡地说。

"山上说话传得很远。"

"那可不。晚上史远，晚上就静了。"他说。

四周开始暗淡下来，只有峁顶上还留着一点太阳光，有点屁红。

"你穿那种衣服冷吧？你们那种衣服不顶事。"他说，"山里阴气重，不比你们那儿。"

"是有点冷了。"

"那你先回吧。"他说。

他看着老曹下了沟沿，一会儿，就走在山根底下的路上了。

"他想家了，他狗日的想家了。"他说。

几只羊跳上了沟沿，围在他的跟前。他随手摸住了一只羊的犄角。有一只羊一上来就拉屎。他没看见。他看着老曹走过去的那条路。

"狗日的。"他说。

羊全上沟了，在土圪垯上围成一堆。

来米结婚的那天晚上，他在窑背上摘了一堆石榴。那里有棵石榴树。他把石榴一个一个掰开。他没有吃，他用手指头把石榴籽一颗一颗抠出来，放在嘴里挤，让石榴水打他的上颚，打在他的喉咙眼里。他一直挤了一个晚上。

"毁了，连一点指望也不给人么。"他看着天，天上没有一丝云。

他听见羊群里有响动，就回过头。他看见一只公羊跳上了一只母羊的背。母羊一动不动。公羊踮着后腿，屁股直颤。这种事他见得多了，可这会儿，他感到那只公羊很可恶。他赶了两步，抽了公羊一鞭子。

那真是一只公羊，它理也不理，屁股自管自地颤着。

他把鞭子一扔，用手扳住了公羊的犄角。

"畜生！"他叫了起来。

他把公羊扳到塄坎跟前，一下一下往上撞。他想找块石头，把它的犄角敲下来，可偏偏找不到。他急了，把羊压倒。骑在羊肚子上，用手掐住羊脖子。一会儿，他感到有一股热乎乎的东西冲在他的脚上。他知道是公羊的尿水。

"畜生！"他叫着，松开了手。他喘着粗气。

"我不拦羊了。"他说。

"我日他妈的不拦了。"他说。

他把羊赶下沟，走了好大一会儿。他闻到了村子里的气味。

原载于《人民文学》1987年1-2期合刊 《土声》三篇

高坎的儿子

　　谁都记得高坎的儿子棒棒，因为他刚死不久。那天，村里过事情，他多喝了几杯，高坎骂了他几句，他就指着高坎的鼻子说："爸，你丢了我的脸。"就上吊死了，死得很容易。他用一根绳套住脖子，把他挂在一棵柳树上。他走了很长一截路，因为那棵柳树离村子有好长一截路，长在一个小沟岔里。人们找见他的时候，他已经不动了，好像柳树上本来就挂着这么一件东西。人们托着他，把他从柳树上往下落，他还是一动不动，舌头吐得老长。人们闻到了一股浓烈的尿骚味。人们听见高坎在一旁扯着嗓子哭："狗日的儿啊，没良心的儿啊，我费了一辈子的劲，啊啊，让你娘把你生出来，我死了谁埋我呢吗呀啊啊……"高坎这么一哭，人们就闻不见那股尿骚味了，都觉得鼻子眼里发酸。人们都记得这些。棒棒不像别的要死的人那样，换一身新衣服，他没有，他穿的就是人们平常看见的那身：上边是一件油气垢臭的棉袄，下边是一条单裤。他穿衣服总赶不上季节，夏天穿冬天的衣服，冬天穿夏天的衣服。他拖着那双圆口布鞋。他从来都拖着，脚后跟亮在外面，像两个带土的红萝卜。人们常能听见那双布鞋拍打着他的脚后跟，发出"呱唧呱唧"的声响。他就是这么吊在树上的，鞋竟然没掉下来。看见那双鞋，人们就想起"呱唧呱唧"的声响。他的头发黑里发红，沾满了土和麦糠那一类东西。

　　后来才听说，棒棒把他挂在柳树上之前，到他姐家去过一趟。这是他姐高兰凤说的。高兰凤住在槐树圪塄，离这里隔一道沟，十里地。那天，太阳正旺，棒棒进了他姐高兰凤的窑门。他什么也看不清，满窑里一股酸菜味。他知道窑掌跟前放着几个酸菜缸子，用半截锅板盖着，能听见苍蝇在锅板上抖翅膀。

"棒棒你来了？"他听见姐在黑暗里说。

"姐，我看不清你人。"他说。

他坐在炕沿上，听见他姐抽了一下鼻子。一会儿，他就看清他姐的模样了。

"姐，我要死了。"

他看见他姐张着嘴巴不说话。

"爸把我的人丢尽了。"他说。

"爸怎么你了？"

"他骂我。"

"骂你就丢人了？"

"他在那么多人跟前骂我。"

"爸不敢骂你，得是？"

"那么多人。"他说。

"二十大几的人，掂不来轻重，得是？"

"那么多人。"他说。

姐给他泡了一缸砖茶。

"姐夫呢？"他问。

他看见姐姐的脸哭丧着。他这才看清，姐的眼睛有点肿，脸脏得难看。姐不到三十岁，看着过四十了。本来，姐挺俊的。

"他不要脸，黑里白日耍钱。"姐说。

"你不让他耍。"

"他打我，揪我的头发。"

"你给他脸上唾。"

"他踢我的肚子。"

"他睡觉的时候，你把他杀了。"

"呜，呜呜，啊。"

姐捂着脸跑出去，蹲在窑门外的石头上哭，好像让蝎子把眼睛蜇了。

姐夫不回来，也就没什么事了，可姐夫偏偏回来了。他看见姐夫一上硷畔，就对姐吼："哭，你爸尿日的你就会哭。"

他看见姐夫像猫一样蹿到姐跟前，抓住姐的头发，把她从石头上提起来。他抓得很熟练。姐仰着脸，眼睛和嘴往一边歪着。

他"吭"了一声，站在窑门口。他看见姐夫眨巴了一阵眼睛，把姐放开了。

"兄弟你来了。"姐夫说，"你看我不知道呢，我和你姐玩耍哩。"姐夫说。姐夫很瘦，可个子不低。他看见姐夫把脸上的皮挤到下巴周围，给他笑。

"回窑来回窑来。"

姐夫说着，往他跟前走。

他掐得真准，一把就掐住了姐夫的脖子。他听见姐夫喉咙里咕咕响。

"姐夫你闭上眼。"他说。

姐夫很听话地闭上眼。

"姐夫你甭出气。"他说。

他把姐夫掐到酸菜缸子跟前。他听见苍蝇嗡的一声。他把姐夫的头往下一压，塞进了酸菜里。他感到姐夫用脚踩他，有几下踩得很疼。一会儿，他听见缸子里有冒水泡的声音，这才松开手。姐夫从缸里拔出头，扑地吹了口，喷了他一脸带酸味的脏物。

他逮住姐夫一只胳膊往后拧，姐夫的肚子就挺起来了。他把他拧到炕沿上，脱下一只鞋，朝姐夫的脏脸上打了一鞋底。脏脸上留下一个土鞋样。

"你赔我姐。"他说。

"兰凤。"姐夫歪着脖子叫。

"我姐跟你睡觉，给你生娃，你狗日的，你赔我姐。"他说。

"兰凤——"

"姐，刀呢？我把他做了。"他说。

他看见姐的眼睛瞪成了两个核桃。姐把他的腿抱住，身子抖成一团。

"棒棒，你别，你饶了他，他死了，我跟谁过呢呀啊，啊。"姐说。

他松开姐夫。姐夫跳出窑门，站在硷畔上往里看。姐还抱着他的腿。

"屎腥气，下贱!"

他甩了一下腿，穿上手里的那只鞋。

"我回呀!"他说。

"谁知道他会上吊呢！"高兰凤说。

她看着棒棒。棒棒躺在一张木板床上，脸上盖着一张黄纸。烛光摇晃着，他躺得很有福气，可几天前的这个时候，他还在徐德家吃八碗。

当时，全村的人都在场。棒棒他爸高坎也在。这些交公粮纳税的人们，难得有机会喝个稀里糊涂，许多人喝得抹鼻涕流眼泪水，棒棒也多喝了几杯。他呱唧着那双圆口布鞋，走到中间，说他要给大家唱个酸曲。就这么，高坎骂他了。

"驴日的你。"高坎斜眉瞪眼。

"咋啦？"

"你驴日的。"

父子俩像鳖瞅蛋一样瞅了一阵。喝酒的人全笑了。

"爸，你丢了我的脸。"他说。

"驴日的样。"高坎说。

"你丢了我的脸。"

"活腻了，得是？"

"我死给你看。"他说。

他说死就真的死了。

他拿了一截绳。有人看见他把绳搭在肩膀上出了窑门，就像去揽柴禾那样。谁也不知道他要去死。怎么能说死就死呢？死又不是吃西瓜或者喝凉水。

他走过村里最后一家住户，回头看了看。他看见蛮精正在她家的碾畔上磨什么东西。那里有个小石磨。毛驴拉着石磨转圈，驴头上蒙着一块布。转过来了，蛮精就用手拍一下驴屁股，让它走快点。蛮精是个骚女人。她嫌她男人腿短，鼻眼凹里长着一个肉疮，她就跟村长胡来，所以，她是个骚女人，村里人都知道。村里人常听见她挨短腿男人打，她尖叫起来和杀猪差不多。

他看了蛮精一会儿，就扭过头，朝蛮精家碾畔那里爬上去。有人看见他爬了上去。

"蛮精嫂。"他说。

"棒棒是你。"蛮精说。

"我要死了。"他说。

蛮精看着他的脸，不明白。蛮精的样子很好看。

"真的。"他说。

蛮精格儿格儿笑。蛮精的胸脯那里鼓鼓的，一抖一抖。

"你和村长在麦地里。那一回，我看见了。"他说。

蛮精不笑了，脸扑拉一下红了。她低着头，眼睛顺着。他们都能听见毛驴拉石磨的声音。

"我听见荞麦地里有响动。我听见是你和村长。你给村长说，你男人越打你，你越和村长好。你男人打你，你就拼命叫，你说你有意拼命叫。你和村长两个人在荞麦地里说话，山上一个人也没有，就我一个听见了。"他说，"村长把你的布衫扔了，我看见的。我爬在豆子地里，你们没看见我。"他说，"后来，我就听见荞麦秆响。后来，你头发像个鸡窝。你去取布衫。你光着身子。我看见你的奶奶了。"他说。

"棒棒。"蛮精叫了一声。

"我怕你看见我，就顺着坡滚下来。"

"棒棒。"

"我没给人说过，我听你给村长说的话，我知道你是好人。谁哄你是地上爬的。"他说。

"棒棒，你让我没脸了。"

"你的奶奶，我想过好长时间。"

"棒棒别胡说。"

"我要死了，我是说，我想和村长那样，摸摸你的奶奶，就摸摸。"他说。

"棒棒，你糟蹋我来了。"

他看见蛮精哭了。

"不，你不让我摸，我就不摸了。我是说我要死了。"

"棒棒兄弟，我是个坏女人。我不能让你摸，一摸你就坏了。我不能让你坏。"蛮精的眼泪往下淌。

"我只是想摸，我走到半路上又想起来了，我看见你在这里磨豆子。你不让摸就算了。我是说，我要死了。"

"人睡一觉起来能死就好了，我常想我睡一觉起来就会死在炕上，可总是活着。死一定很难受，棒棒你说是不？"

"我不知道。"

"人眼睛一闭要能死就好了。"

"看你说的。"棒棒说。

"我心里这么想呢。"蛮精说。

他看见蛮精笑了一下。她一笑很好看。

"那你磨面，我走了。你看，驴不走了。"

他看着蛮精打了驴一巴掌，就从原路走下来。

他走了很长一截路，走到那个沟岔。他一直走到最里边那棵柳树跟前。他把绳子一头绑在树身上，扯了扯，又把另一头挽成个环，从树杈上扔过去。他看见环在半空里摆来摆去。他找了两块石头放在环底下。他挪了几次地方，才把石头和环正好对齐。然后，他站在石头上。

"操他妈妈，不能摸蛮精的奶奶了。真操他妈妈。算了。"他说。

他把头一仰，钻进那个绳环里，脚拨了一下。他听见脚下的石头响了一声，身子就悬起来。

人们还记得，埋了棒棒以后，高坎穿了棒棒的那件棉袄。裤子太脏，就和那双圆口布鞋一块扔了。有人看见汪富章家的黑狗叼着一只鞋，在硷畔下的壕壕里呜呜叫。

原载于《人民文学》1987年1-2期合刊《土声》三篇

老　钱

有人给老钱说：

"老钱，徐金来了。"

老钱正把他埋在石头堆里，没看见徐金。他跪着，用钢钎撬那块大石头。他五十多岁，一脸卑琐的样子。他父亲死后，给他留下石匠这门子手艺，人们老看见他埋在石头堆里，把几千年前就压在土里的这些宝贝刨出来，打成方块，凿上花纹，再砌成又结实又好看的窑门或者别的什么。人生儿生女拿不准，可能把石头打成随心所欲的样子。人操他娘就这么怪。

那天，他们在乔家沟打石头。乔家沟一拐一伸，伸了几里远。以前这里住过人，现在不住了，只有一家姓乔的在这里留下了他们的姓氏。还能看见住过人的痕迹，窑塌了，生出来的草有半人高。那天，沟里没有风，坡地里长着几片豆子，也长着几片荞麦，像几块寒酸的补丁。徐金就是从那几块补丁边上绕过来的。

"老钱，徐金来了。"有人说。

老钱扭过脸，咕噜着两只土不拉叽的眼睛，看见徐金已经蹴在一块石头上了，正笑吟吟地看他。突然，他感到下身一阵发紧，裤裆里有个东西好像跳了几下，一股尿水就冲了出来。他跪着，钢钎还插在石头缝里。

"我尿了。"他想。

徐金笑吟吟地和他打招呼：

"老钱，打石头哩。"

老钱盯着徐金的脸，注意力却集中在下身那个地方。尿水热乎乎的。像毛毛虫在爬。

"裤裆湿了。"他想。

"钱把你挣上心了，老钱。"徐金说。

"好你哩。"老钱说。

这会儿，他感到热乎乎的尿水变凉了，大腿里像夹了一块石头片。

"好你哩。"他说。

"你看你，真是个石匠。"徐金说。

"好你哩。好你哩。"他说。

他感到裤裆里湿得难受，就给大腿上使了点劲。

"湿了，把他的，湿了。"他想。

许多年以后，老钱也没想清楚，不知怎么的，他一碰上徐金就想尿尿，一想尿就尿裤裆。怎么就想尿呢？徐金总是笑吟吟的，和别人没什么两样，可他就是想尿。起初，他没怎么想这事，他以为是他刚好想尿了，以为他到了夹不住尿的年龄了，后来才知道不对。他去木耳沟看小麻，碰上了徐金，他才知道不对。

那天，他睡了个懒觉，起来时，太阳已上了黄山峁峁。他感到鼻子有点干，就用手捏了捏。他闻见了一股从被窝里带出来的气味。他很少洗脸洗手，他感到太麻烦，所以脸上总灰不溜秋，一脸卑琐的样子。他刚给建程家箍了几面石窑，挣了一笔。今天没事，他就睡了个懒觉。他心情很好。那时，太阳正对着他。他想起他一夜没起来，肚子有点憋，就走到猪圈跟前，迎着太阳光撒了一泡。他甚至鼓了鼓劲，想尿在猪耳朵上。

他把裤腰塞进裤带。他尿尿时从来不解裤带，只把裤腰往下一拉，完了再塞进去。裤带系得很结实。

"我去木耳沟，看小麻去。"他朝窑里喊了一声。

他就是在木耳沟看了小麻出来时碰上徐金的。徐金骑着自行车正下坡。

他心里一紧，就想尿了。

"老钱。"徐金捏着车闸，一只脚踮在地上，和他打招呼。

"我看小麻哩。"他说。

他感到裤子里沾上了几滴冰凉的东西。

"噢噢。"徐金说。

徐金腿一蹬，从他跟前擦过去。他站在那里，神情恍惚地看着。

"我都尿过了，我知道我尿过了，怎么又尿……"他想。

他一头钻进小麻地里，使劲在大腿上拧。

"我怕他。我怕这个人。我一见就怕。"他想。

他痛苦极了，喉咙里呜呜响。他在沟崖上抓了一把柠子豆塞在嘴里嚼，满嘴流红水。

"我怕他。我怎么怕他呢？"他想。

"他又不是怪物。"他想。

"我又没做亏心事。"他想。

可他还是怕他，怕那个人。他感到那个人身上有个什么东西让他害怕。他想不起他是从什么时候就怕那个人的。

"我不能再怕他了，我不能一见他就想尿。"他想。

"人怕人是天生的吧？"他想。

他尽量躲着徐金，碰见了，他就使劲想着不能尿。可总是尿。他管不了自己。他一点办法也没有。

"他把我害苦了。"

"看我不杀了他。"

有一次，他突然这么想。

徐金蹴在那块石头上，和几个小工说话，也转过脸向老钱这边看几眼。

"看我不杀了他。"

老钱突然想起这句话。

他感到身上的血都涌到了头上，身子抖了一下。他听见头发在他的头皮上往上长。他握着那把钢钎。他想着他走到徐金跟前，用钢钎在他的脑壳上敲了一下。他听见噗的一声，徐金就从石头上栽了下来，像一截木桩。他看见徐金的脑门上有一个洞，有核桃大小，正往外淌着什么东西

"噗——"他想。

"脑壳里有那么多东西。"他想。

"这不怪我，"他对徐金说，"我受不了，你老吓我，我怕你，我就把你杀了。我不杀你，我就尿裤子。你想想，我不杀你怎么能行。谁让你吓我呢？我也不知道我为什么怕你。你看，我都给你说了，你可不能怪我。"他说。

"看你还吓我。"他说。

他感到他的心有点软了。他想搬搬徐金的身子，离他近点，再给他说些什么话，可一时又想不出更好的话来。

"看你还吓我。"他这么说。

他听见他们几个人在笑，就醒过神来。徐金好好地蹾在石头上。

他感到裤裆里还有点湿。

"老钱，你也不过来歇歇。"徐金说。

"好你哩。"他说。

"你当我是闲逛哩，我就是找你来的，看你忙的。是这，我晚上去你家，我有事找你。"

徐金从石头上站起来说："你晚上等我啊老钱。"

"你到我家来？"

"你看你。"

"好你哩，好你哩。"他笑着说。

老钱怎么也想不到，徐金想把秋歌给他儿子做媳妇。徐金盘着腿坐在老钱家炕上，不停地把烟灰往炕席上弹。徐金一说这事，让老钱吃了一惊，他感到谁好像把他往上提了一下，他就坐在空处了。后来他才想，不是有谁提他，是他的心往上蹦了一截。人往往有这号时候。他的心往上一蹦，徐金还说了些什么话，他就听不清了。徐金一走，他眯着眼，把徐金坐过的那一块炕席看了好大一会儿。

"你说，徐金来过？"他问秋歌妈。

"你看你。"秋歌妈说。

"徐金他都说了什么？"

"你看你。"

"人有时候会睡魔哩。你说，那是徐金弹的烟灰？"

"你看你，人家来和你作亲，你就知个好你哩好你哩，你能把人恼死。"秋歌妈说。

老钱记得，徐金走的时候，还拍了拍他的肩膀。

"咱是亲家了。"徐金说。

老钱很想出去，在外边转转。他走到猪圈那里，又折过身，进了窑。

"我说，秋歌可不能有个一差二错。"他说。

"你今晚又没喝，怎么晕乎了？"秋歌妈说。

"秋歌过门时，你要给她舅说好，不能把秋歌从驴背上摔下来。有这号事哩。算了，你甭说，我说，女人家办事不牢靠。你看你看，我一说你还瞪眼。"他说。

老钱外出揽工，总不放心秋歌。他想象出许多可怕的事，不是秋歌摔坏了胳膊腿，就是死了。揽工的地方离家近的话，他总要找个机会回家看看。他先叫秋歌：

"秋歌。"

秋歌从窑里出来了，他就说：

"你在哩，我当你，当你不在。"

秋歌没出什么事。她过门的时候和别的女孩子过门一样热闹。她舅把她抱上驴背。一群吹鼓手走在前边，驴还没走就吹开了。驴很老实，走得不紧不慢，一直把她驮到徐金家里。那天是腊月三十，她穿着一件红棉袄，上边套了件花布衫，亮亮堂堂的。她骑在驴上看了她爸几眼。她看她爸不说话，以为她爸心里难过。走了一程后，她就不再看她爸了。娶亲的几个小伙子不时往路上丢几个花炮，叭儿叭儿响。

老钱把手缩在袖筒里，他感到有点冷。

"不会出什么事吧？"他想。

老钱记得，徐金从硷畔下把他们迎了进去。徐金笑吟吟的："回窑里回窑里。"徐金这么说。窑里人很多，窑外边搭着帆布篷。老钱看见人们像影子一样走来走去。

"不会出什么事吧？"他想。

吃八碗了。老钱坐在桌子跟前，看着那些影子们。

"不会……"

他看见徐金过来了，走到他跟前。

"亲家，我来给你敬酒。"

徐金拿起一瓶柳林春，伸手取老钱跟前的盅子。老钱看见徐金脸上红红的，很高兴的样子。他赶紧站起来。

突然，他想尿了。他感到尿憋得他难受。

"好你哩。"他说。

他感到有一股东西冲了出来。他的腿有点发抖。他想上茅房去，不知怎么，他又不情愿。他接过徐金递过来的酒盅，看着徐金的脸。

"我要尿了。"他想。

他这么一想，就松了劲，就真的尿了。他觉得尿水冲在棉裤里子上，打得棉裤突突跳。

"这回，我抱住你的粗腿了。"他突然这么说了一句。

徐金瞪大眼睛看着他。

"看你还吓我不。"他说。

徐金看见老钱好像要哭了。

老钱鼓劲尿了起来。许多年后，老钱还忘不了，他在徐金家尿的这一泡尿，是他有生以来最痛快的一泡。以后再也没这么尿过。

"亲家，你喝酒啊。"徐金说。

老钱站在那里，端着酒盅。他还没有尿完。

原载于《人民文学》1987年1—2期合刊 《土声》三篇

石匠三娃

"夜个晚，赵庄的婆姨全让人家堵住了，十三个。"石匠三娃说。

他和他的婆姨翠小坐在窑门前的土坎上，望着对面的沟崖。

翠小抱着膝盖，好像没听见三娃的话，脸上看不出什么表情。刚好有一股风吹过来，她缩了一下肩膀。她看上去有二十多岁，身体瘦小，坐在三娃跟前，像一只猫。因为瘦，脖子显得长一点。如果笑起来，她的脸还是很好看的，特别是鼻翼两边的那两条线，和蔼地弯到嘴角。只是她现在没笑。

天已晚了，月亮圆圆的，天上没有一丝云。沟口升腾着白色的雾气，越往上越薄，一直到沟沿上边，就渗进天幕里。月亮一点也不吝啬，能洒到的地方都洒到了，像泼了一层亮光光的水。东边不知谁家窑背上的几棵树也浸在月光里，没有叶子，枝条散开的轮廓让月亮打上了一圈光晕。能看清对面沟崖上的石头，白白的，也闪着光亮。低凹的地方不像白天那么干巴难看，软软的。沟里很静。拦牛的老汉从沟底走进村子以后，沟里就开始安静了，一直这么静静的。有几声狗叫，也不刺耳，悠长悠长的，直扯到远处。

其实，他们什么也没看见。他们只是在这里坐着，偶尔说几句话。

"一个也没漏，十三个。"还是三娃的声音，平平的，"人家带着医生，就在村主任窑里，不进去就往里抬。"他说。

又一股风，翠小的身子抖了一下。

"三娃，我不想生了。"翠小说。她看着远处。三娃不说话，一动不动。

"我不想，我真不想生了，三娃。"她说。她看了三娃一眼，只看到三娃的脖颈，衣领上浸着白白的月光。

"三娃，"她说，"三娃。"

"嗯。"

"都怪我，我没本事。你就怪我一辈子吧。我心里真不好受。我来到你家窑里，生了四个了，我肚子一天也没空过。"

"两个。"三娃说。

"要不是你，就是四个。你不让养，我真是一点办法也没有。我真不想生了，我害怕。"翠小的声音越来越小。她用手捂着脸，埋在大腿里，快听不清她的声音了。

"好像是一只鸟，是老鸦。"他感到有个黑东西朝西边飞了过去，所以他说。

"老鸦晚上还飞。"他又说了一句。

"三娃，我真受不了。你说这些，我真受不了。"翠小说。

"天冷了。"

三娃站起来，拍了拍屁股上的土，走了两步，又转过身来，说："我不能断子绝孙。翠小，你要生，我就要你生，你听着。"

翠小不抬头，双手搂着膝盖。她听见三娃回窑里去了。风有点大，她把膝盖搂得更紧了。

谁家的狗又叫了几声，像哭。翠小起来，走到窑门口，撩起门帘。门帘搅乱了一团月光。等门帘又静静地垂下来，月光就在原地方合拢了。窗纸上的灯一火，山沟里全成了月光，再也没有一点声响。

第二天，三娃没吃饭就去了沙坪镇。翠小心里慌慌了一天。拦牛的老汉又从沟底走进村了，还不见三娃的影子。翠小哄两个孩子窑里睡了后，就站在窑门外等三娃回来。

又是那个月亮。

她终于看见三娃的影子向她游了过来。她看见他从坡底爬上来，能听见他在喘气。她向前走了两步，还没等她叫出声，三娃已跪在她的跟前了。

翠小吓坏了，也扑腾一声跪在地上，抱住三娃的肩膀。她看见三娃满脸是泪水，嘴里鼻孔都喷着烧酒的气味。

"三娃，三娃，"她叫。

"什么都不怪，翠小，我三娃没那个命，我问过卦了。"

三娃抱着头，使劲地摇。

"我去镇上医院，我让他们把我做了。翠小，我不能让你去做，你一去什么都完了。"他说。

翠小什么也没有听清，不知道三娃都说了些什么，只一个劲地摇着三娃的肩膀，浑身抖成一团：

"三娃，三娃。"

三娃的头顶在地上，两手抱着脖子，喉咙里堵着什么东西，呜呜响。突然，他抬起头，一把抓住翠小的胳膊，一脸哀求的可怜相，他说：

"翠小，你不想给我生娃了，是不？你说，你不想给我生了？"

翠小低着头，眼泪扑簌簌往下流。三娃把头埋下，抵在翠小的胸膛上：

"翠小，我三娃不是人，要害了你了。你就当救我，你可怜可怜我三娃。我，我不能断子绝孙啊。翠小，你懂了没？呃、呃、呃呃……"

翠小什么都明白了。她的胳膊慢慢地松了，垂下来。她端乎乎跪在地上，脸平平的。月光像蜡一样，打在她的脸颊上，额头上，头发上。

几天后，三娃出门揽工去了。

三娃过一段时间就回来一次。每一次看见三娃回来，翠小就脸红，像做了什么亏心事，她和他很少说话。只是无声无息地尽一个婆姨的义务，给他享受不尽的温情，使他出门在外的时候也享受不尽。她没让他不愉快过。晚上，她把炕铺得平平的，很早就让两个孩子睡了，为的是让三娃能多抱她一会儿。她甚至把湿烟叶压在炕席底下，三娃每次离开时都能带点烤干的烟叶。

可是她怕。怕三娃和她说话，怕三娃问她什么，一直到三娃搂着她的脖子睡过去，她才长长地松一口气。

三娃什么也没问过。

有一次，就这么躺着，翠小突然给三娃说，让他不要再出门了。三娃心里一跳，他知道翠小话里的意思。

"真的？"

翠小没说话，两只眼睛看着窑顶，一只手在肚子上摩挲着。

"三娃……你不能和人家过不去。"翠小拧过身子，拉着三娃的手，脸红扑扑的。

"千错万错，都是你和我的错。"她说。

三娃不言语，把眼睛闭上了。翠小不知他在想什么，就再没说话。

三娃不出去了，他守在家里，照顾翠小。日子很平静，好像什么事情也没发生过。村上人看见翠小的肚子一天天大了，有哪一个缺德的人会跑去汇报呢？三娃有福，也许是医生手下留情呢，刀子没割到。有人背地里这样说。

不安的是翠小。三娃越不说话，她心里越害怕。她好像不认识三娃了，不时地看三娃的脸，总想从他的脸上看出点什么来。三娃总是那么一副脸色。他没有慢待翠小。翠小似乎放心了，可又放心不下。她老感到窑里什么地方藏着一件危险的东西，心里一急，就捂着脸流眼泪，好像生来就是流眼泪的。流眼泪，又怕让三娃看见。

三娃什么都看见了。

一天傍晚，翠小在炕上滚来滚去，满头冒汗，她喊着让三娃去叫接生婆，她说她快要死了。等三娃领着接生婆踏进窑门，小孩已经落草了。翠小躺在炕上，歪着头，瞪着眼睛看他们。炕上流了许多血。

是个女孩。

接生婆给小孩剪断脐带，扎好，用小棉被包了，放在翠小跟前，转头对一直不作响的三娃说，翠小生娃多，生得顺溜，不会有什么事，又叮咛了几句，就走了。

三娃靠着窑背蹴着，抽了一包包烟。翠小倚着棉被摞成的靠背，不知过了多长时间，她听见三娃出了窑门，脚步声越来越远。

天快亮的时候，三娃回来了，翠小看着三娃的脸色很怪。她知道出了什么事。

"翠小，"三娃说，"我把他杀了。我也不想活了。我什么都完了。我把他拉到后沟。他说不是他的错。这我知道。可我把他杀了。"三娃说。他想流眼泪，但流不出来。

翠小已经晕了过去。三娃从被窝里抱起那个小棉被，拿了一把铁锨，从窑里走了出来。棉被里的小孩竟没有哭。

他一直爬到那个小山顶。天真的亮了，风吹着，冷飕飕的。他挖了一个小坑，放在一边的小棉被吱哇一声哭了起来。他把它扔了进去，用土填平了。

他蹴在填平的小坑跟前，抽了一锅旱烟，扭头看了看新填的土，好像在动。他站上去，跳了几下。

等人们找来的时候，三娃已经没救了，血顺着他的脖子流了一大摊。他用小孩削铅笔用的那种小刀割断了那里的血管，流过血的刀口已被风吹干了。

原载于《海鸥》1987年第4期

那棵树

"怕要发生什么事了？"

花花正扫院子，不时地抬起头看着远处沟岔上的那棵树，就那一棵树，不知道是棵什么树，孤零零的，好像一百年前就在那儿了，至今没有长大，每天出门都能看见它，可从来也没到过那里，不知道是棵什么树。别的都是一色的沟壑梁峁，一层一层的，满眼石头，闭着眼也能看见，看着不知是什么滋味。好像也没有风。稍沟里常有风的，今天怎么没一丝了。

花花是个爱整洁的女人。院子从来都是白白净净的，落不上一根柴草，根本用不着扫，现在，也不是扫院子的时候，已过正午了。谁过了正午还扫院呢？

今天，沙坪镇有集。她已和向富说好要去镇上转转，可走到半路，她又不想去了。她去镇上并没有什么事，就回来了，惹得向富一个人满不高兴地走了。她知道去镇上要走二十里路，翻三道沟梁。就那一条路，贴着沟崖，一弯一弯的。她不想走那条路，如果有另一条路，她也许会去。镇上的集现在该散了，向富说不定正从那条路上往回走呢。

十年前，她就是和向富从那条路上来到这个村的。向富是个光棍汉，他出民工修公路时，住在她娘家那个村，散岔村，离这百八十里。她家就在他们住的窑上面，同吃沟底下泛水泉泉的水。她每天担水，都从他们窑前过。窑门前有一块平地，担到那儿也就累了，正好歇气。那天，太阳暖暖的，她看见门口只坐着向富一个人，正光着上身在太阳底下捉虱子。

"向富，你们那伙人呢？"她问。

"放假了。过年去了。"向富说。

"你不过年？"

"不过。我是光棍。"

"你家在什么地方？"

"远呢，百八十里。"

"那地方好么？"

"能吃饱肚子。"

"我们这儿吃不饱……"

"花花可怜哎！"向富没抬头，拖着长声。她不知怎么感动了，心里热乎乎的。她从水担上站起来，坐到向富跟前。

"向富，你想要婆姨么？"

"想要。"

"我给你当婆姨。"花花拉住了向富的光胳膊。向富吓坏了，一蹦子蹦进窑里。

"花花，我是胡说哩，你，你可不敢进来。"向富声音变了，腿直打颤。

她的心越定了。她要跟向富走。晚上，她一个人站在向富的窑门口，等着向富看见她。向富真看见了：

"花花，你哭了？"

"向富，你看不上我，是不？"

"不……不是，我不敢，你……其实我就想要你这么个人，你不骗我？"

"谁还骗你。"她真的哭了。

"花花你不哭，你一走，我就想了，我都想好了，花花你信不？"

向富确实没骗她。这里虽然也是个偏僻的地方，一条稍沟里只有这一个村子，二十几户人家。可在这个名为黄土高原，实际上不长庄稼的高原深处。偏僻也有偏僻的好处：方圆十里以内的沟壑梁峁都归这个村所有，可以广种薄收。加上能种庄稼的土地太零碎，不规则，这里一块，那里一块，谁也无法丈量出它的亩数，从来都是村干部报多少就是多少，每年的公购粮任务就按这个亩数算，能占很大的便宜。村民缺粮的时候不多，能吃饱肚子，而且还有一些向阳的坡地可以种点小麦，每年都有几个月能见到一点白生生的麦面做的馍馍。和散岔比起来，这里是天堂呢。

怎么想起这些陈年旧事呢？花花又看见了那棵树。她真想到那里去看看，看看它是一棵什么树。来这里十年了，每天都看见它。

招招正在小学校里念书。招招是花花的儿子，八岁了。她能看见那孔窑，在东边那一棵树跟前。那里也有一棵树，是棵槐树。树旁边有一个石磨，南索家婆姨正在磨子边磨面。黑驴的眼蒙着，不紧不慢地走着。说是个学校，只有十几个娃娃，分三个年级，一个老师教。

全村二十几户大都在这一块。花花家算是比较殷实的一家。三孔窑都收拾得干干净净的，院子周围打了一圈半人高的土墙，还有个门楼，门上边神气地钉着两排泡泡钉。安上新门的那阵，她很高兴了几天。现在，那些高兴劲不知跑到哪里去了。年龄大了吧，没那份心情了。

其实，花花年龄不大，才三十岁，仍然是村上最漂亮的婆姨。她能干，人缘好。她能看出来，村上的男人对待她明明和别的婆姨不一样。女人们嘴里不说，心里都明着呢。

向富该回家来了，该不会出什么事吧？花花又看见沟岔上的那棵树了。她真想去那里看看。这时，她才看见她手里拿着一根绳，她想起来了，她早想去那里看看，顺便揽点柴。冬天快到了，总要有过冬的柴禾。过两天，向富要专门去后沟里揽柴。

她没有锁门，向富一会就会回来。她只把门合严。她看了看太阳，已半下午的光景了。她犹豫了一下，还是朝沟底走去，拐一个弯，就把村子拐到了背后。现在是十月天气，看太阳的劲头，冬天恐怕要来迟呢。

那棵树还在那里，只是稍微变换了一下方向，看起来不远了，其实还要走很长的路才能到它的跟前。她又不想去那里了，她不知道她为什么偏偏想看那棵树，树有什么看的呢？树在那里好端端的长着，关人的什么事呢？也许她根本不是为了看那棵树，就是想出来揽点柴。也许根本就走不到那棵树跟前，树远着呢。这条沟谁知道通到什么地方。

她心里乱了。她从来没这么乱过。她感到热燥燥的。怕要出什么事吧？她有点后悔，她不该出来，一个人到这沟里来。她不知道什么时候，手里的绳子已捆了一捆柴禾，快要背不动了。沟里还是有柴的，那些小树长一年就枯了。

她看见一个人背着一捆柴从沟里往外走。她一直看着他走到她跟前。是南索。南索去年还当村干部，他打过她的主意。公社来了干部，南索就安排在她家里吃住。他总是多拿队上的面和油给她。他满以为拿这些东西就可以做他的本钱。去年的这个时候，向富去沟里揽柴，南索找她，说公社要来两个干部。他看家里没人，就抱她，把她往炕上按。她咬了他一口，拿切面刀赶走了他。后来，他偷了公社农具厂的东西，被逮住了，撤了职。他见了花花一直不好意思，这个人。出来时她看南索的婆姨还在那里磨面。这个村，找不出一个好男人！

南索看见是她，头一低要过去。

"南索，不歇歇？"她看着那棵树。她听见她叫南索了。南索连身子转过来，看着她，脸红了。"不歇啦，天不早了。"南索说。

天确实不早了。月亮像一枚纸钱，在东边的天上印了出来。

看不见太阳，但太阳的光气还没有散尽。月亮上蒙着一层薄薄的红色。

"过来歇歇，我有话给你说。"她说。

南索放下柴捆，过来了，却并不坐，不知她有什么事。"坐嘛。"她说。她仍然看着那棵树。那棵树变得更小了。

南索坐在她的跟前，看着她，呼吸扑到她的脸上。她闻到了一股气味，什么东西在她的身子里骚动着。她猛地伸出胳膊，把南索搬倒了……

南索把她从地上抱起来的时候，看见她满脸泪水。南索吓慌了："花花，这都是你，我不好，花花，我早都不想了。"他说。

等她后悔的时候，一切已经晚了。怎么会有这种事呢？

"你走吧，这不怪你，我心里难受，闷得慌，"她说，"南索，算你占便宜了，这是最后一次，你以后连想也甭想。你想，我用刀子剐了你！"说完，就把头埋在手里哭。

南索走了。沟里一点声音也没有，她抬起头，月亮已亮起来，月光照在那一块一块的坡地上，像水。她已看不清那棵树了。她知道它还在，还在那里长着，明天一出窑门，还会看见它，孤零零的，永远也长不高。

她把一切都归到那棵树上了。她甚至想，以后死了，还要和这棵树埋在一个地方，她真不甘心。她恨死了那棵树。

原载于《海鸥》1987年第5期 《峁下》二题

牡丹台的凤

凤，她就叫这么个名字。

那天，学印来她家窑里，给大大说，他家的草驴寻驹哩。看他很高兴的样子。

"嘿，我家那头草驴怕是寻驹哩。"他说。

"狗日的不吃不喝了，心神不安的，光炻蹶子。"他说。

大大坐在炕上，抽旱烟。他把烟盒子往学印跟前推了推，问学印："几天了？"

"前个晚上就这模样了。"学印说，"我想拉到石马科去试试。"石马科有个马场。

"甭急。"大大说，"再过一两天，发情发狠了再去配，把稳。"

"我就说来问问你。"学印五十多岁了，有个什么事，总要来问问大大。

凤也在窑里。她给大大和学印泡了一壶砖茶。平常，他们说这号事不避凤，惯了。凤也没感到不好意思。

可这回，不知怎么的，凤的脸红了。她感到脸上烫热，倒茶的时候，茶壶嘴一偏，茶洒在炕席上了。

"凤十七了吧？"学印问大大。憨学印，偏偏这个时候问。凤看了学印一眼，说不上是个什么眼神。她把胸前的一根辫子甩到脊背上，朝窑外走。

"凤，该做饭了。"大大说。

"知道。我去地里，摘两条黄瓜来。"她说。

都把这里叫牡丹台，可能这里长过牡丹，谁知道呢。凤会绣牡丹花，可没见过牡丹花，花样子是从别人那里誊来的。

牡丹台在这条拐沟的尽头。拐沟的尽头叫沟掌。真是个掌呢，五个小沟岔像五根手指头，伸在沟梁里，从川道到这儿，足有三十里；最近的村庄是兰家窑科，十五里。只有一条路，窄窄的，弯弯的，一上一拐。路两旁的崖畔上长满了柏树。路上，几天走不了一个人。

在牡丹台的最高处，能看见东边的罗子山。罗子山底下就是黄河。其实，那儿离这儿很远很远。

三年困难时期，从河南来的一家人在这里落了脚，住下了。第二年，从榆林下来的一家也住在这儿不走了。还有一家山东沂水县的人。现在，是七户人家，三个省的。他们没有户口，是黑户，好多年，他们不交公粮。

他们不常出沟，和外界的接触极少，孩子们没地方上学。

他们很满足这个地方，他们向五个小沟岔和山坡上的黄土地要日子过，过得很好。日出而耕，日落而息。每天傍晚，都有做饭的蓝烟从沟底升起来，温和而平淡。

后来，不知谁给兰家窑科的老支书说，牡丹台的黑户发了，吃白面。家家养牛养驴，比官户的日子还好，老支书就派了个干部进牡丹台，正式宣布，以后要收他们的"公粮"，交给兰家窑科大队。因为他们在兰家窑科大队的地盘上，不交就赶他们走。

从这时候起，牡丹台就有了一个队长，迎上管下，处理来自上边的一些行政事务和本"村"的一些公共事务，协调各方关系。

但他们还是黑户，日子似乎没受到多么大的影响，牡丹台还是牡丹台，牡丹台的鸡还在叫唤，牡丹台的娃娃们还在长大。

这不，学印的草驴寻驹了。

这不，凤的脸已会发热了。

凤梳着两根长辫子，有时，顺溜溜地搭在脊背上，有时，顺溜溜地搭在胸膛上。上坡的时候，胸脯儿就高高地挺着。凤穿着一件红颜色的布衫，一件月白色的裤子。她不穿袜子，光着脚，穿一双自己做的方口布鞋。

"憨憨，憨学印！"凤在心里想，有点骂学印的意思，又有点高兴，脸还是热烘烘的。她朝下走，胸脯儿高高的，甩过来的那一根辫子来回摆着，摩挲着胸脯，痒痒的。真是，以前就不感到痒痒。

"凤十七了吧？"学印真是个憨憨。小时候，常有人问她：

"凤，几岁了？"

"五岁了。"

"属啥的？"

"属鸡的。"

"去年是鸡，今年还是鸡？"

"就是鸡。"

后来，没人这样问了，她好像记得，再没人这样问了。其实，她都是听妈教给她的，妈教她说几岁，她就说几岁。

凤这才感到，人的年龄并不单单是个年龄。比如十七岁，十七岁爱脸红，十七岁就心里痒痒，十七岁就让人觉得说不出的有意思，连自己也想不透，摸不透。

"凤十七了吧？"学印这样问大大。

前天，就是前天，凤和大大翻地，准备种麦子。大大到沟岔里解手，牛和犁歇下了，凤坐在地畔上。塄畔那边就是玉米地，老高老高的，挂着红缨子。

军不知从什么地方钻出来了。军蹲在凤的跟前。

"凤，翻地呢？"军说。

军朝四下里看，好像要找见什么。

"你大大呢？"军问她。

"一会就来。"

军朝她跟前挪了一步。

"凤，你和我好吧。"军突然说。

"凤，你说，你和我好吧。"军的眼睛瞪得圆圆的。凤有点害怕，她看军盯着她的胸脯，不知道那里有什么。她低头在胸脯上一看，便慌张了。

"不，我不。"凤说。

"我想和你好，你给我生娃娃，我养活你，养活你大大。"军说。

"我不。"

"凤……"军还要说。

大大咳嗽着过来了。军噌地钻了玉米地，像野兔刷刷刷溜走了。大大问她，她说没什么，是野兔。

军三十二了，没婆姨，军是榆林下来的。

川道里的姑娘没人愿意嫁到拐沟里来，兰家窑科的姑娘也没人来，哪怕这里粮多，年年能吃饱肚子。军三十二了，没婆姨。

就是军，让凤知道她十七了。想起来，凤心里就痒痒的，脸烫热。

小路是人踏出来的，从坡上通到沟底，又从沟底通到坡上，好多条。凤走的是通向她家黄瓜地的那一条。

其实，那里只有二分地，专门种菜用。黄瓜不多，三行，都插着小棍，算是瓜架。瓜秧儿攀着，拖着。有的结老大的瓜了，有的正开花。瓜叶儿旁边伸着青黄的龙须，挽成一个又一个环儿，做出一副对人笑的样子。

太阳在沟顶上，伸着手能够着。正是一年里最热的时候，凤走到黄瓜地，已出了几层汗了。天天都来摘黄瓜，今天是最高兴的一次，不知为什么。

凤想起一首摘黄瓜的歌：

正在月中摘黄瓜

他在墙外扔土花

打掉了黄瓜花

哎呀咕哟

打掉公花还有可

打掉母花少结瓜

奴妈妈把奴骂

哎呀咕哟

奴妈妈把奴骂……

凤没唱过，她不知道能不能唱完。她过去只听妈唱过，还有几个老头在地畔歇气的时候唱过，听着像逗乐一样，怪好听的。

要吃黄瓜你摘两条去

你要玩耍晚上来

奴给你把门开

哎呀咕哟

你进门来奴抱怀

先解纽扣后解怀

然后……

凤不往下想了。她知道她能唱完。她怎么能全唱下来呢？她又没唱过。

世上肯定还有好多十七岁的女孩儿，她们会想什么呢？牡丹台的凤就想的这些，想得快快活活的。

五个沟岔五条水，细细的，在"手掌"里合成一股，向沟外流，流到兰家窑科去了，再继续流，就流到川道，和许多条水合在一起，成了郑庄河。

水流出牡丹台的时候，要经过牛舌头石。水把石头刷得光溜溜的，石头上印着水的纹理。水漫过牛舌头，就往下跌。底下是个不大的水潭，不深，却清清的。

月亮刚上来的时候，凤就坐在牛舌头石跟前。那天晌午，她远远看见军和几个人在水潭跟前洗脸、洗脖子，也洗光脊背。那时，太阳正热，那样洗真凉快。还有他们的牛，在一边喝水。

所以，她到这里来了，她也想那样洗洗，她不知道这时候不会有人来。牡丹台的人除了种地，就是在他们窑里睡觉。

也许她来的时候还不想洗，可一来，一坐在牛舌头石跟前，就想洗了。她看见水那么好，看着眼睛都是凉快的。

她胆子真大，她一个人在这里想洗洗身子，她还没这样洗过。

她把衣服放在一块石头背后，两手抱着肩膀，站到水潭里了，水就是不深，刚埋到小腿肚上边。

本来她有点怕，一站到水里，她不怕了。她把手伸进水里，摸摸小腿肚。她弯着腰，弯了好长一会儿才站起来，捧了一捧水，贴在胸前，水凉得她缩了一下身子。其实，水不凉，水只是凉快。

她越洗越快活。她看见她的身子很好看，她没这么看过自己。她和自己玩耍起来了。她把水撩在胸膛上，让水从胸膛上往下流，她看着水往下流。

一道树影影落在她的身上，她用手一捂，树影影又在手背上了，她一翻手，就把树影影掬在手心里。

她看着月亮。月亮也很凉快，很快活。

她感到她自己有说不出的好，她甚至爱惜起自己来了，她把手抱在胸前，手指头一会儿拢在一起，一会儿又划开。她看着指缝里的皮肉，她脸热了。

她想起了军的眼睛。军那天就看过她。她明白了军为什么要那样看她。

她不想和军好，她想和兰家窑科到牡丹台来收土地税的那个后生好。军在地畔上给她说了那些话后，她就记起了那个后生，他只来过一次，再没见过他，她甚至拐弯抹角地问大大，兰家窑科的那个人怎么不来收钱。大大说不来收才好。大大肯定不记得那个后生了。

人家不会要我的，她想。她心里有点难受。他肯定不会要我。他一定有婆姨了。

她又想起军。她想她不会和军好。她想遍了牡丹台的每一个后生，其实只有四个，她给他们排队，排来排去，又把军排到前边了。

还是军康硬，军有劲，军弟兄两个，他哥娶了河南那一家的女子，军家里有五头牛，还有一头驴。

那就和军好吧。就和军好。军说不定还会来找的。她想。

大大站在窑前的硷畔上喊她的时候，她已经上来了，走到硷畔跟前了，大大骂她，嫌她天黑了还往外跑。

她没说话，她躺在被窝里，大大吹了油灯，她又想：就和军好吧。

当了婆姨会是个什么样子呢？她又这样想了一阵，就睡着了。

原载于《海鸥》1987年第5期 《峁下》二题

伙 伴

"凡凡走了。"胡宽说。

"嗯。"坤胜说。

"搂他婆姨去了。"胡宽说。

"耕深也是。"坤胜说。

"原来我们是四个人。"胡宽说。

"嗯。"

"现在是两个。"

"嗯。"

他们坐在一个山包上，天有点麻黑了，天尽头只有山羊尾巴一样大小的几溜子红色。下午，他们四个人在山上挖育林坑，现在，只剩下他们两个。他们坐在土包子上，风从高处吹下来，吹着他们的肩膀。

"狗日的，都怪那两个女人。"坤胜说。

"不怪女人。"胡宽说。

"我看怪。"坤胜说。

"你说怪就怪。我说不怪。"胡宽说。

"要不，我们就是四个人。"

"两个人也一样。"

"不一样，你知道不一样。"

胡宽用鼻子哼了一声什么，坤胜没听清。

坤胜再没说话，胡宽也没说。风吹着他们的肩膀，每到这个时候，风就有点大，有点凉飕飕。他们看着一个方向。

"村里亮灯了。"坤胜说。

"听不见一点声音。"胡宽说。

"要是有凡凡和耕深，就不一样了。"

"你说这话不好。"

"我就说。"

"别说，我说你别说。"胡宽说。

"好了，我不说了。"坤胜说，他看了胡宽一眼，他只看清了胡宽的鼻子，胡宽的鼻子有点高，像泥捏上去的。

"那你说说什么？"他说。

"我不知道。"胡宽说，"说真的，我不知道，人有时候就不知道说些什么。"

"山上的那些树看不见了。"他又说了一句。

"嗯。"坤胜说。

"咱回吧。"胡宽说。

"我有点不想回。"

"咱不能在这里坐到明早上。"

"我知道。"

"回。"

"我说我有点不想回，我又没说不回。"

"回。"胡宽说。

"回。"坤胜说。

他们朝山下走。天尽头那些山羊尾巴不见了，变成了模糊糊一片。他们走的是一条山路，两边的树枝和藤条一类的东西在他们的脸上划拉着。

"你听。"坤胜说。

"是鸟。"胡宽说。

"鸟在这些草草里边。"

"鸟当然在草草里边。"

"我可不知道，我知道鸟在窝里。"

"草草里有窝。"

"冬天呢？"

"冬天？也在草草里边。"

"不怕冻？"

"鸟有毛。"

"有毛就不怕冻？"

"不怕。"胡宽说。

"你看，原来是四个，谁知道以后呢？"坤胜说。胡宽看见他把一只脚伸下去，想摸到一个稳当一点的位置。那一截路不好走，有些危险。

"当心。"坤胜说。

一会儿，他们到了山根底下，往前不远处就是村子。

"他们都睡了。"

"嗯。"

他们面对面站着，把胳臂交叉在胸膛那里，脚踩着镢头，让镢头把儿一下一下打他们的胳臂。

"我真不想回去。"坤胜说。

"我也是。"胡宽说。坤胜看见他捏弄了一下泥巴一样的鼻子。

"他们都像猪一样。"坤胜说。

"我可不这么想。"胡宽说。

"我就想。"

"你爸你妈也在里边呢。"

"我不管，我就这么想。"

"嗝，嗝嗝。"胡宽好像笑了。

坤胜本来不想笑，他听见胡宽笑了，也就跟着笑了几声。

"嗬，嗬嗬。"他这么笑。

"嗬嗬嗬嗬，嗬嗬嗬嗬。"他们都笑了，声音很大。他们笑了好大一阵，后来就不笑了。

"你听。"胡宽说。

"嗯。"坤胜说。

他们站着，听他们的笑声往黑糊糊的沟岔里边传。到处都有黑糊糊的沟岔。笑声往里一传，沟岔岔好像深了。

"林场新来了个女子，县城里的。"胡宽说。

"真的？"坤胜说。

"挺俊。"胡宽说。

"你见来？"

"我听人家说的。"

"眼见为实。"

"人家见来。"

"你又没见。"

"坤，你去不？"胡宽把镢头把儿抓住，看着坤胜黑糊糊的模样。

"去哪？"

"林场。"

"我不想去。"坤胜说。

"我也不想去。我说你想去的话，我就去。"

"那我去。"

"去。"胡宽说。

"你说能见上，得是？"

"能吧。"

"你说她在？不在吧？"

"她在的话，就能见上。我又不是她。"

"五十里路呢，他娘的五十里路呢。"坤胜说。

"她在就好了。"他又说。

"也许她在。"胡宽说。

"要翻几架山呢，我说。"坤胜弯起胳臂扭了几下，让衣服在脊背上蹭，他感到那里有点痒痒。

"她能去哪儿？我说。"

"去。"坤胜说。

"去。"胡宽说。

他们把镢头塞进一堆草丛里，朝沟外走。天不太黑，走在外边，天就是这么不太黑。他们朝沟外走。

他们翻上了一座山，又翻上了一座山。他们坐在一棵树底下，那里有一棵树，就那么一棵，看不清是什么树。树长在一堆硬土上边，他们就坐在土堆后头，风吹不上他们。

"要不的话，就不是两个人。"坤胜说。

"甭说那话。"胡宽说。

"我就说。"

"总要这么的。"

"我知道。"

他们听见风吹着树叶的声音，树上的树叶并不多。他们还听见了一声狗叫，不知是哪个地方的狗。

"你饿不？"胡宽说。

"你一说，我就饿了。"坤胜说。

"我饿了。"

"我知道会饿的。走的时候，我就知道会饿的。"

"日他妈的。"胡宽说。

他们又听见了一声狗叫。

"还是那只狗。"坤胜说。

"不一定，我看不一定。"胡宽说。

"我妈给我说，我是从涝池里捞出来的，我就信了。我一个
到涝池那里去，我想我妈怎么把我从那里边捞上来。我想要不是我
妈捞我，我就冻死了，我给我妈说了，我妈光笑。我想我要对我妈
好。"

"你妈哄你哩。"

"后来我就知道我妈哄我。你妈没哄你？"

"哄了。她说我是要下的，要叫花子的。"

"她们都哄人。你说，凡凡的婆姨会生娃不？"

"我不知道。"

"我看她不会生。凡凡给我说，他和那女人头回睡，那女人抱
着肚子蹴在地上哭。你说，那女人怎么能生娃。"

"那是头一回。"胡宽说。

"头一回也不能那样。"坤胜说。

"你说该什么样？"胡宽说。

"我不知道，我又不是女人。"

"那你说这话。"

"不知耕深头一回睡是什么样。"

"他没说过。我没听他说过。"

他们好大一会儿没说话，后来，坤胜说："人饿了真不好
受。"

坤胜用一只胳臂撑着身子，半倚着那堆硬土，他听见胡宽在地
上弹鞋帮子。他在倒鞋里边的土。坤胜用脚指头抠了抠鞋底子，里
边也有土，他觉得滑腻腻的，都让脚汗和成泥了。他是个爱出脚汗

的人。

　　下山的时候，胡宽看见坤胜猫着腰，用手在地上摸什么。

　　"你咋啦？"

　　"脚疼。"

　　"人一歇，脚就疼了。"

　　"还不如不歇。"

　　"你看你，你说歇才歇的。我知道你要这么说。"

　　"我又没怪你。"

　　"你心里不要想，一疼，我就想了。"

　　"越想越疼。"

　　"我知道。"

　　胡宽看见坤胜起来了，就把身子扭过去，等他跟上来，两个人一块朝下走，他想坤胜一定咬着牙，一走一狠的样子。下山比上山难，上山用的是软力，下山是硬力，顿得人心口疼，他们这会儿就往下这么顿。

　　"你说，那女子在么？"

　　"我不知道，我都说过了。"

　　"不在可就毁了人了。"

　　"在吧，我想她在。"

　　"你说，现在有啥时候？"

　　"半夜吧。"

　　"我看早过了半夜。"

　　"你问这做什么？"

　　"我就问。"

　　"你肯定瞌睡了。"

　　"你不瞌睡？"

"这会儿不了。"

"我不信。"

"你掐鼻眼凹，挤鼻尖尖，就把瞌睡挤出来了。"

"我都挤了几次了。"

"你再挤。"

"我真有点瞌睡了，你说人瞌睡了，能在路上睡觉吧？"

"咋不能，就是怕长虫。"

"偏偏就能碰上长虫？"

"有时候就偏偏。"

后来，他们走上了平路，他们谁也不说话了。他们就那么走着。路上一个人也没有，就他们两个人。就这样，他们走到了林场。林场在路边上，靠着山根箍了一排窑洞，用一圈矮墙围着。他们走进去，绕过正中间的一堵照壁，窑洞上的窗户全黑着，他们在窑洞前边的台阶上躺下来。

离他们不远的一扇窑门响了一声，他们就醒了。他们看见一个人影从里边走出来，走到墙根底下，蹲在那里不动了。一会儿，他们就听见了尿尿的声音。他们感到喉咙有点发干，他们一直看着那个人。后来，那个人站起来，提着裤子，从窑里钻了进去。他们听见那个人关了门，那个人没看见他们。他们心里真有点害怕。

"走。"胡宽说。

坤胜从地上爬起来。他们走过照壁，就拔腿跑开了。他们跑了好大一会儿。

"我看见了。"胡宽说。

"我也看见了。"坤胜说。

"我不信，天又没亮。"

"那我看见了。"胡宽说。

"我也看见了，"坤胜说，"你不信？"

"信。"

"你说是她吧？"

"是吧……"胡宽说。

这时候，他们看见，天真的有些亮了。

打糜子的

改过想美美睡一觉。他一丢下饭碗就这么想，可没睡成。他记起了窑里的几捆糜子，那是忙天打的时候剩下的。他记不清当时为什么没有打完，偏偏剩下这么几捆。这会儿他想起来了，他给他妈说：

"我把那几捆糜子打了。"

他妈正洗碗。她是个半大脚，年轻时候缠过，又放开了，这样就成了半大脚。

他看见他妈吓了一跳。他妈受了吓的神气很可笑。这样他就有点高兴，就越想打那几捆糜子了。

"我说，我把那几捆糜子打了。"他说。

"噢么。"他妈说。

他听不出他妈心里有什么不乐意。这些天，他总感到他妈有点别扭，他妈有什么不乐意，他就高兴。

"那你说打不打？"

"噢么。"

"噢么噢么。"

"打，打——"他妈说。

他把那几捆糜子提出来，把它们抖开，摊在碣畔上。他闻见了一股干草的味儿。他看见他妈的脸在窑门背后闪了一下就不见了。太阳很厉害，那几捆糜子一会儿工夫就晒得噌愣响。他把梿枷从窑里拿出来，脱下上衣扔在猪圈的栅栏上，露出肉膀子和厚实的脊背。他用手在上面抓了一阵，他每一次脱衣服的时候，都要在膀子和脊背上这么抓一阵。

"啪！"

他把梿枷狠狠地甩在摊开的糜子上，他听见梿枷打在糜子上的声音很响，咕噜噜往沟里滚。糜秆儿激动地跳了起来，有几枝沾在梿枷头上，被他高高地举进太阳光里。他感到皮肉里有许多毛毛虫一样的东西往外钻，一会儿，就黏黏糊糊地涂在他的身上，像抹了一层桐油。他妈端着一盆猪食，从他身边躲过去，往石槽里倒。

"啪！"他甩着梿枷。他看见倒进石槽里的猪食溅出来，有些溅在他妈的裤腿上。他妈跺了跺脚，从他身边躲过去，进了窑门。

"啪。"他甩着梿枷。

"啪。"他一个人站在太阳底下这么甩着，那时候，太阳确实很厉害。就他一个人，顶多还有一个太阳，顶多还有梿枷发出的那种声音。

"啪——"

"啪——"

那个人从那边走过来，他一直看着那个人。他想那个人的模样一定是贼眉鼠眼。他这么想着那个人，看着他走到他跟前。其实并不贼眉鼠眼。如果那个人是贼眉鼠眼的话，他想不出他会和他怎么样，他们会发生什么事情，可他不贼眉鼠眼。

"有山桃仁么？"那人说。

"啪。"

"我以为，你们这搭有山桃仁，有么？"

"啪。"

那人圪蹴在他的旁侧，看他打糜子，好像很有兴趣的样子。

"这糜子不错，我说你这糜子不错。"

"噢么。"

"你打糜子不错，我说。"

"噢么。"

他看见那人的嘴唇动了动，一会儿，又站起来，朝沟里边走。

他知道他是干什么的。常有这号人，冷不丁到沟里来，收什么山桃仁、土槐子。他们捣鼓这些东西。

"喂。"他喊了一声，"你来你来。"他说。他看见那人转过来，朝他脸上看。

"妈哎，你端茶来。"他说。

半大脚女人端来一壶茶，放在他们跟前。他们圪蹴在猪栏旁边，那里有一个盛玉米棒子的藤篓架，挡住了一块太阳光，他们就圪蹴在藤篓架底下的阴影里。他不甩梿枷的时候，那些糜秆就让太阳烘得噌愣响。

"你这人好。"他说。

"噢。"那人说。

"你噢什么？"他说。

"你说，你这人好，我就说，噢。"那人说。

"这是角角的话，角角常给我说这句话，你这人好，她给我这么说。"他说。

"噢。"

"你知道角角常给我说这话？"

"不知道，我不知道。我听你说哩。"

"角角是我婆姨。"他说。

"噢。"

"我给你说说角角的事。我说，你要能当光棍汉就好了。"

"我可不想当光棍汉。"那人说。

"你要能当光棍汉，你就能知道我和角角的事了。"

"我可不想当。"

"角角说她不行了，不让我拉她，可我还是拉着地板车，我想把她拉到医院，我想到了医院就好了。当时，角角下身正往外淌血，我把她用被子盖着，村上人问角角怎么了，角角怎么了，我说角角肚子疼。我拉着她一直走，角角让我走慢点，让我歇歇，她一个劲喊叫。我给她擦头上的汗，她就说，你这人好，这是角角的话。后来，角角就不喊了。就这么死了。"他说，"她喊叫的时候，我真想把她倒进沟里，我一个人往前走，要不就把我的耳朵割了，别让我听见她那么喊。我想，到医院就好了，我说角角你别喊了，你再喊我就没力气了，我就想死了。后来她就不喊了。"他喝了一口茶，看着那人的脸，那人也喝了一口茶。

"后来，我挖了个坑，把角角埋了。"他说。

"噢。我说，你们这搭……"那人说。

"我知道你要说我们这搭怎么怎么，得是？和那个蹲点的干部老曹一样，得是？外边来我们这搭的人都爱说这号话，我听得多了。要是你遇上我和角角的事，你就不会说我们这搭怎么怎么这号话了。"

"我是收山桃仁的。"

"角角死了男人。她男人是那边那条沟里的，你看不见。山高着哩，你以为不高，你一上去就知道山高着哩，你看不见。角角在那条沟里生了一个娃，人家不让带，要留下根，角角就一个人和我过了。角角就是这么个可怜人儿。她来的时候，肚子里带着一个环，这你不知道吧？"

"老实说，我不知道。"

"我也不知道。角角跟我过了几年，没生出一个娃来，我就不知道她肚子里有个环。我说角角你怎么不生娃，我想要个娃，角角也不知道出了什么毛病，她说她想哭，她说我一问她，她就想哭。后来，角角才想起来，她说她肚子里有个环。你看，就是这么一回事情。"

半大脚女人从窑里出来了，脸上怪眉怪样的。

"改过，你说丢人话。"

"我想说。"

"看你丢人。"

"你回去。"

"看你丢人卖害。"

"回去。"改过说。

改过听见他妈进了窑。

"你喝茶。"他说。

"我想，你们这搭有山桃仁。"那人说。

"当然。事情就出在那个环上。我说角角你怎么忘了，角角说，我也不知道怎么就忘了。我说角角你看，这么大的事，角角就低头不说话。后来，角角给我说，那个环在她的肚子里别跳，我感到那个东西在肚子跳。她这么说。我看角角的脸黄亮的。她说她害怕，她说医生给她安那个环的时候，她就这么害怕过。那个医生真不是人，给她们那里好多女人都安了那个东西。我说你不会不要她安，角角说不安不行。我说你不脱裤子。角角说那个医生说她也安了那个东西，没什么害怕的。我说角角你硬鼓劲，让她给你安不上，一鼓劲，说不定就把那个东西鼓出来了。角角说她鼓过，可鼓不出来。角角问医生，那个环会不会长在里边，长在肉里，医生说不会，医生说过几年就取出来。后来，角角跟我过了，就忘了。我说你看，这么大的事。角角说，想想办法吧，她说，想想办法吧，角角这么说。这都是角角给我说的话，我怎么就知道会把角角弄死呢。"

"人总有个一差二错的。"那人说。

"好端端个人，就弄死了。"改过说。

"这号事总有的。"那人说。

"人一死就变臭了，就是头发变不了，不臭也不烂。你说不定会遇上哪个墓堂塌了，你就能看见。"

"我见过。"

"那天，我给角角说，角角咱把那东西取出来。我拿了个酒瓶子，我把酒瓶底打掉了，我做了个铁丝钩，我就想了这么个办法。角角一听我说这话，就哭了。我说角角你别哭，这么哭可不好，角角说她害怕得厉害。我说人不能害怕，人一害怕就会毁事。后来，角角就不哭了，就躺在炕上。角角看着我，用手抓着我的手，她不说话，瞪着眼睛看我。我说角角你抓着我，就什么事也干不成了，角角就放开了。你不知道角角有多好。后来，角角淌了好多血。我把角角抱上地板车，角角一个劲喊叫，她把我的心都喊碎了。医生说角角是破伤风，医生说我是畜生，说我是野人、蛮子。他们把我赶了出来。不管怎么说，破伤风怎么就那么容易染上，这是我想不到的。我把角角埋了，埋角角的时候，我给角角说，我干了丢人的事。我还想起角角给我说的话，她说我是个好人，她是这么说的，这我都给你说过了。你看这时候了，天气还这么热，我圪蹴的时候长了，汗把我的大腿都螫疼了。"

"天不早了。"那人说。

改过站起来，用手指头挠着膀子。

"你走吧，你看，天就是不早了。"改过说。

"你有山桃仁么？"那人问。

"没有。我家又没人弄那东西。"改过说。

"你看你这人。"

"我都给你说了，角角死了，就没人弄那东西了，要是角角在的话，或许会有的。你看，我都给你说了。"改过说。

那人走了好大一阵，他听见了改过打糜子的槤枷声。他想，一定是那个改过在打糜子。

"日他妈妈。"

他这么骂了一声。

原载于《中外文学》

狗 狗

老天爷决意让狗狗来世上一趟。

狗狗妈生了两个女娃以后才生的狗狗。接生婆从瓦盆里捞出精光光的狗狗，提着两条嫩腿高兴地叫："长牛牛的！"狗狗妈兴奋得晕了地去。狗狗爸爸站在门外，两手把着墙，腿一软，顺墙溜下去，跪在地上，抱着头失声哭了。

"长牛牛的，长牛牛的……"他叨念着，喉咙里拉着风箱。大霞七岁了，二霞六岁了，才生了长牛牛的。没狗狗的时候，全家愁眉苦脸，提心吊胆，虽不明说，可都盯着狗狗妈鼓鼓的肚子。狗狗妈更害怕，鼓鼓的肚子让她摸得光溜溜的。狗狗爸说，再生个长头发的，就在瓦盆里溺死，提在竹笼里埋了。

当天，全村人都知道狗狗妈生了个长牛牛的，当天，狗狗家的门前就放了一块大石头。一个月内，邻家不能进去，要不，会踩了狗狗。狗狗是爸的宝贝蛋蛋。妈的心头尖尖。狗狗妈醒过来，刚有了点力气，就抱着狗狗，亲狗狗，咬狗狗的小手、小屁股。

"妈的狗狗哎！妈的狗狗哎！"

狗狗的名字就是这么来的。

不知什么时候传下这个规矩，娃儿满月那天要抱出门"撞道"，不撞道娃儿命不牢，不撞道活着交不了好运。被撞上的那人很关紧要，最好撞上个年长的，儿孙满堂的，有些身份的，娃儿以后不但有寿，而且有福。撞上谁了，抱娃儿的人就一笑："嗨嗨，娃撞道呢，撞上你了。"嘿嘿，被撞上的人就抱过娃儿进屋，碰巧要是走亲戚，就不走了，把礼品给娃儿留下，一家人似的在娃儿家吃一顿。没礼品的，就给娃儿怀里塞两块钱，也有塞三毛五毛的，全看被撞的人大方还是小气，富有还是窘迫。据说撞道的娃儿不光前景和被撞的人相似，性情也差不多。不信么？那些年长的人说起来有鼻子有眼睛呢！

狗狗满月这天撞上了毛老汉。

毛老汉串乡收废铜烂铁、旧鞋、破袜子兼卖点杂货，家在双庙村，不远，就二里地。毛老汉一头白发，满腮胡子，从不出远门，只串几个附近的村子。几十年了，几个村子的鸡鸭都认识他。都叫他毛老汉。他一辈子孤身，无儿无女，就靠他的小生意。就是这个毛老汉，今天偏偏起了个大早，偏偏让狗狗撞上了。

"嘿嘿，撞道呢，撞上你了。嘿嘿。"

"恭喜恭喜。"毛老汉把货车放在狗狗的家门口，从货车上提了一包豆豆糖，接过狗狗，抱着进去了。

饭间，毛老汉很抱歉地给狗狗爸妈说，他这一辈子不景气，娃不该撞上他。

"谁立的这个规矩？哄人哩。你看，狗狗的眼睛多大，多神气。你看他这手，遮天的富贵手嘛！撞上谁像谁？胡说哩！"毛老汉临走时随说随拿了一包豆豆糖和一包针几撮花线，让狗狗妈给娃儿缝兜时绣花用。因他过意不去，怕狗狗爸妈晦气，娃不该撞上他这个卖杂货的光棍老汉。

狗狗长得飞快，聪明伶俐，成了爸妈在亲戚面前体面的资本。谁都说狗狗有出息。七年后，妈给狗狗买了书包，领着狗狗进了村西头的小学。狗狗和照光、民民最好，三个人常在狗狗家写字。每回考试，狗狗都拿满分。

狗狗上了三年学，有天后晌，他被几个娃抬回来了，满口吐白沫，年轻的女老师一脸蜡黄，她说学生们都在操场上玩，狗狗突然倒了，直翻白眼，就成了这个样子。

县医院的医生说，狗狗害的是癫痫病。

花了一年钱，狗狗仍不好，爸妈绝望了。第二年，妈又生了长牛牛的，狗狗的病就没人管了。狗狗犯了病，躺在地上扭，家里人像没看见一样。只是犯过病去后，爸妈呵斥他去洗脸上的鼻涕、唾沫。

门房有一间放柴禾的小屋，狗狗爸收拾了两天，让狗狗住进去。

"让我睡？一个人？"狗狗看着爸爸的鼻子，他感到爸爸的鼻子像一块生肉。塞在嘴巴上边，真恶心。

"你睡。我和妈睡。"

"驴马日的。"爸说。

"大霞、二霞睡。"

"驴马日的。"

"我不睡！"

"驴马日的，打！"

狗狗跑了。晚上回来，他推妈的门，门插了。他听见爸在屋里哼了一声，他害怕了，一个人进了那间小屋，他钻到被窝里看窗户。明光光的月亮从窗口游过去。

就这样，狗狗成了傻狗狗。

狗狗家的大门朝南开，门口有一块大石头。狗狗常坐在石头上看街道上的人，看天上的太阳。太阳光照在他的脏衣服上。冬天，暖暖的；夏天，热热的。狗狗的眼睛像两块鹅卵石，死死地盯着人，嘴唇厚厚的，对谁都笑。照光、民民上了中学，又从中学回到村上，娶媳妇，生孩子了。他们的小孩又背着书包进了小学。狗狗还坐在石头上，只是厚嘴唇周围多了一圈硬喳喳的胡子。

那天，一群娃们围住了狗狗。

"狗狗，玩去。"一个说。

脏脸上的鹅卵石亮了一下。狗狗就和村上的娃们做伴了。他们一起扔石头。看谁扔得远。狗狗不干庄稼活。冬天提个篮子，屁股后边跟着一群娃娃，去田野里拾雁粪。走很远很远，娃们高兴了，就攥着小拳头，让狗狗伸过头来，在他的脑门顶上推。

"狗狗，推头。"

狗狗不说什么，只伸长脖子，把头放在娃们的眼睛下。小拳头推过以后，狗狗和娃们都很快活。

村上都知道。狗狗前顶上一溜没毛，就是娃们推掉的。久而久之。干脆就不长了。

狗狗兄弟娶媳妇那天，来了一屋客。家里人嫌他碍事，打发他出去。狗狗不想走远，就坐门口的石头土，不时往门里张望。村里人过来过去，有意和狗狗说笑：

"狗狗，你们家干啥这么热闹？"

"胡说。"狗狗并不恼，一脸得意地笑。

"兄弟娶媳妇，大麦不黄小麦黄哎，狗狗。"

"胡说。"

"狗狗，给你妈要媳妇去。"

"不要。"

晚上，满屋闹房的，狗狗趴在窗子上看热闹。人们都搡着新夫妇，让他们抱，让他们亲嘴。狗狗觉得那女人的嘴好像贴着他的嘴了。腻乎乎的，直快活到心里头。他推开爸妈的房门：

"妈，我也要媳妇。"

一屋人都笑了，狗狗不笑。

"大麦不黄小麦黄。"他说。

"驴马……打！"爸瞪圆了眼。

狗狗跳出来，他想不通，在小屋抱着被子哭了好大一阵子。当他从被子里抬头看窗户的时候，想起了芥菜。

芥菜是来存的媳妇。冬天穿一件红缎棉袄，套一件素花罩衫。

红缎棉袄在襟下露出一圈，一脸自来笑。狗狗和娃们在村外扔石头，常看见芥菜去自留地里拔菜。有时候几个萝卜，有时挖一把菠菜，背上长辫儿一摆一摆。

"驴马日的，好看。"狗狗想。

那天傍黑，狗狗和娃们扔完石头，娃们围上来，伸着小拳头：

"狗狗，推头。"

狗狗伸过头，让娃们挨个儿推。芥菜来了，抓住了来存弟弟的手。

"嫂，我要推狗狗的头。"来存弟弟说。

"咱不学坏。"

"大伙都推。"

"狗狗是有病的人，要没病就早娶媳妇了。娃娃也不会叫他狗狗，按辈分该叫他叔呢。"

"他是傻狗狗。"

"傻狗狗也是人……"芥菜拉着来存弟弟的手边走边说。

好看，大屁股，媳妇暖被窝，热乎乎的。狗狗鼓着两块鹅卵石，抱着被头想入非非。月亮从窗口游过去。

狗狗盯上芥菜了。一天，他蹲在地头看芥菜，在地里干活的芥菜也想有个人说话解闷。便和狗狗打趣。

"狗狗，你兄弟娶媳妇了，你馋不？"

"馋，我妈说也给我娶。"

"狗狗想媳妇了哎，狗狗，你知道要媳妇做什么呢？"

"暖被窝。"

"哎呀，狗狗不傻。"芥菜捂着鼻子笑。

"我就不傻，我给你讲傻女婿的故事。傻女婿去丈人家，丈母娘迎出门，让门坎绊倒了，傻女婿扶住丈母娘，说：'扶驴不是这扶法，提住笼头拽尾巴。'"

芥菜笑了，笑出了眼泪。

"我不傻吧？我还会念歌呢。一个咪猫猫住庙，尿了一庙猫尿尿。你念，你试着念……"

又一次，芥菜提着竹篮过来了。

"地里去呀？"狗狗说。

"拔萝卜苗去。"芥菜笑着，屁股一扭一扭往菜地走了。

不知什么时候，狗狗已站在地头了。

"是狗狗呀，别进来，踏了萝卜苗，以后，我给你说个好媳妇。"

"说你，就说你，你会摆屁股。"狗狗说。

"我不好，狗狗要好的。"

"你顶好，你当我媳妇，暖被窝。"狗狗跑进地里，抱住了芥菜，浑身乱抖。

芥菜这时才知道狗狗不是闹着玩。他死死地抱住芥菜，脸已被突放出的热情扭歪了，大嘴斜扯着，说不上是哭还是笑。芥菜吓坏了，语无伦次地说：

"放开，狗狗！快放开，狗……"

"不放不放，暖被窝。"

芥菜急了，抽出一只手，猛地扇了狗狗一巴掌。"啪"一声，狗狗愣住了，等醒过神来，芥菜已挎上篮子，跳在一边。她满脸通红。看着狗狗直喘气。

"狗狗，我打你了。我不想打你，你不要害了我。"芥菜说完，赶紧逃了。狗狗用手捂着半个脸，一动不动，直到看不见芥菜了，才在脸上摸了摸。脸火辣辣的，但没有破。

狗狗让芥菜给他暖被窝成了村上的笑话。狗狗认真，只要看见芥菜下地，他就会跟上去。

"你别跟我了。"芥菜正颜厉色地说。

"要跟。"

"我给来存说，治你。"

"打死他驴马日的。"

"我不给你说媳妇了。"

"我不要，要你。"

几天后，芥菜不见了，有人给狗狗说，来存和她打架，芥菜回了娘家。

狗狗心慌，睡不着。来存凭什么？他想。他恨死了来存，第二天，来存就倒霉了。

来存家没有吃水井，每天早上起来总去对门挑水，挑完水才下地。他挑着满满两桶水刚要进门，狗狗从柴禾垛后边蹿出来，抓住来存的扁担使劲一拉。来存就倒在大门坎跟前，没等他坐起来，狗狗已提起一只水桶，照来存的头上扣了下去。

"狗狗！"来存拾起扁担叫着。狗狗远远站着往后退。嘴里念叨着："来存，驴马日的……"

来存去找狗狗家告状，狗狗爸气得打颤。晚上，他和狗狗弟弟关住房门，把狗狗压在炕上用鞋底打红了狗狗的屁股。妈推不开门，站在门外流眼泪。

第二天清早，狗狗就出门了，人们看见他坐在村南的水渠岸上朝远处望。他不和娃儿们扔石头了，他在那里等芥菜。

"傻狗狗，傻狗狗。"人们觉得好笑。

狗狗爸叫狗狗回去，狗狗老远看见就跑。爸一走，他又回来了，喝晚汤的时候，爸用绳子把狗狗捆了，狗狗大喊大叫，用嘴巴啃肩膀，血流湿了衣服。村里人劝狗狗爸，爸才放了狗狗。

一连几天，狗狗都坐在水渠边上。村里人不觉得好笑了。感到心里有点酸。

几天后，狗狗终于在犯病时倒在地上，口吐白沫，眼睛直翻，胡蹬乱扭了一阵后，再也没有爬起来。有人说家里人给狗狗碗里放了"一〇五九"，不知真假。

总之，狗狗死了。

原载于《当代小说》1987年第7期

正午

　　她搓着那只袖子。袖子上有一团发红的垢迹，像一枚铜钱。记不清是什么时候染上的。她搓了整整一个上午，搓不净。这让她感到窝火。可她仍旧搓着，显出心不在焉的样子。她挽着袖子和裤腿，亮出来的那截子白胳膊和腿肚子紧紧绷着，像要破出水来。她像从麻袋里往外倒红薯一样倒出五个崽以后，就变成了现在这么个胖女人。正是正午的时候，蝉声叫得厉害。阳光很亮，热乎乎地烘着她肥突突的胸脯。有一股香味一直熏着她的鼻子。她想了好长时间才想出来，是向日葵的香味。窑洞和茅房之间有一片开阔地，那里长着几株向日葵，香味就是从那里来的。也许不光是这几株，周围的梁梁坡坡峁峁上，到处都有这种金黄的向日葵，香火一样冒着一股味道。过去没人种这种东西，这几年却多了。太阳一晒，那种香味就变得黏黏糊糊的，真让人受不了。她感到有一股恶臭的东西往喉咙眼里挤。她伸了一下脖子，硬没让它呕出来。

　　"驴日的。"

　　她骂了一声：不知是骂恶毒的太阳，还是骂她压回肚子里的那股子脏物。她想它们一会儿还会往喉咙眼里拱。

　　她想她把袖子搓净以后，就到沟底下的塘子里去透。她能看见塘子里的水。那里本该栽几棵柳树，可什么也没有，也没有一个人影。

　　她把盆子从窑里端出来，放在硷畔上。她男人正蹲在窑门口抠锄板上的干土。他埋着头，抠得很有耐心，指甲在锄板上磨出那种尖利的声音，直往心里钻。他已抠了好长时间，像老鼠啃铁一样，还抠。这些天，不知为什么，他老抠锄板，一个人蹲在一个地方，和谁也不说话。

"想给你先人抠个墓堂，得是。"她叫了一声。

男人跳了起来。她歪过头，看见他好像跳了起来，迷迷糊糊地瞪着她。太阳光很强，她越看男人越像老鼠。她觉得她大腿上有一块肉抽了几下。她突然想起许多年前，她第一次遇到他的时候，大腿上的肉就这么抽过。窑里黑糊糊的，满是酸白菜的味道。她听见有人在门外说："就是窑里那个。"她的大腿就抖了。他被人推了进来，堵住了窑门口的光亮。她看不清他的脸，只看见他的脸上有两个黑坑，直到他身上那股呛人的汗腥味钻进她的鼻子，让她打了一个喷嚏，大腿上的那块肉才安静下来。后来，她跟了他。他总是光丢丢地摸到她跟前，用舌头舔她，让她晕晕乎乎地想睡。疯气一过去，他扭头就睡，牛一样喘粗气。她在黑洞洞发潮的被窝里摸他的肩膀。

"他就是我的男人。"

她总这么想。她感动得想流眼泪，把他烧成灰，她也能闻出他的气味。

"你不，不是打蔓豆去么？"

他像一只老鼠。她看着他的脸，声音有些打抖。

"锄板上沾了土，干了，我看见上面沾了土。"他这么说。

后来，男人不见了，可能是下了碥畔。

她就是从那时候搓袖子的。整整一个上午，她搓着它，那里有铜钱大的一块垢迹。太阳真恶毒，她感到汗水正从她肥腻的脖子上往下爬，一直爬过胸沟，说不上难受还是快活。几个小娃儿下了塘子，在塘子里玩水。他们脱得一丝不挂，像一群光丢丢的鱼。她很想听见塘子里的水声。可听不见。太阳把什么都晒得蔫里八叽的。她想起那次从娘家回来。从窑掌上取下被子，往坑上一摊，中间光丢丢地摆着一堆老鼠儿子，精弱弱的，吓得她脖子发硬。她咬着牙，闭着眼睛，把被子抱出去，倒掉了那一堆活物。以后好多天，她还想着它们，一盖上被子，她就感到有一群老鼠儿子在她的肚子上爬。这会儿，她又想起来了。

还是听不见娃儿们玩水的声音，他们像一群哑巴娃儿，要么，她是一个聋女人。这么着，让她很难受。

坛子的婆姨揭她家的门帘。她家在对面的坡上，所以她看见了，坛子的婆姨从门帘背后闪出来。那是个精瘦的女人，半辈子没生一个崽来，不知道她男人和她是怎么睡的，白费了一身的力气，她一直讨厌那个瘦女人。她过门的时候，瘦女人也来闹喜房，老用贪馋的眼睛往她肚子上看，嘴巴上的笑有些恶毒。她就这么讨厌瘦女人了。她怀第一个娃儿的时候，总是幸灾乐祸地在瘦女人跟前腆着肚子，她邋里邋遢，拖着一双红鞋，肚子上的几个纽扣总是开着，好像是让滚圆的肚子硬挤开的一样。她把手放在那里，来回摩挲。

"我家那口子货哎。"她说。

"真他娘的会睡，像打枪一样。"她说。

她盯着瘦女人可怜的额颅。

"女人的肚子就他娘怪，一样的肠肠肚肚，装了一旮旯屎屎，可就偏偏多出些地方来让你下崽。"她说。

她一直看着瘦女人像一只下贱的母狗一样，从她跟前走过去。

一个女人不会下崽，活在这个世上还有什么意思，下头一个崽的时候，她险些死了。她男人抱着她，和她在炕上一起蹦。她掐他，咬他，把他的胸膛抓得稀烂。她鼓着眼睛失声叫喊。她想她活不成了。娃儿生下来后，她感到肚子就像一间空房子，轻松得要命。她一个劲地吃，吃，吃不够。没下过崽的女人，怎么会知道你能吃多少，怎么能知道玉米粑粑土豆红薯萝卜有多香！后来，她一个比一个生得顺利。生第三个的时候，她男人去叫人，等人走进窑门，她已经把娃儿包在小棉被里，下身的脏物早清理过了。她感到生娃儿是一件快活的事情，就像尿尿一样，憋得你难受，肚子疼，你一蹲下，放开尿一泡，你快活得能流出眼泪。她下崽的经验给许多人讲过，没有一个女人不赞成。

这么一想，她对那个瘦女人就有些怜悯。她想和她打个招呼。她看见瘦女人朝这边看了一眼，又回窑里去了。谁知道她出来做什么，也许她怕太阳晒。那种黏糊糊的香味越来越浓。瘦女人家的碱畔上也种着几株向日葵。

"驴日的。"

就是这时候，她骂了这么一句。

太阳没命地晒着。所有的东西都让太阳这么没命地晒，躲也躲不开。塘子里的娃儿们不见了，再也没见一个人出来。人不知都做什么去了，男人，她想起她男人，谁知道他在什么地方钻着，谁知道他打蔓豆去了没，他说他去打蔓豆。这些天，他总是一个劲抠锄板。

盆子里的水已变了颜色，又恶浊又难看，她使了整整一块肥皂对付那块铜钱大的垢迹。她感到肚子里那股恶臭的东西又要上来了，就鼓了鼓劲，让它下去。她把衣服捞上来，想换一盆水。她把脏水从碱畔边上泼下去，两个人从水花里钻了出来。

她这才想起来，他们在那里已经好长时间了，他们在那里说话。她听见他们老说着那几句：

"今年是虎年。"一个说。

"是虎年。"另一个说。

"六十年一个轮回。"

"六十年，一个轮回。"

他们说话的声音很含混，喉咙里像堵着痰。她想，她把他们这种含混的屁话已经听了整整一个上午。她很不自在，她看见他们从脏水里蹦出来，歪着脖子看她。她认识他们，一个穿着短袖汗褂，一个光着上身，一样的宽裆裤，一样头上没毛。他们歪在那里，像两根硬鼓着力气的老黄瓜。

"说话要说清楚。"她说。

她看见他们骨碌着眼珠子，互相看了一下，又歪在那里看她。她感到他们再这么看下去，她就会受不了。

"说话要说清楚，我说了。"

她提高了嗓门，脸涨红着。她听见他们好像嘀咕了一句什么，走了。

太阳恶毒地晒着，蝉声叫得厉害。她听见向日葵的香味里好像有一种蜜蜂的声音。她想看见什么东西，可什么也没有，空荡荡的。她突然感到有点伤心。她把衣服扔在盆子里，用手捂住脸。

"呜呜！"她哭了。

"呜呜呜！"她这么哭。

她闻见了一股汗腥味。她看见她男人从硷畔下边跳下来。她感到她身上什么地方有点怪，在动弹。她站起来，飞快地跑到窑门口，掀开了门，和男人一块走进去。窑门关上了。一会儿，她在里边激动地叫了一声。

就这么，男人突然从蔓豆地里回来了，猫一样跳上硷畔，这是她没想到的。她痛彻心骨地叫了一声，然后，就只剩下蝉声了。那时是正午，太阳很亮，向日葵到处在生长着。那是一种金黄金黄的东西，散发着一股味道，那只水盆放在太阳光里，很安静，盆子里有一件衣服，袖子搭在盆边上。太阳猛烈地晒着，一会儿就把它晒干了，上边露出一块铜钱大小的垢迹，也像铜钱那样的颜色。

原载于《延河》1987年第7期

盖佬

他看见他们来了。他感到他的腿软了一忽儿。他知道他们迟早要来的，可当他看见他们正朝他走过来，腿还是软了一忽儿。

他们一共三个人，他看得很清楚。尽管他们离他还有好一截路，尽管太阳正好在他们走来的那个方向，虚光很大，他还是看清了他们是三个人。他们并排走着，手里拿着什么东西。他想可能是镢头什么的。

从他们走来的路上，一直可以走到那个村子。村子只有七八户人家。那地方他常去。他现在就想到那里去。事情就出在这上面，他们就是为这件事来的。他们来了，他就不能去了。他知道他们会来的。

这时候，山里很静。连一声鸟叫也听不见，连一声狗叫也听不见。那些鸟不知在什么地方钻着。这里离村子挺远，当然听不到狗叫声。风只有碰到什么东西上，才能发出点响声。在这么个日子，太阳在天上照着，什么东西都明明亮亮的，谁也想不到会出什么事情。谁也不会这么想。

他们来了。

他感到他有点激动。他用手托住腮帮，那里长了很多硬毛。他看见他们站住。他们可能看见他了，所以才站住。他们也许要说些什么，总得商量商量怎么干。那三个人什么也没说，只站了一会儿，又朝前走。这让他有点意外。也许他们早商量好了。

现在他才感到，这里地势有些险要。早时候，这里闹过土匪。他们就钻在这一带的山里，后来被剿了。这些山叫罗子山，最高的那一座像一只狗头。山东边是一条河，远近的人都知道这条河。一到夜里，许多人都听见河的声音。但现在听不见，也看不见那个狗头，因为他在山底下的一条沟里。那些沟沟壑壑都不声不响。他想如果是他一个人站在这儿的话，他一定会害怕。可现在不是他一个人，是四个。那三个人正朝他走过来，他们要对他干一桩事情。他们到底来了。

他最先看清的是他们的眼睛和嘴，就像石头在地上碰过后留下的几个坑。他还没这么仔细地看过人。后来，他看清了他们的脸色。他们并不像要干一桩事情那样的表情，脸上土不拉叽的，有些晦气。他不知道他的脸这会儿是个什么样子，可能也很脏。他就这么想着，一直等那三个人走到他的跟前。他没猜错，他们都拿着镢头。

在这儿可不好，他想，离路太近了。

他这么一想，就转过身子，朝沟里走。他走路的时候，仍旧用手托着腮帮子。那三个人好像知道他的意思，跟着他一块儿往里走。他们离他只有三步远，他能听见他们喘气的声音。

他认识他们。矮个儿在中间，他是那个女人的丈夫。他刚到这里来的时候，就住在他们家，矮个儿待他很好。后来，矮个儿就可怜了。高一点的是矮个儿他哥，另一个是他兄弟。他们是兄弟三个。那天，他寻找到他揽工的地方，把他叫到没人看见的旮旯那里，他就知道快了。

"你知道你做了什么事？"他哥说。

"知道。"他说。

"知道你还做。"

"嗯。"

"你不怕人家卸你的腿？"

"怕也没用。"

"那你还做？"

"嗯。"

"不光是卸腿？"

"我知道。"

"这是要命的事。"

"我知道。"他说。

他把一根毛毛草放在嘴里嚼，眼睛看着别处。他一直看着别处。他的腮帮子上长着那种硬毛，像插进去一样。

"我知道是怎么回事。我想要是让他们知道了，他们会怎么样我。"他说。

"现在他们知道了。"

"我知道他们知道了。"

"那你还不走？"

"我不想走。"

"等着让他们弄死你？"

"我不想让他们弄死我。"

"你这人。"

"我做了他们不会饶的事，他们要弄我，这是他们的事，我总不能因为他们要弄死我，就不干我自己的事。"

"就为了那个烂脏女人？"

"他们这么说她。"

"你毁了一家人。"

"我没想要毁他们一家人。"

"可你毁了。"

"我没想。"

"你还要毁了你自个儿。"

"我没这么想过。也许你说的都对，可我没想过这事。"

"那你现在想想。"

"我可是不想。你要我想，你倒是说话。"

"你和她走算了。"

"她不走。你知道，她给饭锅里下过毒药，没毒死他们，她就不走了。这是我后来才知道的。我没叫她这么干，谁知道她是怎么想的。她怎么想我不管。她说就这么过活着，我想这么过活也没什么不好。"

"那你走你的。"

"我可不愿意。我可没想过要离开这里。人不是走到哪里都可心。"

"哪里黄土不埋人。你又有手艺。"

"我不愿意到别的什么地方去。"

"你非要惹出事来。"

他们都感到风吹着他们的鼻尖。土坎上有一撮土溜下来，拉起一点烟尘。山里总有风，总有些干土从土坎上溜下来。

"我就是给你说说，事情总要出来的。其实你离开了，什么事也就没了。"

他哥看了他一眼，看他没说话的意思，又说：

"你知道，我是他哥。虽然分开了，可我是他哥。"

"我知道你是他哥。"

"我得管这事。"

"这我知道，我知道你要管这事。"

"你一走，什么事都没了。"

"如果你们要弄我，我也没办法。要让一个人死，他就没办法，这是他们的事。"

他们不说话了。他掏出一条纸条，把烟末撒在上面，卷了一个烟筒。他哥看着他卷好，看着他划火柴。他使劲吸了一口。他们再没说话。他把烟吸了一半，把剩下的一半扔在地上，用脚跐了几下。后来，他们就走开了。后来，天就黑了，他睡了一觉。他好像做过梦，起来后一点也记不清了，不知道梦了些什么。能记得的就这些。

他听见什么东西在他的脑后边响了一声。当时，他想吸烟了。

他把一只手塞进口袋，想抽出一张纸条。他的口袋里总装着纸条，他总能从什么地方弄到这种东西。他听见那一声，身子就向前趔趄了一下，又站住了，因为他想站住。他知道是怎么回事，他歪过头，想看看是谁弄的那一下。他只看见一把镢头上好像染上了什么。接着，他感到头上有什么往下流，一直流到他的脖子里。他有点想尿，他可能尿了一点。后来，他就倒了，身子撞在土坎上，又滚下去。他的那只手一直插在口袋里，没有取出来。

他们都听见了那一声，声音不大，可他们都听见了。他们看见一股凉粉一样的东西从他的头那里吐出来，有点红颜色。有一些往下淌，把他的头发弄湿了，接着，就看见他倒下去。他们围着他。刚开始，他的身子还不停地弹，过了一会儿，就一点也不动了。那时候，沟里已经有点冷，他们就把他留在那儿，从原路往回走。他们谁也不说话，走过一个岔路口，就朝村子走了。后来，总之是后来，矮个子记得，他跑到乡政府，给乡长说了那天他所干的事，他说是他一个人干的。乡长先是瞪着眼睛，然后就不让他回家。他看见乡长给县上接电话，摇了好大一阵才摇通了。乡长结结巴巴说了半晌，他只听清了一句："盖佬把，把嫖客打死了，用镢头砸了一下。"他还听见窑里几个人笑了笑。再后来，来了个戴大盖帽的人。他让他领着到那条沟里去。他吓坏了，因为那个人没有了，一群蚂蚁在那里爬来爬去。他们看见了一只鞋底，已经腐朽了，一株水条杨从鞋底中间长了出来。

他"哇"的一声哭了。

这些，矮子记得很清楚。

原载于《延河》1987年第7期

注：盖佬：方言，戴绿帽子的人

蛾 变

　　"你看见没有？裴一十五老在窑门口转悠。"卞耀文给他兄弟说。他和他兄弟在沟底的淌水河畔畔上挖了一块菜地，这会儿正整理它。他说话的当儿，把一块红石头扔在塄坎上。他们头一仰，就能看见裴一十五家的几孔窑洞。这几天，他们看见裴一十五老在他家的几孔窑门口，那里有一个大树根，他们看见他从窑里出来，把斧头扔在树根跟前，然后就在那里转。过去他可不是这样。

　　"有什么转悠的，窑门口有什么转悠的。"他兄弟说。

　　"他也许要破那个树根。"

　　"真想不来。"

　　"人就是这么想不来。"

　　"嗯。"

　　"也许他不想破它。"

　　"他可能掉了魂儿。"

　　他们看着他，很有些惋惜。他们手里正干着活，可脑瓜子闲着，所以就看着裴一十五，这么说着话。裴一十五不知道他们正在那里说他，因为他看不见他们，最多能看见他们的头，不仔细看，也许会以为是塄坎上的两块石头什么的。

　　裴一十五看见他婆姨从窑里走出来，一边走一边用围裙擦手。

　　"好好的，你要毁了它。"他婆姨说。他婆姨看着比他老面。女人比男人老得快。

　　"我想把它破了。"他说。

　　"好好个东西。"婆姨说。

　　"我就想把它破了。"

树根是儿子从牴角沟里砍柴时背回来的，背回来的那天，他瞪着儿子。

"背那个东西你。"他说。

"我看着好。"儿子说。

"没事干了你。"他说。

"我看着好，就把它挖下来。"

他看着儿子放下树根，走进窑里。儿子的背影很高大，塞满了门框。树根一直放在那儿，放了几年。这几天，他动了心思，要破了它。他感到心里毛毛躁躁的，他想不起该从哪儿下斧头，所以他总是看着它，在它的跟前转来转去，总是拿不定主意。他觉着他婆姨还站在他背后，用围裙擦手。

"你总是用围裙擦手。"他说。

"我手湿了。"婆姨说。

"用围裙擦手。"

"看你这人，不用围裙用什么？"

"我就说。"

他看见他婆姨拧过身要走的样子，就说：

"你老站在我跟前，在我跟前擦手。"

"你说的什么话我不懂。"婆姨说。

"我说你就像站在我心里头一样，我觉着那个。"

"你看不惯我。"

"我没说看不惯你，你说你站在我跟前，就像站在我心里头一样，弄得我不自在，我可没什么不喜欢你的。"

"我不懂你说的话。"

"不懂就算了，我又不嫌这回事。"

"我不知道。你是让我走开，得是？"

"我没让你走开。"

"听话听音。"

"我可没你说的那个意思。"

"你这人鬼鬼祟祟的。"

"古时候，天下人给皇帝进贡，有一个人装了一袋谷子。别人拿的都是金银珠宝。你听着。他一个人拿了一袋谷子。皇帝恼了。他说我进的才是宝，人不玩珠宝能活，三天不吃饭可就要饿死，你还说我进的不是宝。"他听见有个什么东西在窑里响了一下，才知道他婆姨已经回窑里去了。

"你看，我给你一说你还进去了，这是明摆的，你不愿听，你又不是不知道这个道理。"他说。

裴一十五用锁子把隔壁的窑门锁了以后，他婆姨就感到他有点鬼鬼祟祟了。那时，儿子还很小，他们就一个儿子。他们有三孔窑，中间一孔住人，两边的有一孔放些麦糠、木头一类的杂物，另一孔闲着，准备儿子长大后娶婆姨，所以敞着门，门从来没锁过，里边就有一个土炕。她看见门上吊了一把锁，才知道他把它锁上了。

"是你把它锁上了？"婆姨问他。

"嗯。"他正在脱鞋，在炕沿上倒鞋里的土。她听见土往地上掉。

"又没什么东西。"婆姨说。

她已睡下了。她看着他吹了灯，把身子缩进被窝，什么话也没说。后来，她就发现了他干的事情。那天，她又看见他鬼鬼祟祟地在囤里抓粮食。

"做什么！"她在他背后喊了一声。她看见他身子抖了一下，然后就不动了，像木头一样趴在囤台上。他不回头看她，也不动弹。

"你偷粮食。"她说。

他不说话，就那么趴在囤台上。后来，他不声不响地走出去。她看见他的脸好像很羞愧。她以为他再也不会抓粮食了，可她想错了，他还抓，他每天都要从囤里抓些粮食放进那孔窑里去。开始她并不知道，她以为他要喂鸡，后来就知道了。

"你这是做什么？"婆姨说。

"什么做什么？"他说。

"好好的，你一把一把往过抓。"

"嗯。"

"你又不是老鼠。"

"我要攒粮。"他说。

"你鬼鬼祟祟的。"

"我又没鬼鬼祟祟的，我要攒粮。"他说。她看见他一副可怜的样子。后来，她才知道他要攒粮是怎么回事了。他像病了一样，一看见粮食眼睛就发蓝。他想把天下的粮食都锁到他那孔窑里去。他像贼一样。他磨面的时候，也要偷一点粮食往窑里放。他还干丢人的事情，他走亲戚串门，也抓人家的粮食。这粮食真好，他这么说，这粮食看着真好，他给人家这么说，我抓一把回去看看，他说。一把粮食算不了什么，所以他总能抓回来。后来，她还知道了，只要他把粮食放进那孔窑，就再也取不出一粒来，他把钥匙拴在肚子上，他不让她到那个窑里去。有一年没到麦收，他们囤里没粮了，这号事常有，说不定哪一年就歉收。她让他取些粮出来，他不让。

"到他舅家借些。"他说。

"咱又不是没粮。"

"借些借些。"

"我不借。"

"我说借些就借些。"

"我不借。"

"我借。"他说。

他借了一袋。新粮下来后，借的粮没吃完，她看见他把它们倒进了那孔窑里。他成了这么个人。他像病了一样，他一定有什么病了。他让她有些害怕。

"你肯定病了。"她说。

"胡说！"他说。

"你这么搞没好处，我说，你总要弄出事来，说不定你要弄出个什么事来。"她说。

儿子已经长大了，能挖回那么大的树根了，没出什么事。可她有些怕他，不是怕他打她、骂她，她也说不清楚。她老看他的脸，她想他要出个什么事。这几天，她看见他老围着那个树根转悠，心里就有点不安。她不愿意看见他在那里这么转，她不想看见他这个样子。

"你看，他嫌我站在他背后，谁知道，嫌我用围裙擦手。他就是这么鬼鬼祟祟的。看着，他要出事的。"

她这么一想，心里就有些慌慌，她把水勺在锅台上摔了一下。她在窑里看着裴一十五。她听见水勺的声音从窑里忽儿忽儿往外响。

过一会儿，裴一十五就会看见那只飞蛾，但现在他没看见，因为他正看着那个树根。他感到他有点心烦，他知道人老这么心烦不好，可他没办法，所以他就盯着那个树根，想着怎么破了它。他已经给他婆姨说过了，他想破了这个树根，尽管它好好地放在那儿，尽管儿子把它从牴角沟里背回来，头上还累出了汗，可总不能让一个树根老这样放在这儿，让它这么放着，有点不清不白。天下的事都一样，不想就没什么，想起来就不清不白。

他记得，要不是听见天正和靠靠在窑背上说蝗虫的事，他也许还想不起破这个树根。那天，他正往石槽里倒猪食，有一滴猪食溅到他鼻眼凹里，他想把它抹掉。就是这时候，他听见他们在窑背上说蝗虫的事情。他吓了一跳。你想，你一个人正干什么事，突然冒出来两个人在你头顶上说话，你还能不吓了一跳。

"我见过两回蝗虫。"天正说。

"我可没遇上这号事。"靠靠说。

"我八辈子也不愿碰上，可我碰上了。"天正说，"一回在山东，一回在河南。"

"听说是房倒屋塌呢！"

"可不是。在山东那次，我还小，看着山背后上来一股黑云，上着上着就看不见太阳了，光听见头顶上吱嗡——吱嗡响，我还跳着叫哩，叫我妈出来看，一会儿就不敢叫了，因为蝗虫落在我家门口那棵大柳树上了，越落越多，一个挽一个，像穗子，最后就挽成大圪垯，'咔——'柳树断了。你看，多大的力量，真房倒屋塌呢。那东西可怪，落到哪里，就寸草不剩。后来，大人小孩都在地上掏蝗虫，用麻袋装，走两步就能踏一鞋底，蹭一甩，就甩出去一个蝗虫肉饼子。你看多不多。人不吃蝗虫咋办？什么都没有了，连一棵草都没有了。"

"我没见过那东西。"

"好多年再没见那东西了，像蚂蚱一样，一飞就几百里，落到哪里哪里就遭殃，可了不得。"

"真恶心，想起真恶心，吃蝗虫。"

"掏回来就用水一煮，再晒干装在囤里。可有掏得多的，七担八担，吃的时候就放在锅里炒，干炒，一炒就酥了。那东西身上有油，所以吃着香，又油又脆。吃多了就不行，人就浮肿，屙不下来，就怕蝗虫的皮结在肛门跟前。我兄弟就结住了。我妈从头上拔下弯头针，就是簪子，我兄弟屙屎时她就掏。我兄弟趴在地上看着我妈的脸，我兄弟说妈我疼，我妈说，娃呀疼也要抠出来，抠不出来你就要憋死。我妈让我兄弟鼓劲，我兄弟就龇着牙，让我妈一下一下给他抠，抠出来的都是一截一截的蝗虫皮，干巴巴的，黑不溜秋。"

"我没见过，你看，我没见过。"

"那东西以后怎么没有了。真想不出，没那东西了。怎么那么多，一层一层的，日他妈妈。"天正说。

"没饿死人么？"

"没有。闹蝗虫那阵，我可没见死人，'民国'十八年饿死不少，这你知道，再就是六〇年。"天正说。

裴一十五感到他身上有点热，也许是有些冷，头好像也有些疼。他想可能是头上用的劲太大了。那两个人走了以后，他才感到他头上一直用着劲。猪把食吃光了，站在粪堆上尿。他把食桶放在窑门口，他感到他心里有些乱，他想干点什么。他就是这么才想起那个树根的。

后来，他就看见了那只飞蛾。

飞蛾是从那孔窑里飞出来的，就是他锁了十几年的那孔窑。窑门上是一个半圆形的窗户，糊着麻纸，麻纸上破了几个洞。他看见它从一个洞里边碰了出来，它碰出来的时候，很有些漫不经心。裴一十五知道它是什么东西。他太熟悉它了。他感到有一股热乎乎的东西从他的脚底下顺着大腿往上爬，他怕他看错了。没错是那个东西。他又看见了一只，也从纸洞里碰了出来。他感到他周身在猛烈地哆嗦。他感到他很激动。他撩开衣襟，摸出那把钥匙。他很快就把窑门打开了。

他感到有什么东西直往他的脸上打，他听见风一样的声音在他的耳朵里响。他往后退了几步，一直退到那个树根跟前才看清了它们。飞蛾正从窑门里往外涌，一群连着一群，一个劲地翻动着，窑门好像成了一个大烟囱，往外冒着烟。他看着它们，大张着嘴巴，像个小孩看着那股烟云带着嗡嗡的响声，从窑里冒进沟里，又从沟里向高处冒。那时候，天很高，也很蓝，蓝格莹莹的。他感到那股烟很像一条大灰狼的尾巴，一下一下往天上摇，摇。

"你看，裴一十五家着火了。"卞耀文说。

"我看不像。"他兄弟说。

"恐怕是着火了。"卞耀文说。

他们都仰着头，朝这边看。

裴一十五面如土色。过了好大一会儿，他感到他的脸上有些难受，他用手打了一巴掌。他把手伸在鼻子底下看：是那种东西，是粮食变成的那种东西，它们粘在手掌上，像粉一样。

原载于《开拓》1988年第3期

金华饭店

天气很好。真想不出他们什么也不干，几个人围在炕上喝酒，真想不出。炕紧挨着窑掌，很大，中间放着一碗酸菜。他们就围着那碗酸菜。碗边爬着几只苍蝇，他们动筷子的时候，苍蝇就飞起来，等放下筷子，它们再爬上去。窑里光线不好，他们的脸都有些模糊。刚进来，看不清他们的模样。他们已喝了一会儿了，喝得漫不经心。

"你听你，真难听。"一个说。他叫百存，是个倒霉蛋，这谁都知道。

"喝酒没声不好。"牢牢说。牢牢很胖，都一样吃谷子糜子，可他很胖。他好像并不在乎百存的话。

"吱——"

牢牢又喝了一盅。他咂了一下嘴，放下盅子，看着碗里的酸菜。他看见一只苍蝇在那里搓着两只前腿。

"我就爱这么一声。"他说。

老革命背靠着墙壁，脖子梗着。他看着百存和牢牢，脸上红木瓜似的，好像挺有福气。他一辈子没喝过酒，他不喝。跟前放着一个茶盅。

"崔营长就这么喝。"他说。百存和牢牢嚼酸菜，腮帮子一蹭一蹭。

"他是个大块头的货。队伍一住下，他就找房东讨酒。他总能讨到酒。"他说。

"睡房东的女娃不？"百存说。

"你看你，革命队伍。"他说。他弯着一条腿，另一条伸着。

伸着的那条腿有点瘸。西府战役时，他跳城摔了一跤，往回撤的路上，碰上了马家队伍，挨了一枪，就瘸了。

"那年南下，过淮河，我们一个团没过去，就一人分了几块烟土，各走各的了。我要了半年饭。"他说。

"和你说话真他娘费力气。"百存说。

"你看你，看你这人。"他一脸晦气的样子，好像有点惭愧。

他们不说话的时候，就嚼酸菜，声音很响。他们都不说话了，所以嚼酸菜的声音很响。

"日怪。我到沙坪镇去，到税务所上茅坑，我什么都没想，就屙屎。你说日怪，来了那么个人，他站在我跟前尿。他弯着一条腿，尿尿的声音真难听，像拿茶壶给茶盅里倒茶一样。我老怕他尿到我屁股上，屁股蛋痒痒的，像有个什么在肉里边爬，真难受。你说日怪不？我想他没准儿要尿在我屁股上，我当时就这么想。我真有点害怕，那驴日的。"百存说。

"你一说，我就想尿了。"牢牢说。

"人喝酒就尿多。"

"你尿去，尿去，就在外头墙跟前尿。"

牢牢出去了。百存和老革命等着他回来。老革命把头朝前伸了伸，他们看见牢牢朝着墙根，一会儿，就听见他尿尿的声音。他们不像牢牢那样，没有好像要尿到他们屁股上的那种感觉。后来，他回来了，一边走一边紧裤带。他们看着他走了进来。

"天气很好。"牢牢说。他夹了一口酸菜，放进嘴里。

"这几天天是很好。"他说。

"吱。"他喝了一盅。

"你听，你听你那声。"百存说。

"我出去看了，天气很好。好像什么时候也有过这么个天气。"牢牢说。

　　"陈毅最年轻，"老革命说，"我见陈毅的时候，那些人里，就他年轻。那时候，北京来了许多女学生，都给那些人当了婆姨。当然么，她们识字，又俊。"他说。

　　"我家窑门口那棵枸树死了。"牢牢说。
　　"有时候树就要死。"百存说。
　　"屁话。"
　　"我说有时候树就死了。"
　　"我挖下来看了，没虫没病的，根还好好的，怎么就死了。"
　　"我说么，有时候树就死了。"
　　"看你说的屁话。"牢牢说。
　　"谁能保证一棵树能活一辈子？你倒是说说看。"
　　"我不说。你说的是屁话。"
　　一只鸡从布帘底下钻了进来，他们都看见了。老革命把炕上的笤帚甩了过去。
　　"彭德怀百团大战说是犯了错误，后来打刘勘，瓦子街战役，那才叫打仗呢！"他说。
　　"马家军呢？"百存说。
　　老革命抽了一下那条瘸腿，喉咙里动了一下。
　　"看你这人，瓦子街哪来的马家军？瓦子街战役，那可了得！"
　　他们又不说话了，他们嚼着酸菜。
　　"你脸色真难看。"牢牢说。
　　"我有时候就脸色不好。"百存说。
　　"人有时候就脸色不好。"牢牢说。
　　"你打你婆姨不？"百存说。
　　"你怎么说这话？"

"我那时候常打，往死里打。"

"你后悔了？"

"话可不能那么说。"

"那你说这话，看你说的。"

"人有时候就要后悔一点儿，这可不好，人这么后悔可不好。"

"我说你后悔了。"

"我有时想她。真不该。我想不起我为什么打她，一点也想不起来了，记不清了。我打她，她就可怜地看我，泪水往外淌，那么个模样，好像说，你打我，有一天你会想起来的。就那么个模样。想起来可不是好事儿。人有什么可打的，人可不是为了挨打活着的，人都一样。人有时候就想打人，我说。"

"你脸色不好。"牢牢说。

"真让人不相信。"百存说。

"什么真让人不相信？"

"我就说。"

"你看你。"

"咱们在一搭喝酒，偏偏咱几个在这搭喝，不是别的什么地方。"百存说，他感到他好像笑了一下，"我爷挑个担子，把我爸挑到这搭来，我爸说，那时候，咱这条沟还是一条荒沟，他说我爷看上这儿的土了。你看，他看上这儿的土，日怪。"

"我爸也是。这儿的土好。"牢牢说。

"偏偏就不在别的什么地方。"

"看你说的话。"

"人有时候就像做梦一样。"

"我也是。"

"人一过一个年龄，日子就快了，一晃就是一年，人没活几天就要死。"

"我可不想死。"

"好死不如赖活着。"

"我爸死的时候,眼睛直勾勾地看我,好像挺难过的。我看他不想死。"

"人都不想死。"

"我可不想死。"

"其实死了,也就死了。"

"我不想死。"牢牢说。

"吱。"他喝了一盅。

"你看你,我就不喜听。"百存说。

谁也想不到老曹会来。老曹是省上的干部,来这里蹲点,扶贫致富。不知老曹怎么转到这儿来了。

"我们玩耍哩。"他们说。

"老曹喝一盅。"

"老曹你讲讲玻璃楼。"

他们看着老曹,老曹很得意,老曹总这么一副得意的样子。

"那叫金华饭店。"老曹说。

"你说玻璃楼是饭店?"牢牢说。

"是饭店,高级饭店。"

"玻璃楼?"

"玻璃楼。"

"里边有窑子?"

"胡说哩胡说哩。"老曹学着本地人的口音说,"人们胡编哩。"

"吃一顿饭花好多钱?"牢牢还问。

"噢么。"

"有女娃陪着？"

"那是服务员，服务员要上菜。"

"晚上睡觉，外边人能看见？"

"看不见。"

"我不信。你看过没？"

"没。看那个做什么。"

"我不信。你甭哄我们乡下人。盖那楼，真他妈吃饱了没事干。"

"那是饭店。"

"饭店不就是吃饭的么？"

"是，又不是，也住人。"

"饭店里住人，不是开窑子是做什么？"

"你们怎么这么说？"老曹感到他有些想笑。

"我们日他妈。"百存突然说。百存一直没说话，他脸上的肉不知怎么抽起来了。

"我看那玩意儿是一堆狗屎。"他说。

老曹把眼睛瞪得圆圆的，看着百存。

"你看我不认识我？我说是一堆狗屎。"

"怎么是狗屎？"

"是狗屎。"

老曹真没想到。

"你说，是狗屎。"百存盯着老曹。

"我怎么能说这话。"

"我让你说。"

"看你这人。"

老曹看见百存恶狠狠的。他有些害怕，往后退。

"我就想把你整死。"百存说。

"真是，你们喝多了，真是。"老曹说着，退到窗门外边，走了。

他们好长时间没说话，也没喝酒。他们互相瞅。后来，老革命哭了，他不知怎么哭了。他戴着一顶蓝帽子，抹眼泪的时候，手指头就戳在帽檐上。他用力抹眼泪，把眼睛抹得红丝丝的。百存和牢牢看着他，一会儿，他们也哭了。他们围着那碗酸菜，一声声哭，哭得很伤心，哭了很长时间。后来百存说：

"喝。"

"咱喝。"他们都说。他们端盅子，碰了一下。

"吱——"牢牢还是那么一声。

百存没说什么。他们拿起筷子，夹了一口酸菜。他们都听到了嚼酸菜的声音。

天气很好。

原载于《北方文学》1988年第5期

叛徒刘法郎

　　淌水河从刘法郎的大腿底下流过去，他听见水擦在石头上的声音像吃酥饼一样。刘法郎等着听山前凹徐茂公家放爆竹。他看见徐茂公的儿子在村委会隔壁的小铺里买了一挂鞭炮。徐茂公家盖房要立木了。他想一会儿爆竹声就会从山前凹那里传过来。他想他这么坐在石头上听爆竹很自在，徐茂公家的爆竹一放，他就回窑里睡觉。他想这么听完爆竹回窑里睡觉也很自在，所以他坐在那里。那时候太阳很鲜活，他感到太阳光像毛毛虫一样往他肉里钻，太阳光往肉里钻的时候也像吃酥饼一样。它们已经钻过肉了，挨着骨头了。他想它们往骨头里钻不像钻肉那么容易，它们得费点劲。

　　"骨头可不是好钻的。"他说。

　　他仰头看看太阳。

　　"我看不好钻。"他说。

　　他想它们也许能钻到他的骨头里边去，可现在还没有。他感到骨头有些凉，肉一热，他就感到骨头有些凉。

　　"肉热骨头凉。"他说。

　　"人有时候就肉热骨头凉。"他说。

　　"人在太阳底下就肉热骨头凉。"他说。

　　他挪挪屁股。他感到他坐到了最好的位置，屁股那里很舒服。他感到石头一阵一阵热过了他的肠子，直往他心里头热。

　　"啊。"他说。

　　他这么一说，心里就有些激动，就有些想流眼泪水。他感到石头和他很亲。

　　"啊。"他说。

他朝沟里看了一眼，没有人。那时候沟里没有人。他感到石头不怎么热了。他想太阳晒一会儿石头就会热，所以他站起来，站在石头跟前。他又朝沟里看了一眼。

"十人九痔。"他说。

他用手指头在屁股那里抠了几下。他看着那块石头。他想它过不了多久就会热。

"十人九痔。"他说。

"我玩耍哩。"他给芦苇这么说。

芦苇是个长毛。芦苇胳肢窝里总夹着硬纸夹子，里边夹着全村人的名字。芦苇从这个窑串到那个窑里要公粮，谁家交了粮芦苇就在谁的名字卜打个钩。芦苇召集村上人开会的时候也夹着硬纸夹。

"你看我玩耍哩。"法郎说。

"噢么。"芦苇说。

芦苇从淌水河里走过去，朝后沟里走。芦苇头也没有回。这狗日的芦苇。法郎想芦苇太狗日的了。他本来没想和芦苇说话，可他感到芦苇有些狗日的，他就想和芦苇说点什么。

"嗨！"他喊了一声。

芦苇扭过头朝他这边看。他朝芦苇眨矇了一阵眼。他感到有个苍蝇在他头里嗡嗡，他想他得稳住。芦苇折过身子往他跟前走。他想等芦苇走到他跟前的时候他就会想出一句什么话来。

"你嗨了？"芦苇说。

"我没有。"他说。他把手指头抠在屁股那里。他听见了脚底下的流水声。

"我听见你嗨了。"芦苇说。

"我要照顾。"他突然说。

他不眨眼了。他想他要说的就是这句话。他感到他这句话说得很好，因为他看见芦苇的眉毛动了一下。

"我要照顾。"他说。

"做什么你要照顾？"芦苇说。

"我要盖房我没钱。我不想住窑了。"

"不想住你不想住去。"

"我要照顾。"

"不想住不想住去。"

"我是老革命。"法郎说。

芦苇的眼窝张大了。法郎明明地看见芦苇的眼睛张大了。他感到浑身的骨头发热，他想太阳光到底还是钻到他骨头里边了。他听见太阳光往骨头里钻的时候也像吃酥饼一样。

"我有证明。"法郎说。他把眼窝张大了。"听着。"他说。

芦苇闻到了一股酸臭味。刘法郎撅着屁股在炕上拱。太阳光从窑门口照进来，光线里飞着许多尘土，像蛾子一样。芦苇闭着嘴。

刘法郎拱了一阵，然后跪在炕上往芦苇脸上瞅。芦苇看见他的眼珠子像老鼠一样。

"没有。"他说。

"他看把他的，炕席底下没有。"

芦苇抽了一下鼻子。

"我不哄你。我一个老革命做什么哄你？"法郎说。

后来，法郎不在窑掌那里拱了。窑掌上有一个瓦罐，他拼着力气把手从罐口那里塞进去。

"啊。"法郎叫了一声。

"在哩在哩。"他说。

他从瓦罐里摸出来一个油纸包包。他把它一层一层剥开，终于剥出一张发黄的纸一样的东西。

"我说我一个老革命做什么哄你。"

"白纸黑字。"法郎说。

他把手放在屁股那里，一边抠一边往芦苇的脸上瞅。

"我一个老革命做什么哄你。"他说。他咽了一口唾沫。

黄纸一样的东西上写着几行字：刘法郎，男，四川万县凹村人，由于无知，误入歧途，加入"共党"……从此洗手不干……四川成都第二模范监狱。

芦苇想笑。

"这狗日的不识字。"芦苇想。

"哈。"芦苇叫了一声。

"哈！"法郎也叫了一声。

"我做什么哄你，看你说的。"法郎说。

"哈。"芦苇说。

"白纸黑字。"法郎说。

"你在哪儿参加的共产党？"芦苇说。

"我是徐向前的部下。"法郎说。

"你甭挤眼窝，我是九军的。"他说。

"后来呢？"芦苇说。

"让宋希濂的队伍俘虏了。"

"后来呢？"

"后来就回来了。"

"后来呢？"

"没有后来了，看你这人，没有后来了。"

"你狗日的是叛徒。"芦苇说。

"我在阎锡山的手下还干过。那时候最好，我是大车班长。我打过好多仗。"

"你狗日的命大。"芦苇说。

"我卖壮丁。"法郎说。

"打仗不能往前冲，要斜着跑，斜着跑就死不了。我就斜着跑。"他有些陶醉了。

"你狗日的是个兵油子。"芦苇说。

"嘿，嘿嘿。"他看着芦苇笑。

"你说，照顾我吧？我明天就没得饭吃了。"他说。他又在屁股那里抠了一下。

"先开你的会。"芦苇说。

法郎使劲摇了几下头。他好像没听懂芦苇说的话，想再问一声，可芦苇已经走远了。他感到屁股那里又有些痒，他给手指头上使了点劲。这回，他感到抠得有些疼了。他咧了咧嘴。

"揭发刘法郎的坏事情。"芦苇给小场上的人说。

小场上坐了好多人。刘法郎站在小场当中，他听见人伙堆里有人吐痰，还有人吸鼻子。

"感冒了，肯定感冒了。"他说。

"听响声就知道肯定感冒了。"他说。

"揭发刘法郎的事情。"芦苇又说了一声。没人吸鼻子了。后来，存钱媳妇就从人伙堆里站起来。

"呜哇。"存钱媳妇哭了一声。

存钱媳妇腰很粗。法郎想坏了坏了，法郎想这熊女人真是个熊女人。他这么想的时候，存钱媳妇就揭发了他：

"他有我三斤粮票。"存钱媳妇说。

"他说话不算数。"她说。

"得是？"芦苇说。

"就是。"法郎说。

那天，他看见存钱媳妇在坡上割苜蓿，那天沟里也没有人。他在她的草捆上踢了一脚。存钱媳妇看着他，给他笑了一下。

"我和你睡一觉。"他给粗腰女人说。

"不要脸。"存钱媳妇说。

"睡一觉。"他说。

"坏熊。"存钱媳妇又笑了一下。

"看你这人。"他说。

"啐。"存钱媳妇给他吐了一口。

"看你这人。"他说。他用手在脸上擦了擦。他看着手心。

"那你把苜蓿给我背回去。"粗腰女人说。

"背就背。"他说。

"那你给我三斤粮票。"女人说。

"看你这熊人。"他说。

"不给就算了。"女人说。

"给就给。"他说。

"我怕你没劲。"女人说。

"看你这熊人。"他说。

存钱媳妇就躺在苜蓿上了。存钱媳妇说你来你快来人了你就来不成了。他感到他的大腿有些打抖。他朝沟里看了一眼，就骑在粗腰女人身上了。

"他没给我粮票。"存钱媳妇说。

"得是？"芦苇说。

"我忘了。粮店换粮票走五十里，我忘了。"法郎说。

"可我背苜蓿了。不信你问她。"他说。

"他没给我粮票。"存钱媳妇说。

"你把粮票给人家。"芦苇说。

"我明儿个就没得吃了。"他说。

"你给。"芦苇说。

"我给。"他说。他看了芦苇一眼。他把手指头又放在屁股那里。

后来，叛徒刘法郎给芦苇说：

"我把粮票还了。"

"噢么。"芦苇说。

"不信你问去。"法郎说。

"我一大早就去粮店换了粮票，我给她还了。"他说。

"我不要照顾了。"他说。

"我给人揽工去呀。要知道这么的我就不找你要照顾了。"他说。

他给存钱媳妇粮票的时候朝地上吐了一口。存钱媳妇从窑门里伸出来半截身子。

"驴日的模样。"存钱媳妇说。

"驴日的模样。"法郎说。

他看见存钱媳妇关了窑门。他又吐了一口。后来，他爬到存钱家窑背上，在那里屙了一堆。他提着裤腰使劲跺了几脚。

"你拿去，你驴日的拿去好过去。"他说。

他没给芦苇说这些。

再后来，有人看见刘法郎锁了窑门，下了硷畔，法郎走到淌水河那里站住了。几声鞭炮从山前凹那里传了过来，所以他站住了。

"驴日的这时候放。他驴日的这时候才放。"法郎说。法郎眯瞪着眼，脸朝鞭炮声传来的方向。

"不太响。我早知道放不了几声响。"他说。

"潮了，鞭炮受潮了。我知道受潮了。"他说。

屁股那里又痒痒了。那天太阳也很好，他看了看那块石头，他想它这会儿肯定热了。

"十人九痔。"他说。

他没往石头上坐。他站在淌水河里，水从他的腿底下流过去，发出吃酥饼一样的响声。他朝水里吐了一口痰，又吐了一口。他一口一口吐，他想把趟水河吐满。他看到他吐的痰像萝卜花一样。后来，他感到屁股痒痒得厉害了，就在屁股上抠了几下。

"日他的。"他这么说了一声。

原载于《西秦文学》1988年5—6期合刊

干 沟

　　没人来这条沟，虽然离村子不远，可没人来。沟里一满是梢林，就是那号不成材的树，叫不出名字，它们长在沟坡上，这会儿，它们没有叶子，成了干巴巴的枝条，勾着，挽着，缠着。站在山包子上，才能看见沟有多长。可站在沟口，就感到不吉利，就感到走进去就会出不来，会干死在里面。

　　他进沟的时候就这么想过。那时，他刚拔了几根鼻毛，鼻子里有些空空荡荡。他捏了捏鼻头，朝沟里看了一眼。听不见什么声音，有时候能听见狼叫唤，就叫那么几声，很远，听不出在哪一块。

　　天快亮了。

　　他感到有些冷，他知道天快亮了。天快亮的时候就有些冷。月亮像吊死鬼，在山包子上边忽忽悠悠，他能看见它。他听见那些枝条碰在他的脸上，划拉着，像划拉石头一样，一点也不动心。他用手拨它们。他想它们会把他绊倒，绊倒就起不来了。

　　他们得一会儿才能来。他想他赶天亮还能睡一觉。他拨开一个空隙，顺坡躺下来。他把手垫在头底下，看了一会儿月亮。月亮好像变得亮了些。他看着它，就睡着了。

　　"走。"他说。他看着拉能的后脑勺。拉能是他妹。他看见拉能转过脸，脸向上翻看着他。他们去地质队看电影，他看见拉能坐在拐坎上，一个地质队的人抱着她。地质队有这号人。他们抱这里的女人，他们给她们钱什么的，给她们尼龙袜子。他们的女人在城里，所以他们抱这里的女人。他们在山里找石头，他们能找出他们说的那种石头，他们说找出他们说的那种石头，这里的人就会发财。他们就是这么一群恬不知耻找石头的人。

他看见地质队那个人在拉能身上摸。拉能眼睛看着电影，不动身子，让那个人摸。后来，她也摸他。拉能不看电影了。

他一直没看电影，因为他一直想着罗子山那个人。上午，他来他们家了。拉能正在做饭，他看见拉能给罗子山那个人笑了一下。

他没吃饭，他出去了，他感到肚子里钻了个苍蝇。他到麻贵家窑里和麻贵打赌。麻贵让他吃冻豆腐，麻贵说他吃完就不问他要钱。他看着麻贵得意的脸，恨不得咬麻贵一口。他没吭声，他蹲在麻贵家灶窝里一口一口吃。他听见冰碴碴在他的牙齿上咯噌咯噌响。他感到牙里边像钻了许多虫子，舌头一层一层脱皮。他感到他把舌头上脱的皮一块吃到肚子里了。开始的时候，麻贵看着他笑，后来不笑了，麻贵脸上的皮也像挨了冷冻，和冻豆腐一个样子。他吃完了，吃了三斤。他想他千万不敢抹嘴，他想他一抹，嘴就会掉下来。他从麻贵家窑里出来，在沟底里跑了几个来回。后来，他跑到山包子上，在那里打滚，一直滚到天麻黑。他看见有人去地质队那里看电影，拉能也去了。他想他也去看。

"走。"他对拉能说。

拉能站起来，拍拍屁股上的土。他看见地质队那个人翻眼看他，他听见那人骂了一声：

"他妈的。"

他们骂人就这么：他妈的。

他们朝回走。他们听见有人在黑咕咛里动弹，在那里咬嘴。这地方兴找相好，不相识也能找，拉着辫子一拽就成。这地方民风纯正，女人不怕坏人。这地方没坏人。

"罗子山那人来了。"他说。

"嗯。"拉能说。

"我看见了。"

"嗯。"

"那人看着日脏。"

"嗯。"

"嗯，嗯！"他说。

"你要跟他？"他说。

"嗯。"

"我知道你要跟他。"

他出气的声音很大。他感到鼻眼里有些痒，有几根鼻毛长得太长了，他想他得把它们拔下来。

他们朝回走。那时候，电影还没完。那时候，他没想会出什么事。

大大睡了，听出气的声音就知道他睡了。他是个瞎眼。他们妈一死，他就瞎了眼。大大挨着炕墙，他们在另一头，他们家就一个窑。

"你甭跟罗子山那人。"他说。

"你甭跟。"他说。

拉能不说话。他们听见窗子上的麻纸不停响，没有风，可麻纸不停响。噼啪，噼啪。

"我不让你跟他。"他说。

"我跟他。"拉能说。

"他看着日脏。"他说。

"他说他们那里有麦子面。"拉能说。

"你跟他，你和地质队的人就好不成了。"

"我没跟地质队的人好。"

"他摸你。"他说。

"哥。"拉能叫了一声。他听见她叫了一声。她一叫，他心里就有些高兴。

"你也摸他。"他说。

"哥！"

"我看见了。"他说。他听见拉能拉棉被子，拉能把头往被子里埋。

"他一摸我，我就想摸他了。"拉能说。

"我不嫌你摸。"他说。"你甭跟罗子山那人，我不想让你跟他。"

"我跟他，我都想好了。我给他说了，我都想好了。"拉能说。

"你跟他，你就毁了。"他说。

"我想不来。"

"我知道你想不来。"

"我想不来。"

"我说你要毁了。"

"我可没想。"

他听见拉能睡着了。大大在炕那头翻身，大大出气的声音很粗。大大睡觉咬牙，像牛嚼草一样。有时候就紧咬一阵，像怀着仇恨。

他醒过来，听见有人说话。有人在他头顶上什么地方说话。他听出是他们村上的。

"也不盖上，抬出来也不盖上。"一个说。

"没见过女人的身子，我还没见过。"另一个说。

"都看哩，他娘的都看哩。"

"没流多少血，日怪，身子光光的。"

"就是眉眼难看，人死了就眉眼难看。"

"你看哎？"

"没，我看做什么。"

"没看你知道。"

"我没看。看你说的。"

拉能把一只胳膊甩过来，甩在他的肚子上。拉能胳膊上有什么味，他很熟悉，一闻见，他就难过，就不自在。他感到他的喉咙里干得厉害。他想把拉能的胳膊放在被窝里，他想放到被窝里他就会好受一些。可他没放，他把拉能的胳膊拉到他脖子底下。拉能醒了。拉能叫唤了一声：

"哥。"

他听见拉能叫他，他不搭话，他抱着她的胳膊，他跪在拉能跟前。他感到他想干什么。

"哥，你是畜生。"拉能说。拉能用手背挡着脸，她哭了。

"哥，你是畜生。"她说。

他跪在那里，看着拉能。他感到有什么东西正从他的眼睛里爬出来。

他不想用那把刀，可没有更好的东西，他就拿了它，就是拉能切菜用的那把。这是拉能不会知道的。他感到刀很凉。窗上的麻纸一下一下响，没有风，可它一下一下响。

噼啪。噼啪。

"我不想了，"他给拉能说，"我再也不想了。我没办法。拉能你不敢怪我。要不我就是畜生了。"他说。

他给她盖好被子。被子很烂，有一股呛鼻的汗臭味。他把被子一直盖到她脖子那里，他用手在那里摸了摸。

她被冰凉的刀激了一下，打了一个颤。这是她想不到的。她猛地伸开胳膊，朝他搂过来。他感到身子里有一股力量涌到他的手上，他朝下一压，她就把他抱住了。他感到她抱得很紧。他听见她呻唤了一声。

"拉能，你可不能怪我。"他说。

他把烂棉被往上拥，一会儿，就听见被子里有一种声音，他知道是她脖子里流出来的东西正往被子里边渗。

拉能就呻唤了一声。他记得她就呻唤了那么一声。

"大大。大大。"

他站在炕墙跟前，看着大大。他感到鼻眼里痒痒，气从肚子里出来。拨弄着鼻眼里那几根长毛。他把它们拔了。

"噌！"

他听见那几根鼻毛从肉里出来了，声音很响。那时候天还没亮，没什么响动，所以他听见拔鼻毛的声音很响。

"你甭找我。"他对大大说。

"看你，我一个瞎眼。"大大翻个身，他不停地咬牙。

"他肯定跑了。他钻在这里边做什么。"

那两个人坐着不走。他们坐在他头顶上什么地方，在那里说话。

"我看不一定。"另一个说。

"我尿些，我出来就想尿，都看拉能的光身子，就忘了。"

"你尿，尿么。"

他听见尿尿的声音从上边传下来。他感到喉咙里很难受。

"这沟里有些怕人，"尿尿的说，"我看这沟里有些怕人。"

"沟有什么怕？"

"你不怕？你想想。"

"我看他不会藏在这里边。"

"说不准。"

"我可不想让他把我弄死。你想，他突然出来，就会把我们弄死。"

"你听。"

"是野兔，肯定是野兔。"

他听见他们拔树枝，一会儿就听不见了。他想喊他们，把他们喊回来。是他们村上的，那两个人，他想他们还会来，说不定什么时候会来。

他想错了，后来他就知道他想错了。许多天后，他爬到那两个人说话的地方，那里有一块大石头。他想他们就是在石头上说话的。

他靠着那块石头，他感到他再也没力气爬了。他张着眼窝，想找见那个人尿尿的地方，没找见。他就这么靠着石头，一动不动。后来，他听见两只老鸦落在他的头跟前，翅膀扫着他的脸。他感到它们啄他的眼窝，啄得很重。后来，它们飞走了，他想它们很得意。他感到眼眶里往外流什么东西。那时候，太阳很红，虽然是冬天，太阳还是很红，半天工夫，他的眼眶干了，变成了两个圆坑。

原载于《上海文学》1988年第6期

南鸟

喉咙眼痒痒，有什么东西贴在那里了。南鸟鼓了鼓劲，想把它们挤出来。她挤出来一点，没往外吐，她把那点东西咽下去了，她感到它们到了肚子里的一个什么地方。没挤完，还有。人一受凉，喉咙眼就贴上这好东西，就挤不完，得挤几天。她想，要有个线绳绳穿进去，上下抽一阵就好了。她这么一想，喉咙眼就有些好受。她用舌头抵着上腭，咽了一口唾沫。

"纸还没挂出来。"她说。

他们正在吃饭。她站在灶火窝里，看她男人用力吸着碗里的糊糊。男人盘腿坐在炕上，雁一样伸着脖子。

"哧——"他吸了一口。

她看见他的喉结咕噜着动了一下。他一直这个样子。外边的光亮从窑门口射进来，打在他的脸上，成了阴阳脸。她看见的是阴着的半边。他像个纸剪的人影影，就是喉结老动弹。

"哧——"又是一口。

她想用刀子在他的喉结那里割一下。她想，一割，那里就成癞蛤蟆那种样子了。她没割，她只是想。她咽了一口唾沫。

"好善他妈还没死。"她说。

"我从地里回来，纸还没挂出来。不挂纸人就没死。"她说。

男人把碗伸过来，让她再盛。她听见他的鼻子里响了一声，又听见手指头抹炕沿的声音。人吃饭太认真，鼻子里就流鼻涕。

"我路过好善家，门上没挂纸。也许人已经死了，他们没挂。"她说。

"啊嗯。"男人说。

"有好戏看哩。"

"啊嗯。"

"过事情过事情，有好戏看呢。"

"哧，哧——"

她又听见了那种响声。

"会打起来么？你说。"

"又不是我妈死了。"

"村上人都说要打。"

"……"

她看见男人伸长舌头舔碗，舔完了，他把筷子放在碗上，用手在鼻尖上捋了一下，伸腿要下炕。

"不吃了？"

"啊嗯。"

"人家和你说话。"她说。

"熊人。"男人说。

"你看你，和你说话。"

"洗你的锅。"

"看你。"

"屙屎尿动弹，鼓闲劲。洗你的锅。"

她把勺在锅沿上碰了一下。

男人歪过头，看了她一会儿。她有些怕，她看见他走过来，捏住她的胳臂。她想叫一声。每到这种时候，她就想叫一声。他把她拉到炕上，他老是这么快就把她拉到炕上。他提起她的腿往上扳，再往前折，一直把她的腿和肚子折平。她感到腿弯里的筋响了几下，那里像塞了些辣椒面。她想哭。他老这样不声不响地揍她。最后，他给她脸上吐了一口，就放开她，从窑门里走出去。

她整了整衣服，感到腿有些酸，过了一会儿，就不怎么酸了。

她洗了锅，把脏水倒在桶里，提出去喂猪。她站在猪圈跟前，朝好善家那里望了一眼。

"纸还没挂出来。"她想。

她看见胡桃和能贵家婆姨站在土台下边，她们指手画脚地说什么。那里有一条小路路，能通到山顶上，她们就站在那儿。能贵家婆姨的嘴一个劲往前凑，扑哧扑哧扑哧。胡桃一个劲点头。她们说得很卖力气。

"一定说好善家。"南鸟想。

她这么一想，心里就痒痒。她听不清她们说话的声音。她想用手指头在心里头抓抓，让它不要痒痒。她把衣服绷紧，在身上磨蹭，身上也痒痒。后来，她把手夹在大腿那里，不这样她就太难受。

"哦喝！"

她用搅食棍在猪头上敲了一下。猪吃得太急，食渣溅到她裤腿上了。后来，她看见能贵家婆姨顺着小路路上了山。

"胡桃。"她喊。

"胡桃你过来。"

胡桃从岔路上下去，又上来，到她跟前了。

"好善他妈还没咽气？"她说。

"噢么，你看，噢么。"胡桃说。胡桃鼻眼凹里有点锅黑，她没洗脸。

"能贵家婆姨到好善家去哢？我看见你们在一搭说话。"

"就是的。剩一口气了，咽不了。"

"能贵婆姨说的？"

"就是的。儿和女站在跟前，就等他妈咽那口气。"

"没到时候哩。"

"他们姑也来了，不让他们喊。他姑说让他妈的魂走远点，一喊就叫回来了。他姑说魂早走了，就是没走远。"

"怪道的，我就说窑里没个声气。叫吹手么？"

"叫哩，老丧，不叫还行。"

"有好戏看哩！"南鸟说。

"两个女子不管他妈的事，她们是嫁出去的人。"胡桃说。

"好善他哥说他养活的年代多，死了，要少出些钱粮。我听说的。"南鸟说。

"有好戏看哩。"胡桃说。

"看着，看着么。"

她们都感到心里热乎乎的。好善他妈一抬到床上，全村人的心里都这么热乎乎的。

"看着么。"胡桃说。

"看着么。"南鸟说。

"南鸟你听我娃哭哩，得是？"

胡桃支棱着耳朵。她们都听见娃哭的声音从什么地方传过来。

"我娃哭哩，我娃一个在炕上。"

南鸟看着胡桃从那条路路上往回跑。胡桃是个大屁股女人，八字腿，跑起来腿老是往外撇。

她睡不着。有什么东西鼓励着南鸟，让她兴奋。窗户上的麻纸洞里有几颗星星，像安在娃们的弹弓上一样，一忽儿近，一忽儿远。南鸟看着它们。

"啪嗒。"

她听见头跟前响了一声，她知道是窑顶上掉下来的土。窑老了，总往下掉土。她摇了摇男人的光膀子，她想给他说窑顶上又掉了一块土。汗臭味很大，男人的膀子湿浸浸的。

"又掉了一块土。"她说。

她尿了几次，老尿不完。她感到夜晚太长。她往男人跟前靠了靠，挨着他的身子。她想把他弄醒，可她弄不醒他。

"好善他妈总咽不了那口气。"她说。

"你没听说。"她说。

"猪。"她说。

星星一忽儿近，一忽儿远，南鸟咬着被子，看着它们。后来，她听见了哭声，好像有一群人在什么地方哭。刚开始听不清，一会儿就听清了。

"死了。"

她叫了一声。

"好善他妈死了。"

她掀开被子，站在炕上。她听见哭声从好善家那边传过来，越来越大。

"看着么。"胡桃说。

"看着么。"她说。

"屙屎尿动弹。"她男人说。

她想起她男人这句话，她想这话很有意思。她咬着被子这么想。

第二天晚上，全村人站在自家的窑门口，看吹手领着一队人给好善他妈送魂，看着他们给走过的路路上撒火，一直撒到坟地，路路上像插着两溜灯笼一样，他们回来的时候，那些火还亮着。南鸟站在她家的硷畔上，看得清清楚楚。过了一天，吹手们把头仰到脊背上，又顺着那条路路，吹打着把好善他妈送去埋了。唢呐声像线丝儿一样，在半空里缠来绕去。

"没闹。"

南鸟望着好善家窑背上的蒿草。那里长着一片蒿草。

"他们没闹。"她想。

"看着么。"胡桃说。

"看着么。"她说。

南鸟心里像窝了个东西。她想不到她心里会窝个什么东西。

"日他妈妈。"她说。

她打定主意去好善家吃饭,她要好好吃一顿。她送了五毛钱的干礼,凭这,埋人的那天,她家能去一个人在好善家吃一顿。

她吃得急了一点。她不该先把筷子伸到那碗粉条里边去。八大碗,哪一个碗不可以去,偏偏去粉条那一碗,何况粉条碗并不在她跟前。粉条太长了,她挑起来后才知道粉条太长了。一桌子的人都看她。一桌的人看她,她有些难堪,想把它们放回碗里去,可他们都看着她。她把头往前凑了凑,她想一口把它们吸进去。粉条像白虫一样摇着,往她的嘴里钻,她感到它们的尾巴在她的嘴上甩打了几下,很有力气,几星油水溅到她的脸上、鼻子眼里。

"坏了。"她想。

"坏了。"

她打了一个喷嚏。那些白虫又从嘴里飞出来,喷打在桌子上。她看见那些人吓了一跳,她感到眼窝里有些酸。她揉了揉,眼泪水又酸在手背上了。

"这么长。"她说。

太没意思了。她说出来后,她才感到她说了一句没意思的话。她记得她笑了一下。那些人都看她,往她脸上看。他们好像很吃惊,没有一个人动筷子。

"这么长。"她说。

"不吃了。"她突然这么说。她感到她忍不住了,所以她这么说,她把筷子甩在桌子上。

"日他妈妈不吃了。"

她出了门，看见好善家娃娃在硷畔上撒尿，歪过头看她。她下了硷畔，看见娃正紧裤子。她停下来。

"呆呆。"她叫那娃。呆呆是娃的名字。

"呆呆你下来。"

呆呆下来了，站在她跟前，仰头看她。

"呆呆你不要喊。"她说。她把手放在呆呆的屁股蛋上，捏住一块肉。呆呆翻着眼，不知什么事。她往手指头上用劲。

"呆呆你喊我就把你塞到茅坑里。"她说。

呆呆的嘴巴斜了，她感到呆呆的腿一下一下抽。后来，呆呆喊了一声。她推了他一把，下了坡坡。她听见呆呆哭。

"她拧我，她拧我尻子。"呆呆说。

"日他妈妈。"她骂了一句。

晚上，她让男人跟她好好睡了一觉。她发了一身汗。她这才想起来喉咙不怎么痒痒了，鼻眼里也顺畅了许多。

"我想回我娘家去。"她给她男人说。

第二天，她就回娘家去了。

原载于《上海文学》1988年第6期

刘感的故事

你不认识刘感吧？我认识他。我给你说说他的事。我总喜欢说一些我认识的人的事情。这是我的毛病。

刘感50多岁。刘感176CM。刘感最近穿一件巴拿马西服，但不系领带，就像多数穿西服的中国人那样。刘感很爱工作。你看见他工作的时候就会产生一种印象：觉得那工作是专门给一些人哈腰。他一哈腰，嘴巴里就发出"某老某老"这种声音。他也给另一些人仰脖子。这时候，他就用一只手捏西服的领边。你便会觉得他经验丰富甚至有些派头。这时你还会发现刘感的眼眶里白多黑少，像患了白内障。

我当然要给你叙述一点细致的东西，比如刘感的头发。刘感的脑顶上一共有58根头发。这是他亲口说的。那天，刘感远远看见肚子有些挺的某老往他的头上瞄，有些笑眯眯的模样。刘感就说某老您看我的头发吧我数过是58根我敢说我年轻轻就没了头发您看您这么大年龄还满头福发。刘感搀扶着某老上台阶，听见某老说好好干刘感。我说了这么多刘感的头发，你对刘感的脑顶一定有所想象，以为这脑顶像乡下人打麦用的小场一样光不溜丢，其实见了他你会感到他有头发，也许不止58根。刘感很爱惜他的头发。一个人的时候，比如起床后或睡觉前，总是照镜子，照镜子的姿势和他工作一样，哈着腰，因为刘感家的镜子挂在墙上，是他老婆挂的。

现在我给你说说刘感出事的那天。那天和别的一天没什么两样。刘感骑着自行车上班。刘感知道上午要开会，会议和他有关，因为有人找他谈过话，人事处长也给他透了点风。刘感昨晚一夜没睡。他老婆埋怨他，说他老说明天开会什么的真没意思。刘感翻过身说就是就是我不说了明天还要开会。他听见老婆闭上了眼，他甚至听见了老婆闭眼睛的声音。

刘感坐在椅子上捏着西服的领边等待开会。刘感咳嗽了几声，办公室的人至今记得这一点。刘感上过四趟厕所，办公室的人也记得，但不一定记得刘感上厕所的次数。后来就开会了。全机关的人都坐在二楼会议室的沙发上。后来秘书长宣布了一条党组的决定，内容是任命刘感同志为秘书处副处长。当时刘感埋着头。他感到他的心抵在了嗓子眼那里，他不知道怎么的有些恶心。后来他就感到他身上的血往脑颅里爬，脑颅成了一个红墨水瓶。

再后来瓶子就破了红墨水就流开来，刘感的身子就有些发软脖子就架不住头了就像皮球一样吊在他胸脯那里。散会的时候有人看他不起来就摇他，一摇他们就慌了。

医生说刘感死于过度兴奋引起的突发性脑溢血。医学上是否有这么个病名我不得而知，人们都说没看见刘感兴奋刘感坐在沙发里一声没吭。他们把他从医院里往出抬的时候还这么说。刘感全身都硬了，只有脑顶上的那几十根头发没硬，因为刚好吹了一股风，他们看见他的头发动了一下。

原载于《消费时报》 1988年5月20日【星期五】第四版

麦正他们

　　麦正娶婆姨那天，他听见长命他妈在窑背上哭。他本来挺高兴。榆林那一块的什么地方刮了龙卷风，刮死了许多人，有一家只活了孤零零一个女子。女子的舅领着她下来串亲戚，顺便给她找婆家，就找了麦正。麦正没花多少钱，没费什么周折。那天，亲戚近邻都来吃八碗，麦正看着他们在院子里大吃大喝，心里就很高兴。他没想到长命他妈要在他家窑背上哭。他听了好大一会儿，才听出是长命他妈的声音。麦正心里有点乱，就转上去，他看见长命他妈坐在地上，泪水抹了一脸。合理也在，蹲在不远的地方，把头埋在大腿里，不吭一声，一只手不停地捏土坷垃。

　　"我都不想娶婆姨了。"麦正说。

　　长命他妈抬头看着麦正的脸。合理听见麦正来了，合理没抬头。

　　"你一哭，我都不想了。"麦正说。

　　长命他妈用手拍着地，哭得厉害，身子一个劲抖。一会儿，合理也哭了。合理一哭，脸上的肉往一边抽，样子很怕人，麦正管不了自己，也哭了。

　　"长命在的话，我就把那个女子让给长命。"麦正说。

　　"傻娃。"长命他妈说。

　　"我说的是实话。"麦正说。

　　"我就是想哭几声，傻娃。"长命他妈说。

　　麦正看见长命他妈脸上好像有点笑，眼泪水好像是笑出来的。后来，长命他妈从地上爬起来，走了。合理跟在她屁股后头。合理走的时候，从地上拾起一块土坷垃，扔在半空，半空里有一只鹞子在飞。

麦正难受得什么似的。

麦正在台上看苹果。他爸是庄里的能人，有心眼，给台上栽了几株苹果树，这几年挂果了。一到这时候，麦正就看苹果，怕娃们偷。他给台上搭了个草庵子，晚上在那里睡。他坐在庵子里能看好远。山里就是这么个地方，挡住了，在脚底下也看不见，挡不住就看得老远老远。欠欠她姐家没让什么挡住，麦正就看见欠欠了。

欠欠在她姐家的窑门劈柴。欠欠穿的是红衬衫。就这么，麦正看见了她。只有欠欠一个人。她姐和姐夫去城里给娃看医生，娃得了急病。她姐没有婆婆，她姐一生娃，就把欠欠叫来了。现在，窑里只有欠欠一个人，她在那里劈柴。

麦正看着她。

"姑娘她不敢穿单衣裳，穿单衣裳不好。"他想。他这么一想，心里就有个什么动弹来动弹去，让他不自在。他有点不想看她了，可他看着她。

"狗日的，肥突突的身子。"他想。

"她姐姐回不来了，老远老远。"他想。

他用手抠着脚指头缝里的垢迹。

"她一个人。"他想。

他觉得他出了一手汗。他觉得身上的皮毛噌噌响，说不出是凉还是热。后来，他想起了合理。他把合理拉到庵子里给合理说。合理也动心了。他们都感到身上的皮毛噌噌响。

"你去。"麦正说。

"你去。"合理说。

他们谁也没去。他们都能听见他们喘息的声音，觉得身上的皮毛噌噌响。

"我叫长命来。"麦正说。他突然这么说。

"我叫。"合理说。

麦正听见合理下了坡坡。天黑了，他看不见合理的人影。

他们三个是好朋友。他们坐在麦正的庵子里，商量欠欠的事。天不太黑，在黑里坐一会儿，天就不太黑了。他们看着欠欠她姐家的院子，那里白白的像放着个碾盘。从台上下去，再上去，就到那里了。那里有个小路路，欠欠就在那里睡着。她一个人。

"你说。"麦正说。

"你说。"合理说。

麦正就说了。麦正说：

"欠欠一个人在窑里，长命你和她睡去。"

"胡说。"

长命看着麦正的脸。他看不清。合理的脸也看不清。

"你胡说。"长命说。

"欠欠她姐去城里看医生，她回不来了。"麦正说。

"她姐夫呢？"

"也去了。"

"胡说。"

"真真的，我见欠欠一个人在院里劈柴。她穿个单衫衫，身子肥突突。"

"你怎不去？"

"我比你大。"

"大怎就不去？"

"看你这人。"麦正说。

长命感觉他心里头钻了个虫虫，爬来爬去。

"你和欠欠说过话，我又没说过。"他听见麦正说。

那天，长命看见欠欠一个人坐在坡头上哭，怪可怜。他问她哭什么。欠欠不给他说。

"好好的，哭什么？"他说。

"你想哭了，你憋住，憋一阵就好了。你信不？"他说。

欠欠真的不哭了。欠欠给他笑了一下。

他就这么和欠欠说过话。

"就说过几句话。"长命说。

"说过话就好。"麦正说。

"欠欠问我做什么，我说什么？"

"你什么也不说。"

"不说不好。"

"你说你睡不着，想和她说说话。你说她一个人，你和她说说话。"

"欠欠不给我开门。"

"你不吭声。"

"她不开。"

"你说你在县城里碰上她姐了。"

"你日弄我呢。"长命说。

"看你。"麦正说。

长命不说话了，他好像听着什么。

"谁家的狗叫唤？"他说。

"谁知道谁家的狗叫唤。"麦正说。

"晚上太静了。咱这搭就是晚上太静了。"长命说。

他们都听着，几只狗不知在什么地方叫唤，一声，一声，传得很远。叫了好大一会儿。

"人一鼓劲，就挺过去了，也许就成了。"麦正说。

"我不信。"长命说。

"你看你。"麦正说。

"欠欠会喊叫。"

"她不敢喊叫，姑娘娃怕丢人。"

"我不信。"

"肯定。"

长命听见麦正气呼呼的样子。长命感到指甲缝里憋得难受，那里钻满了土。他一直在地上抠，抠了一个坑。

"合理你说。"

合理一直没说话，长命问合理。

"去，你去。"合理说。

"去就去。"

长命真的去了。

那里白白的，像个碾盘子。麦正和合理睁眼朝那里看。他们见碾盘子上有个黑影影在动弹。他们不说一句话。后来，窑里亮灯了。再后来，灯灭了。他们没有听见狗叫。他们听见空气里有一种什么声音。

麦正后悔了，他说不上心里是什么滋味。他有些别扭。刚开始，他还不怎么样，他和合理坐在庵子里说话，等长命回来。

"你说，长命和欠欠睡一块没？"麦正说。

"不知道。"

"睡一块了，肯定。"

合理没说话，麦正听见他出气的声音。

"他们说什么话呢？"麦正说。

"不知道。"

"肯定不说话，我说睡一块还说什么话，爬在女人身上还能说什么话。"麦正说。

"咱去听听。"他又说。

"我不去。"

"听听怕什么。"

"我不去。"

"他们又不知道。"

"我不去。"

"狗日的，身子胖突突。"麦正说。他咽了一口唾沫。他看合理不说话，就躺在草铺上。他给庵子里铺些干草，晚上就在干草上睡，他把头枕放在手心里。他想着欠欠。欠欠在长命的身子底下。他想不出欠欠是个什么样子。

"肥突突的。"他想。

他感到身上有什么地方憋得厉害。大腿里像钻了针尖大小一点风，在里边窜来窜去，让他难受，狗再没叫，没一点声息。合理蹲在那里，黑糊糊一堆。

就这么，麦正后悔了。

"不行。"他说，他从干草上坐起来，看着合理黑糊糊的影子。

"我想了，不行。"他又说。

"什么不行。"合理说。

"不能让长命干成那事。"

他看见那堆黑糊糊的影子动了一下。合理好像看着他。

"不能让他干丢人的事。"他说。

"你胡说。"合理说。

"我要叫长命去，我比他年龄大。我不能让他干丢人事。"

合理不动，也不说话。

"走，叫他去。"

"我不去。"

"我去。"他说。

麦正往外走。他走到合理跟前的时候，合理一把捏住了他的什么东西，他想不到合理会这么干。合理发现了他的秘密。

"哈！"合理笑了，笑声很大，合理站起来。

"嘿！"合理咬着牙笑。合理使劲捏了他一把。他把麦正推倒在干草上。

"呸！"合理吐了他一口。

"你真是个不要脸。"合理说。

"你要坏了长命的事，我就捏死你。"

麦正好长时间没说话，过了一会儿，合理听见他在干草上哭。

几个月后，镇上来了两个人，把长命带走了。欠欠她姐告了长命，说长命糟蹋了欠欠。长命一走，村上人都说长命犯了法，非法办不可。欠欠她姐撵到长命家里，把长命他妈的脸抓得稀烂，嫌她生了个害人的种。过了一些日子，几个戴大盖帽的人又把长命带回来，镇长也来了。他们开来一辆吉普车。他们在打谷子糜子用的小场那里开了个村民会，正式把长命办了。他们说长命犯的是强奸罪。他们给长命的手脖子上戴了铁铐子。

麦正和合理坐在人伙堆里，他们看着长命。长命瘦了许多。长命低着头。他们以为长命要哭了，可长命一直没哭。上吉普车的时候，长命眼窝里盛着几个泪水花花。他们以为再也见不到长命了，就大着胆挤到长命跟前，想和长命说几句什么话。他们这才看见他眼窝里有几个泪水花花。

"我真想把那东西割了。"长命说。长命的手让铐子铐着。他们看见长命胭脂骨那里的一块肉突突跳。

"给我妈揽些柴。"长命说。

"过几年我就回来。"他说。

麦正和合理一句话也没说。

麦正娶了婆姨，合理就不太和他来往了。合理一个人在稍沟里捡木耳，去省城里卖。有一回，他拐了个弯，到马栏农场看长命。长命在那里烧砖头。

"欠欠出门了，嫁给上头什么地方的人了。谁也没见过她。"合理给长命说。

"我把人家害了。"长命说。

"我和麦正把你害了。"合理说。

"我不后悔了。刚开始我后悔，我现在不想这事了。欠欠能嫁出去，我就一点也不后悔了。"他说，"我老想欠欠。一沾女人，就老想她。女人真是个怪东西。我算沾过女人的身子。"

合理的心里很不是滋味，他看着长命的脸，他感到长命比他老成、懂世事。

"麦正的婆姨生娃了。我来看你，我没给麦正说。"

"你回去给他说，就说我很好。"

合理给长命掏了几块钱，长命不要，他硬塞在长命手里。

长命把钱又塞给合理。

"你买个什么东西给麦正家娃，就说我给的。"他说。

"他把我叫叔哩。"他说。

合理看见他笑了。他腰上紧了一条围裙，脏糊糊的。他把头缩在脖子里，看着合理笑。

原载于《延河》1989年第1期

洼牢的大大

一到这时辰，太阳就是这么一种要死不活的样子。

山包子上有几棵树，记不得是什么时长出来的，没有叶子，它们很少有长叶子的时候，有时候就长出一些来，但这会儿没有。它们老长不大，老是那么几棵，老那么高。沟坡上也长着一棵，他拧过头就会看见它。那是一棵榆树，光秃秃一个身子，歪拧着插在土坎底下，上边挂满了树甲，远看会以为它是一棵死树，因为它冷不丁就会挤出几芽叶子来，夹在那些黑不拉叽的树甲缝里。

他在那里锄地。地里稀稀拉拉长着些草一样的东西。它们终于长出来了。尿他妈终于长出来了。

他偶尔锄几下，他看着沟底，有时候就会有个人从沟底下走过去。那里有一条路，让人们走过来走过去。看不清他们的模样，可他看他们。看不见人影的时候，他就锄几下。

一共有七个人从沟底下走过去了。

七个。他想。

他依着锄把，一条腿直着，一条腿弯着，就是那么一种姿势，显得很努力。

洼牢在地畔那里刨什么。洼牢一来就在那里刨，撅着屁股，一声不响。他看见洼牢刨出个亮东西，放在眼窝跟前照太阳。一会儿，洼牢跑过来，蹾在他脚跟前。

"大大，你看我照太阳。"洼牢说。

"酒瓶渣渣。"他说。

"大大你照。"

"我不照。"

"你照。"

洼牢并不把那个亮东西给他，只放在自己的眼窝那里朝天上照。洼牢穿个裹肚，光着屁股。他感到洼牢像个什么东西，他想对他干点什么。他把脚伸过去，放在洼牢屁股底下，往上一钩。他看见洼牢朝前一栽，爬到地上了。那个亮东西从洼牢手里飞出去，飞了老远。洼牢拧过脖子，瞪着眼睛看他。他看见洼牢的眉眼和鼻子上沾着土。

"大大你钩我。"洼牢说。

"嘿嘿。"他感到他笑了一下。

"你钩我。"

"嘿哈哈哈……"

他把嘴张得老大，像个肉窝窝，舌头一闪一闪。洼牢有点害怕。那时候，沟里没一个人，没有声响，就他一个人看着洼牢笑。所以洼牢有些害怕。洼牢不知道他怎么了。

"嘿哈哈哈……"

他看见洼牢脸色变了，身子打着抖，失眉掉眼了。

"哇呜！"洼牢喊了一声。他以为洼牢要哭，可洼牢没哭，洼牢喊了一声。他不哭了。

"我和你玩耍哩。"他说。

"你甭怕，我和你玩耍哩。"他这么说。

"你钩我。"洼牢说。

"我和你玩耍就钩你哩。"他说。

他把锄把放倒，坐在锄把上，眼窝看着对面的山包子。后来，他给洼牢说了洼牢妈的事。

"你妈哄我。"他说。

"你妈她没男人，她和我过了两年，她说她男人死了，她哄我。"他说。

"狗日的。"他说。

"你骂我妈。"洼牢说。

"我骂你妈？我没骂你妈。"他说。

"你骂我妈。"洼牢说。

"我可没骂她，她把我哄了，她临走才说她有男人，我说你做什么日弄我，我好好一个人你做什么日弄我，她说她没想日弄我，她说庄稼坏了她男人养不起她就出来了，她没想日弄我，你看她说这话。"

"你不让她走。"

"她哭，她说她那搭还有娃娃，她说兴许他们那搭好过了，狗日的，她就把我日弄了。"

他不看洼牢，他看着对面的山包子。那里长着几棵树，就长着那么几棵树。

"人起了走的心，就留不住，我打了她一顿，我在她的大腿上咬了一口，我想她会喊叫，可她没喊叫，我想她一喊叫，我就让她滚，可她没喊叫，她牙咬得紧紧的，她在腿上摸了一会儿，就走了。"

他用指头捏了一撮土，放在嘴里嚼着，他听着土在牙齿上咯噜咯噜响。

"大大你吃土。"洼牢说。

"大大我看见你吃土哩。"洼牢说。

"我有时候就想吃土，就一点。"他说。他又捏了一撮，放在嘴里。

"她不和我过活我就不会想她，可她和我过了，狗日的，她把我日弄了，她说她没想日弄我。"他说。

他看了洼牢一眼，又把头转过去。

"人心里一急，就想吃个什么，一吃就不急了。"他说。

"吃惯了，土就有油味。"他说。

"你不能吃，你心里又没有急人的事。"他说。

他看见洼牢眨矇着眼，他知道他想找那个亮东西。洼牢找见了，他看见洼牢跪在那里，朝天上照。

他往沟底下看了一眼，沟里空空荡荡的，他想再不会有人从那里过了。一共是七个人。

"再没人来了。"他想。

"肯定。"他想。

他站起来，他感到肚子里有些空，可他没想回去，他想再锄一会儿。

他就锄断了一条蚯蚓。

他把它锄成了两个半截的时候，并没听见什么响声。他看见半截蚯蚓在锄头那里扭来扭去，他才想起他锄断它的时候肯定有响声，和锄断一根草的响声差不多，就那么一声。蚯蚓扭得很痛苦，蚯蚓的血和湿泥一样的颜色，有些沾在锄板上，像谁给吐了几口唾沫。还有半截在土里边，他能看见，也冒着湿乎乎的血。

洼牢还跪在那里照太阳，太阳已没有多少光气了。

后来，洼牢就长大了些，又长大了些。再后来，洼牢和他一块在那里锄地。

"我日他妈不弄了。"

他突然这么说，他把眼珠子冲着洼牢。洼牢看见他鼻梁上泛着红潮。

那天，洼牢看见他跪在地里，用手指头抠土，他以为他又想吃土了，他吃土越来越厉害。洼牢总看见他像贼一样，偷偷摸摸地往嘴里扔一撮土，他总是咕咕哝哝自言自语。这让洼牢很生气，洼牢感到恶心。他跪着抠土的样子也让洼牢感到恶心。"你做什么抠土？"洼牢说。洼牢知道他想错了：他不是吃土他就是抠，所以洼牢对着他屁股说：

"你做什么抠土？"

洼牢看见他拧过头，梗着脖子，嬉皮笑脸的样子。

"你恶心人。"洼牢说。

"我想抠。"他说。

"做什么想抠土？"

"我想。"

"你抠，抠。"

"我想。"

洼牢真想在他的脏脸上捏下一块什么来。他撅着屁股，他已抠出了一个土坑。洼牢看见他把头埋在坑里。一会儿，洼牢听见他喉咙里有一种含混的声音。

"呜。呜。"就这种声音，野兽叫唤的时候才有这种声音。

洼牢想回去，想丢下他，让他一个人在那里折腾。

"呜。呜。"

他喉咙里的声音很难听。洼牢看着他，说不上是气愤还是难过。洼牢感到他肚子里有些酸，鼻子里边也有些酸。

他"呜呜"了好长时间。后来，洼牢看见他从坑里抬起头，挪了挪膝盖，朝洼牢这边跪着。洼牢看见他鼻梁上泛着红潮，尽管他脸上沾着土，洼牢还是看见他鼻梁上泛着红潮。

"我日他妈不弄了。"

他这么说。

"我日他妈弄了一辈子，我。"他说。

洼牢咬着嘴，一句话不说。洼牢站在那里，像一截木桩。

"我日他妈给谁弄，我。"他吼着。

"你锄。你一个人锄地，我逛去呀。"他说。

洼牢看见他站起来，朝坡底下走。洼牢看见他用手在地上捏了个什么，放到嘴里。洼牢想他捏的一定是土。

他没回头，土坡一下一下遮住了他的身子。洼牢记得。

"你一个人锄地。"大大说。

洼牢就一个人锄了，在坡头那里，就是长着一棵榆树的那面坡，在沟底下的那条路上能看见他。后来，有人给他说大大死了，躺在县城一个拐角的地方，让他搬尸。大大吃了几块死驴烂马肉一类的东西，不大一会儿就拧身子，就死了。洼牢在县城买了一副薄棺材，雇了一辆架子车，把大大拉回来。他看见几只苍蝇爬在棺材上，棺材里有一股臭味。他没赶那几只苍蝇，所以它们一直爬在那里。

洼牢记得，他把大大往棺材里边装的时候，费了好大的劲。人一死就硬邦了，大大是拧着身子死的，胳臂腿都不平顺。他看见大大脸上落了一层土，眼毛和胡子上也有。

"你一个人锄地。"这就是大大说的话。

原载于《延河》1989年第1期

他好像听到了一声狗叫

后来，蔡去病用土坯把窑门砌了。

这主意是他突然想起来的。他想这是个好主意。他心里一阵激动。他感到他身子里的肉一个劲往外胀，骨头痒痒。人自个儿激动的时候，就会感到肉胀，骨头一忽儿一忽儿痒痒。

那时候，蔡头正坐在炕上嚼芦根。

蔡头嚼芦根的声音很响。他嚼着嚼着就往喉咙眼里吸进去一些嚼出来的水水。他像鬼一样。他把那根芦根这么整整嚼了一天。芦根不是芦根了，像牛嚼过的草一样，又肮脏又难看。芦根早没水水了，他吸进喉咙眼的只是唾沫水。

蔡去病想不通他大大蔡头做什么要这么恶毒地嚼那根芦根。蔡头牙齿很好。尽管他老了，可他牙齿很好。他利用了他的好牙齿。

"你这么嚼你要遭罪。"蔡去病说。

"咯噜。"蔡头动着腮帮子。

"世上没你这么毒辣的人。"蔡去病说。

"咯噜。咯噜。"

"迟早我让你嚼不成。"蔡去病说。

就这么他身子里的肉开始胀了。肉胀的时候也有声音，他感到和蔡头嚼芦根的声音差不多。

"咯噜。"

当时，他蹲在那些土坯跟前。土坯们整整齐齐地排在硵畔上，它们等着蔡去病使唤它们。它们当然不知道蔡去病身子里的肉正往外胀。蔡去病的眼珠子像纽扣一样，直勾勾朝窑门里看进去。他正好能看见蔡头的半个脸。他盯着他大大蔡头的下巴骨。

这里是沟掌，就他们两人住在这里。他们在沟坡上铲出来一块地方。齐刷刷崭新的崖壁上他们钻进去几个窑洞，这就是他们的家。沟坡上长满了干草一类的东西，像结了一块一块垢甲。这么他们的家就很显眼，远看着像一堆灰白的鸟屎，就这么蔡去病和他大大蔡头住在这里。就他们两个人。

"咯噜。"蔡头正用着他的好牙齿。

那天，蔡去病给他大大蔡头是这么说的：

"我想把炕换了。"他说。

"做什么换？好好的做什么换？"蔡头说。蔡头看了蔡去病一眼。

"好好的好好的，我想换。"蔡去病说。

"我可不想。"蔡头说。

"我把土坯打好了。"蔡去病说。

"我看见你把土坯打了。"蔡头说。

"那你说不想换？"

"我可不想。"

"不换做什么我弄土坯？"

"噢么。"蔡头说。

"我把炕换成南北向。"蔡去病说。

"我不想。"蔡头说。

"南北向出烟利洒。"

"利洒利洒去。"

"那我换。"

"鬼知道南北向出烟利洒。你想日弄我。"蔡头说。

"我没想日弄你，做什么我想日弄你？"蔡去病说。

"你没想你没想我不想换。"蔡头说。

蔡去病感到有一股气从他的肚子里往喉咙那里顶。他脖子上的筋一鼓一鼓的。

"我妈就是让你害死的。"他突然这么说了一句。

蔡头打了个臌觫。

"你说这话。你狗日的说这话。"蔡头说。

"我妈说把崖畔上的枣树剁了，你不剁。你剁了就好了你不听我妈的话。"蔡去病说。

"你狗日的。"蔡头说。

"我妈在窑背上摘枣，就挂在枣树上了，就死了。这就是你干的事。"蔡去病说。

"你狗日的。"蔡头说。

"我可没忘。"蔡去病说。

"我没让你妈摘枣。"

"结了枣做什么不摘?"

"我没让你妈摘。"

"你听我妈的话剁了枣树就好了，我妈就不会挂在枣树上。"

"你妈脚没踏稳。"

"鬼知道我妈脚没踏稳。"

"狗日的我没让你妈摘。"蔡头说。

"你就是这么个毒人，"蔡去病说。

他们都想起了许多年前的那件事都想起了蔡去病他妈挂在枣树上的样子。竹篮子从崖畔上摔下来，在碥畔上滚了几下。蔡头从山上回来的时候，蔡去病说大大你看我妈，我妈在枣树上不下来我妈在枣树上笑哩。蔡头仰着脖子看了半晌。

"你妈死了。"他给蔡去病这么说。

当时，他在蔡去病的头上摸了好大一会儿。当时蔡去病还小。

这件事他们说想就能想起来。他们一辈子没遇过多少事情，他们很容易想起来。他们记得很清楚。

后来，下了一场雨，土坯们成了一堆湿泥。再后来，蔡去病又打了，又在碹畔上垒了一排。他是个有力气的家伙。他让太阳晒它们，他想这么晒几天，它们就会干。

那天清早，蔡去病一睁开眼，就看见蔡头像一根干柴禾一样插在窑门那里。蔡头的眼窝有些发红。他撅着屁股。

"我不让你说你妈的事。"蔡头说。

"我想起来了做什么我不说?"蔡去病说。

"你想你一个人想去你甭说。"蔡头说。

"我想起来了。"蔡去病说。

他们朝那一排土坯上看了一眼。土坯到底干了。他们心里都有些紧张。他们嘴里没说，可他们心里都很清楚。

"你甭想换炕。"蔡头吼了一声。

"你就是这么个毒人。"蔡去病说。

"你甭想。"蔡头说。

"我打土坯就要换炕。这你知道。"蔡去病说。

"我知道是我知道。你甭想。"

"我就想不通你这人。那会儿你不听我妈的话。你就干这种毒辣的事情。"

"日你妈。"蔡头说，又吼了一声，"狗日的你。"

他们又想起了许多年前的事。

蔡去病看见那根干柴禾朝他跟前摇晃过来。他听见他脸上响了两声。他知道他挨了他大大蔡头的耳掴子。

后来，他看见他大大蔡头摇晃着进了窑门。蔡头手里攥了一根芦根。不知道什么时候他手里拿了一根芦根。再后来，他就听见了蔡头嚼芦根的声音。

"咦。"

蔡去病往喉管上使劲。他把喉管撮紧，让气从里边往外挤。气挤出喉管的时候就发出那么一种声音。

"咦。呀。哦。"

他挤了好大一阵。他感到这么一挤心里就有些好受。他眼窝里有些湿润。他知道他哭了。他知道眼窝里的湿东西是泪水花花。

"呀。咦。哦。"他挤得很痛苦。

沟里只有他挤喉管的声音。他听见他挤出来的那种声音拐着弯朝沟岔里钻，远了，听不见了，他就再挤出几声。

"咦。呀。"他挤。

"咯嘞。咯嘞。"蔡头悠然地嚼着芦根。

后来，蔡去病蹲在碥畔那里睡了一觉。太阳越来越热。太阳走到他头顶上的时候他睡着了。他感到鬓角那里有些热乎。他把胳膊搭在膝盖上，再把头放上去，就这么迷糊起来，就睡着了。那时候，沟里到处都响着干草断裂的声音。

那一觉睡得好长，醒来时，天已麻黑了。他想蔡头的牙齿一定困乏了。他没想到蔡头的牙声还那么响亮。

"咯嘞。"蔡头嚼着那根芦根。

就这么蔡去病想起了那个主意。那时候他刚刚醒来，他听见沟里有许多人声。他想他们是些刨红薯的人。后来，他知道他想错了，因为那时候是没有红薯的季节，其实沟里没有什么人。

"我说你甭嚼那个东西。"他说。

他伸长脖子，看着窑里边他大大蔡头的半个脸。蔡头一声不吭，也不动身子。

"你这么嚼那东西我看不惯。"蔡去病又说了一声。

"我早就看出来了。你领我妈到这里来发财，你说山沟里种

粮没人管没人收公粮。你让我妈挂在枣树上了。你就是这么个毒
人。"蔡去病说。

"你错了。你不愿意说你错。可你错了。"蔡去病说。

"你这么嚼那个东西就证明你错了。"

"你说。你让我换炕不？"

蔡头不说话。蔡头像鬼一样。他嚼着那根芦根。

"你又不是牛。"蔡去病说。

他想他是在半夜的时候开始干那件事情的。那时候他又有些瞌
睡了。他想他不干的话就会睡过去，就会睡到天亮。他想人做什么
事得赶快。人是一种很容易松气的东西，人一松气就什么事也弄不
成，所以他就做了。他浑身的肉往外胀。肉里边有一根骨头痒痒。
他影影糊糊又听到了那种人声。他知道沟里不会有人。他知道这会
儿不是刨红薯的季节。可他听到了人声。

"我说你出来。"蔡去病说。

他站在窑门口。窑像黑窟窿一样，窑门外倒有些亮。他看不清
他大大蔡头，只听见蔡头的牙声。

"咯噜。咯噜。"

"我要做了。我给你说我要做了。"

他捏了捏手里的泥刀。

"你非要嚼那种东西。"他说。

"看你不让我换炕。"他说。

他跪在窑门跟前，用泥刀在那里削出来一块平地。他给那里泼
了一瓢水，他听着水往土里渗。后来，他就上泥，搬土坯。他一层
一层往上砌。他砌得很结实。他不让露出一点缝隙。就这么他也把
窗户砌上了。他扭断了窗棂。他扭它们的时候，才知道它们一点也
不经扭。

"我不想听你嚼那东西。"

这是他塞最后一块土坯的时候给他大大蔡头说的话。

他给土坯上又上了一层泥。后来，他卷了一根烟，一个人坐在碹畔上抽。他抽烟的时候什么也没想。他起来的时候只想了一下。他想太阳一晒，他砌的窑门和窗户就更结实了。

没走出沟，天就亮了。蔡去病看见他的手指头上有一层绿莹莹的东西。他想起下碹畔的时候他在沟坡上捋了一把草叶。他一直揉搓着它们，所以他的手就成了绿手，绿手上散发着一种草味。

他想他大大蔡头这会儿正坐在封死的窑里，坐在炕上嚼芦根。他这么想的时候，他好像听见不知什么地方传来了一声狗叫。

原载于《人民文学》1989年第1期

耳林和马连道的笑模样

耳林端着他和他妈的尿往硷畔底下倒。他听见窑背上往下溜土。窑背上边是马连道拴牲口的地方。他看见马连道站在一堆蒿草里。那里长着一堆蒿草。当时，耳林端着尿盆，就是黄泥烧成的那种瓦盆，像猪眼一样的颜色。

"惜欠要借皮管子哩。"马连道说。

耳林甩开胳膊，尿水就像玻璃纸一样从尿盆里散开来，散成水花，落在硷畔上的干土里。他听见"嘭"一声，他把尿盆和尿水一起甩出去了。这是他没想到的。他感到手指头有些困乏。人刚睡起来，手指头有些不带劲，抓东西不牢靠。人的手指头有时候就这么不中用。人不能太相信手指头。

"梆梆梆梆。"

耳林把手指头放在掌心里，使了点劲，他听见手指关节清脆地响起来。手指头这么一响就有些力气了。

"我听见三瘸子给惜欠说借皮管子哩。"马连道说。

"大清早的，你这人。"耳林说。耳林盯着尿盆，他看见尿盆里有些白道道，像画一样。

"三瘸子要浇他那一点韭菜。"马连道说。

"噢么。"耳林说。

尿盆没烂，尿盆好好的，所以耳林说："噢么。"

"你把惜欠弄了去。"马连道说。

耳林听见蒿草响。马连道的脚在蒿草里不停地动弹。

"做什么我把惜欠弄了去？"耳林说。

"你不给她皮管子。你把她弄了再给她。"马连道说。

蒿草又响了一阵。

"你胡说哩。"耳林说。

"你先捏她奶奶。你装你和她玩耍哩。你一捏她奶奶她身子就软了。"马连道说。

"你胡说哩，你又没捏过她。"

"我知道。"

"你又没捏过。"

"看你这耳林。"马连道说。

耳林听见蒿草大声响了一阵，有几声是蒿草秆断裂的声音。耳林听见马连道咽了一口唾沫。

"你要是弄不成，我给你五块钱。"马连道说。

耳林往窑背上翻了一眼。"我不想听你胡说。"耳林这么说了一句，然后耳林提着尿盆回窑里去了。

耳林吃了一个冷馍，耳林吃完馍又蹴了一会儿，耳林给他妈说他不想上山了，耳林说上山看看又不能让麦子长好一点，耳林说听天由命去，让麦子们听天由命去。耳林妈正系裤带，耳林妈说你爱去不去又不是给我过日子，耳林妈系好裤带就出去了。耳林妈出去的时候也拿了一个冷馍。

"他狗日的胡说哩。"耳林说。

耳林感到他有些渴，他喝了几次水。后来，耳林就在窑里赶苍蝇。天有些热了，苍蝇们在酸菜缸子上叫唤。耳林感到他有什么事情要做，可他想不起来。他听见苍蝇叫唤，他就想赶它们。有一只夹在他指头缝里，他使了点劲，苍蝇成了肉泥，他想他指头缝里夹着苍蝇的肉泥，他想肉泥里有几条苍蝇腿不停地动弹。他把手指放在裤腿那里蹭了几下。他赶不走它们，他能捏死几个，可他赶不走它们。

"我知道他狗日的马连道胡说哩。"耳林说。

后来，他感到他大腿上的骨头软了一忽儿。

他看见惜欠了。

惜欠是长头发。惜欠梳头的时候有一种声音，她把木梳插在脑顶上往下拉，一直拉到头发梢。惜欠把皮筋咬在嘴里，然后惜欠把头发扎成马尾巴那种样子，吊在脊背上。惜欠就是这么个女人。惜欠梳头的时候，她男人趴在被窝里卷烟末。前些日子，她男人给她说，我不说话了，听着。惜欠张着嘴，惜欠往她男人脸上看，她看见她男人脸上的汗毛上粘着许多干土。

"我说我不说话了是我不想说话了，说话没屁意思。"男人说。

"做什么你不说话了?"惜欠说。

"我要卷烟卷。"男人说。

"卷烟卷你卷烟卷做什么你不说话了？"惜欠说。

"我和我大大也不说了，你和他说去。"男人说。

"做什么都要有个道理。"惜欠说。

"噢么。"男人说。

男人说完"噢么"，就不搭理她了，就这么趴在炕上，烟卷在他的手指头里发出那种摩擦声。他把它们堆在炕头上。它们散发着一种干燥的气味，像毛毛虫虫一样往惜欠的鼻眼里钻，在鼻眼里动弹。

"看着么你这么弄。"惜欠给男人这么说。借皮管子那天，惜欠又给趴在被窝里的她男人说了一句。她听见男人吸了一下鼻子，其实那会儿他鼻眼里没鼻涕，也很干燥。

惜欠从碥畔上下来，往耳林家走的时候，一直想着她男人吸鼻涕的声音。

耳林说皮管子不在他家窑里，皮管子在保管室。耳林的脸有些怪模怪样。那时候耳林刚把苍蝇的肉泥从指头缝里抹在裤腿上。耳林说惜欠你跟我到保管室去取行不？惜欠说行么。

"我大大要浇韭菜哩。"惜欠说。

"噢么。"耳林说。

耳林在前走，惜欠在后边走。他们上坡坡的时候就撅着屁股，下坡坡的时候直着腿。

"他狗日的。"耳林听见惜欠在他背后这么说。耳林吓了一跳。

"做什么你说他狗日的？"

"他趴在炕上卷烟卷。"惜欠说。

"噢，噢么。"耳林说。

"你知道他卷烟卷？"惜欠说，惜欠紧走了几步。

"不知道。我不知道。我听你说卷烟什么的，我就说噢么。"耳林说。

"噢，噢么。"惜欠说。

保管室里有一股干草味。耳林像狗一样在一堆破烂跟前拨弄。后来，惜欠听见耳林叫她，那时候惜欠有些恍惚，因为她又想起了她男人吸鼻子的声音。

"惜欠。"耳林说。

"惜欠。"耳林的声音有些轻。

"惜欠你看，皮管子在我家窑里哩。"耳林说。耳林把头拧上来看着惜欠的脸。耳林蹴着。惜欠站着。耳林感到他身子有些硬，耳林的手想干什么了。

"看你这人。"惜欠说。

惜欠也看着耳林的脸。后来，惜欠就看耳林的手，因为耳林的手放在她的鞋上了。

"看你这人。"惜欠说。

耳林的脸皮快要憋破了。耳林好像要哭了。耳林又叫了一声惜欠。

"都是马连道的过。"耳林突然说。

"他让我捏你奶奶，他说一捏你奶奶你就软了。"耳林说。

"噢。"惜欠说。

"惜欠你看，我给你说了。"耳林说。

"噢。"惜欠说。

"噢……"惜欠这么说，因为耳林站起来了，耳林的手放在惜欠的身子上。惜欠扭着脖子。惜欠闭着眼。惜欠的身子靠在窑壁上。惜欠从来没这么过。惜欠后来老想起这件事。惜欠感到她的腰那里一阵轻松，她知道是怎么回事。

"噢。"惜欠说。

后来，窑门猛烈地响了一声。窑门外边很亮，他们看见三瘸子从亮光里跛进来。三瘸子抱着水担，像风一样。

这就是耳林和惜欠干的事。

惜欠一口气跑回自家的窑里，她等着三瘸子从窑门外边撞进来。她男人看也不看她一眼，只趴在被窝里做他的事情。她想不出三瘸子撞进来会把她怎么样。三瘸子抱着水担，她想他一会儿就会撞进来。她一直这么想。

三瘸子到底没撞进来。后来，三瘸子一个人浇了韭菜。还皮管子的时候三瘸子还抽了耳林一根纸烟。惜欠在碱畔上，能看见他们。三瘸子回来的时候挑了一担水。他是个矮个头的男人，他很会用力气，他先把桶甩起来，顺着桶的劲势迈腿。他这么挑水，像跳舞一样。他一甩一跳上了碱畔。惜欠躲在门背后。听他往水缸里倒水，听他放桶。他把水担挂在窑门外的木橛子上，然后他咳嗽了一声，上窑背去了。

什么事情也没有发生。惜欠有些放心了。惜欠就想耳林了。她想着她靠在窑壁上，耳林在她身上拱，她嘴里说"噢，噢"。她没想到，耳林会出事。

耳林每天清早起来倒尿。那天他出窑门的时候听见马连道在窑背上踢蒿草，他知道是马连道。

"你又不是驴你踢?"耳林说。

"耳林你上来。"马连道说，"你上来我和你说话。"

马连道用铁耙耙给牛刮毛，马连道给耳林说：

"我知道你把惜欠弄了。"

"知道你知道。"耳林说。

"你看你耳林，翻脸不认人。"马连道说。

"我没按你说的那么弄。"耳林说。

"看你翻脸不认人。"马连道说。

"三瘸子险些揍了我。我担多大的心!"耳林说。

"耳林你想耍赖。"马连道说。

"我不耍赖。"耳林说。

"那你把五块钱给我。"马连道说。

"马连道你狗日的。"耳林说。

"这是咱说好的。"马连道说。

"我没说给你五块钱。"耳林说。

"你干了好事你耍赖。"

"我没按你说的那么弄。"

"你耳林这么说。"

"你让我捏奶奶，我没有。"

"你耳林年纪轻轻这么说。"马连道说。

"你快给我五块钱吧。"马连道又说。

"我不给。"耳林说。

"做人要有德性。"马连道说。

"我不给。"

"你不给我给人说去。"马连道说。

"你不要脸。"耳林说。

耳林感到他的喉咙里像塞了个核桃。

"嗨嗨。"马连道笑。

"嗬嗬。"马连道这么笑。

耳林鼓着眼珠子。

"嗬嗬。"

耳林扑上去，夺了马连道的铁耙耙。

"嗬嗬。"马连道还笑。

耳林跳了一下。耳林扎得真准。他听见"嘭"一声，铁耙耙就扎在马连道的脑门上了。马连道好像受了惊，眼窝张了一下。马连道很快就恢复了笑容，他的身子摇了几下，然后往下缩，坐在地上。耳林攥着拳头，在铁耙耙上砸了几下。那是一种像锯齿一样的铁耙耙，马连道用它给牛刮毛，挠痒痒，这会儿，耳林把它扎在马连道的脑门那里了。马连道坐在耳林的脚跟前，马连道一直是笑模样，他没有流血。

耳林伸开手，在马连道的脸上猛扇了几下，他听见他的手打在马连道的脸上像打在牛皮上一样。耳林就这么打倒了马连道。耳林不知道马连道倒了以后是个什么模样。因为他没看，所以耳林记着的一直是马连道坐在地上的那种笑模样。

原载于《人民文学》1989年第1期

连 头

连头和奶睡一个窑。连头的耳朵背后有个肉疱，他妈一看就岔气，眼珠子往额颅里边钻，所以，他和奶睡一个窑。后来，连头就穿着他爷留下来的脏布褂褂去沟里拦牛。晚上，牛在隔壁窑里吃草，奶坐在炕墙跟前抽旱烟。山里夜晚很长，山黑糊糊的一架挨着一架，不知道有多少。就这么，连头缩在被窝里，听奶给他讲老上年的事。

"有一年，"她总这么说。

她把烟锅凑到油灯跟前点火。连头看见火星星从烟锅头里掉下来，掉在炕席上，奶用手捏那些火星。

"营长要吃豆芽菜。兵们搜了几个女人，让她们给他弄。连头你听着，我也去了。营长住麦正家窑里，就是拴牛的那孔窑。院子里有个筐，筐里盛着卷卷肉，卷卷肉就是人耳朵。营长让女人们把耳坠子耳轮子弄下来，这就是豆芽菜。"她说。

一滴口水从嘴角扯下来，拉着线，奶用劲吸了一声。她的脸上有许多纹理，像核桃皮。

"睡吧睡吧。"奶说。她挪了挪屁股，又装了一锅旱烟。连头瞪着眼睛，用手摸了摸耳朵。他听见婶娘来了。

"妈哎妈哎。"

婶娘进窑来，半个屁股坐在炕沿上。

"有个人要喝水，天黑了还不走，模样怪怪的，我让他走才走了。我害怕。"婶娘说。

"噢么。"奶说。

"你睡我窑里去。"婶娘说。

"我能做什么，我老了我能做什么？"

"得宝不在，我一个人。"婶娘说。得宝是连头的叔，在石马窠煤矿揽工。

"连头，连头你去。"奶说。

"我不去。"连头说。

"去，去。"奶说。奶把被子揭开来，连头把身子缩成一团。

婶娘的窑里有一股油漆木头的味道。婶娘的窗格子上贴着娃娃骑鱼。婶娘从柜子里拿出一把酸枣让连头吃，酸枣上也有油漆木头的味道。婶娘的棉被软乎乎的。

"看你的脏脚。"婶娘在连头的脚上点了一指头，看着连头笑。连头也笑。

后来，连头睡着了。后来，他听见什么响，就醒过来。灯亮着，他看见婶娘蹲在地上。婶娘光着身子，她在瓦盆里尿尿。婶娘一回头，看见连头睁着眼，身子就动了一下。

"连头你睡。"婶娘说。

"连头你把头蒙住。"她说。

婶娘的脸和手都黑，可身子白。婶娘的屁股蛋像白馍馍，就是走亲戚蒸的那种白馍馍。婶娘上炕的时候，在他的头上拍了一巴掌。他没动弹。婶娘像鱼一样从他身上游过去，钻进花被窝里。婶娘身上也有油漆木头的味道。婶娘把灯吹了，他听见婶娘动了动火柴盒。

"婶娘我尿尿。"他说。

"看你。"婶娘说。婶娘点着灯。连头站在瓦盆跟前，好大一会儿才尿出来。

"连头你吹灯。"婶娘说。

连头吹了灯。他听着婶娘出气的声音。

"婶娘我睡不着。"他说。

"你闭上眼。"婶娘说。

"我睡不着。"他说。

"你甭想什么。"

"我怕。"

"你甭怕。"

"营长吃人耳朵。"

"什么营长吃人耳朵,你甭想。"

"婶娘我睡你被窝。"

"看你。"婶娘说。婶娘揭开被窝,让连头睡过来。

"还怕么?"婶娘说。

连头不说话,他挨着婶娘的身子。婶娘睡着了,婶娘身上有一股油漆木头的味道。后来,婶娘醒了,因为他在婶娘身上捏了一下,又捏了一下。

"连头你做什么。"婶娘说。

连头不吭声,他浑身像发烧一样。他捏着婶娘身上一块肉。婶娘恼了,坐起来。

"连头你睡过去。"她说。

连头只记得这些。他把牛赶进沟里,让牛自个儿找草吃。他坐在坡坡上,往沟底下看。他能看见婶娘的窑洞。

"我不见她了。"他想。

沟很深,蛇麦子拖着藤蔓挂在沟崖上。有些鸟飞过去,弄出些响声。啊——噢!啊——噢!有人在什么地方喊,声拖得老长。再没什么声音了。

连头一个人坐在沟坡上,他想流点眼泪。

"我再也不见她了。"

他没想到得宝叔会回来。那天,他拦牛回来,看见得宝叔挑着桶去沟底下的泉子里挑水，才知道得宝叔回来了。婶娘站在碥畔上往沟底下的泉子那里看。

"啊——噢！"

连头喊了一声，婶娘没听见。他把牛赶进窑里，就去找婶娘。

"你甭和他睡。"他说。

"你甭和得宝叔睡，他不好。"他说。

"他做什么不好？"婶娘看着他的脸。

"他偷人家的红薯。"

"格，格儿格儿。"

婶娘笑了，连头不笑。

"人家拉他游街。"他说。

"格，格儿格儿。"婶娘大声笑。

得宝挑着水上了碥畔，连头撒腿跑了。晚上，他缩在被窝里，看着奶抽旱烟。

"省花他大大走迷了。"奶说。

"省花他大大在坟地里打转转，后来，狼挡了他的路。他说狼你走吧，我和你无冤无仇，狼不走。他说狼啊我给你吹唢呐，他就吹了，一个劲吹。天麻亮的时候，有人上山听见唢呐声，把狼赶跑了。省花他大大往下一溜，软在坟堆背后。人问他他不说话，他的脸和嘴都吹肿了。就是省花他大大。"

"得宝叔回来了。"连头说。

"噢么你没听？"奶说。

"你让得宝叔走。"他说。

"你不让得宝叔和婶娘睡。"他说。

"咳，咳。"奶的脸埋在烟雾里。他看见她又吸了一口。

"人家是俩口，不让人家睡，看你说的，不让他睡让谁睡。"奶说。

太阳老高老高了，他把牛赶出来，赶到峁顶上。他看见婶娘的窑门关着。他打了牛一鞭子，让它到一边去。他用手揪着头发。他感到喉咙里塞着个什么东西。他把嘴皮往外扯，扯得老长老长。后来，他看见婶娘出来了，一会儿，得宝叔也出来了。又一会儿，婶娘端着一盆衣服，得宝叔跟着她，下了沟底。他看得清清楚楚。他恨死了得宝叔，他想干点什么。他一口气跑下峁峁，跑进婶娘窑里。一进窑，他才想起他不知道要干什么。他看见锅台上的铁勺，就拿过来，在缸里舀了一勺水倒在婶娘的炕上。又倒了一勺。

他到底哭了，眼泪哗哗往下淌。他往牛鼻子上撒尿，他看着牛伸出舌头舔着，他脸上的眼泪水还没干。

后来，得宝叔走了。婶娘问他：

"你倒的水？"

他不说话。婶娘说：

"我没给得宝说。"

"啊——噢！"

他喊了一声，把鞭子扔出来，他跑过去拾起来，又扔。他跑了老远老远。

后来，婶娘就生娃了。

那天，他从沟里回来，听见婶娘在窑里叫唤。那时是热天，太阳跌山里了，天还很热。他把布衫挽在牛犄角上，只穿一条裤子。一听见声音，他就往婶娘窑那里跑。

"不成！不成！"婶娘像挨了刀子一样。

窑门关着。他爬在窗台上，撕烂了一块麻纸。他看见婶娘躺在炕上，全身精光，大腿搭在炕沿里，身底下垫着柴灰，一股血水从大腿那里流出来，把柴灰和成了灰泥。有一条小腿从婶娘肚子里伸出来，一个女人拽着往外拉。另一个女人拿着擀面杖，在婶娘的肚子上擦。还有两个女人压着婶娘的胳膊和腿。她们都累得满头大汗。奶按着婶娘的头，婶娘的头发湿漉漉的。奶把眼眼鼓得圆圆的，像猫眼。她看着婶娘的脸，对婶娘吼叫：

"鼓劲，你鼓劲。"

婶娘一鼓劲，血水就往外涌，打着泡沫。

"她要死了。"连头想。他听见什么地方咯噔响了一声。他知道他的嘴唇咬破了。

许多天后，他看见婶娘从窑里出来，怀里抱着娃娃。她拖着一双红鞋，邋里邋遢的样子，好像什么事情也没有过。又过了几天，得宝叔回来了，见了谁都要笑笑。

连头伤心透了。他一声不吭地把牛赶进沟里，又一声不吭地赶回来。他老一个人坐在坡坡上瞪眼睛，一瞪就是半晌。山包子一个挨着一个，不知道有多少。他不想听奶给他讲那些老上年的事了。他恨死了他们。他想把他们都掐死。那天，他没事干，就给牛鼻子里扔土坷垃，扔不进去，他就抱着牛鼻子往里边塞，塞了好多。天快黑了，他不想回去。

"你回去。"他对牛说。

"你一个人回去。"他说。

牛听不懂他的话。他把缰绳盘在牛犄角上，拍拍牛脊背。

"你回去，你一个人回去。"他说。

他这么说着，就扔下牛，一个人朝沟里走了。有一条路路从沟里边伸进去，不知伸到什么地方。连头就顺着那条路路走了。家里人找过他好长时间，没找见。

"这娃哟。"婶娘说。

人们看见她的肚子挺得老高老高。她又要生娃了。

原载于《上海文学》1989年第4期

万天斗

万天斗躺在他婆姨脊背后头，他婆姨感到耳根后边的那绺头发贴着枕砖不停地抖索。他打呼噜，他总是这么打呼噜，震得厉害。那时候，他想不到他会踩了胡太平家的玉米苗。第二天，胡太平站在窑门口喊他出来。

"你说我踩了你家的玉米苗？你说的？"

他看着胡太平的脸。胡太平有一只眼往下斜着，让人感到他老是偏着头看人。这会儿，他就这么看着万天斗。

"我怎么会踩了你家的玉米苗？你家的玉米苗在你家的地里长着，我怎么会踩？"他说。

胡太平的婆姨从背后闪出来，嘴巴咧成喇叭花那种样子，朝着万天斗。

"啐——"

万天斗听见了这么一声。万天斗看见一团什么东西从那个小窟窿里飞出来，粘在他脸上。他知道那是一种脏东西。她是个矮个子女人，为了让那东西有点准头，她把下巴往上翘了一下。

"你唾我？你这人。"万天斗说。他看见那女人的小嘴巴又想动，就用胳膊挡了挡。

"就说是我踩了，我又没到你们家的地里去，你说我到你家的地里去来？哎嗨，我到你家地里去来。"他说。

碰畔上站了几个人，朝他们这里拧脖子。万天斗看了他们一眼，然后把眼睛移回来，看着矮个子女人。

"那你说我到你家的地里去来？"他说。

"鬼知道。"矮女人说。

"那你说我踩了你家的玉米苗。"

"鬼知道。"

"我可没踩什么玉米。你想想，我去你家地里做啥，我又没想去你们家地里。"

"鬼知道。"

"鬼知道就鬼知道。"

"啐！"

万天斗赶紧抬起胳膊一挡。这一次，矮个子女人没朝他脸上唾，她把脸朝旁边一甩。他看见她把唾沫吐在地上，唾沫水打进土里，在那里弄出几个疤来。

"那你说我踩了？我连想都没想。"

他们就这么站在一起，要不是村长走过来，不知道他们会站到什么时候。村长知道是怎么回事，因为他在硷畔上站了好大一会。他原想这不是个什么事，可他突然改变了想法，感到这还是个事，所以就走过来。他让万天斗擦脸上的唾沫，然后，就叫他们三个人到村委会去。

万天斗用袖子在脸上擦了一下，他觉得袖筒里有他婆姨胳肢窝里的那种气味，好闻又不好闻。

"我的腿长，得是？我踩了玉米苗，我就没想过这事。"他说。

村委会在村子中间那块地方，在低处，对面就是一座山，背后当然还是山。山和山中间就像谁的脚后跟裂开了一道口子，人们零三八五地散落在口子里。山都是石头和土堆成的，各有各的模样。太阳一出来，山就有点发红。天上也有点发红。在村委会那里看天，就像吃奶娃的裤子印出的湿样样，这时候，太阳已经出来了，还看不见太阳，但太阳已出来了。

　　有几个人在村委会的院子里望着天。村委会的碰畔上围了一圈矮墙，所以就有院子。那几个人在那里看天。

　　"姑娘的奶奶是金奶奶，婆姨的奶奶是猪奶奶，我说。"坛子说。

　　坛子坐在石头上，一条腿压着另一条腿。他说话的时候，从不往人脸上看，而是看着上边，显出高深的样子。他坐下的时候，总爱把脚从鞋里拔出来，放在外边。这会儿，他挨地的那只脚就踩在鞋上边，五个脚指头不停地支拧着，像五个胖瘦不一的虫子。

　　"村长，你说说。"他说。

　　坛子看村长从门里走进来，一会儿又看见胡太平和万天斗他们也跟进来。

　　"你们都说说。"他说。

　　"我说，姑娘的奶奶是金奶奶，婆姨的奶奶是猪奶奶。"

　　"噢。"村长说。

　　村长和胡太平、万天斗他们也站在院子里，他们都看着坛子。

　　"村长你坐。看你，那我就不起来了。"坛子看着村长的鼻子，挪了挪屁股。又说：

　　"婆姨一生娃，不管有人没人，噜一扯，奶奶就咕噜一下从那里吊出来，往娃嘴里一塞，让娃娃拱，猪就是那么样，真不值钱，和猪一模一样。姑娘，你们谁看见过姑娘的奶奶，你敢把姑娘的奶奶捏捏？你不要命了。"他说。

　　"噢么。"一个人说。

　　"噢么。"另一个人说。

　　"噢。"村长说。

　　"噢。"胡太平说。

　　"噢。"过了一会，万天斗也这么说。

　　矮个子女人朝地上唾了一口。万天斗吓了一跳，胳膊往上一抬，他看见矮个子女人和大家一样，脸上和和气气的。她不是唾他。这女人就爱这么唾。

"啐。"那女人。

"玉米。"万天斗想。

"真是。"他想。

后来，他不想了，胡太平和矮个子女人也好像忘了，院子里的人都听坛子说话。

"有理的街头，无理的河道。"坛子说，他已换了个话题，"早些时候，摇船的都光着腚，波叽波叽，从水里上来，一丝不挂。坐船的婆姨女子把头一低，那可真是坐船，婆姨们就当没看见，也不说话。女子没见过男人那东西，也有偷看的。这不稀奇。她们好像费着大劲，比摇船的费劲还大，因为能听见她们喘气的声音。在街道，你敢光腚？谁敢在街道上光腚？"

他们听见坛子的声音在空气里拉着长丝丝。

"噢么。"那些人说。

"噢么。"村长说。

"噢么。"胡太平和万天斗都说。

"啐。"矮女人吐了一口。

刚好就有一只白脖鸟从他们的头顶上飞过去，他们都仰起头看它，他们的脸坑坑洼洼的高低不平，上面扑落了灰土一类的东西；他们都听见了鸟屎打在地上的声音，那只白脖鸟拉了一团屎，他们都把头低下来，朝那里看了好大一会儿。他们没有一个人说话。

白脖鸟一飞过去，天上就什么也没有了，又成了尿裤子印出的湿样样。什么声音都听不见。

后来，他们听见有人在远处喊：

"妈哎。"

他们看见矮女人把头拧过去。

"大哎。"又一声。

他们看见胡太平把头拧过去。胡太平和矮个子女人互相看了一眼，就走出去。

"我踩你家的玉米，龟孙子才踩玉米。"万天斗吼了一声。院子里的人看着他，不知道出了什么事。

"算了。"村长说。

"算了。"坛子他们说。

"她唾我。"万天斗说。

"她唾怎么就唾你？"坛子说。

"我都给他们说了，她唾我。"

"她怎么就敢唾你。"坛子说。

"噢么。"万天斗说。

"算了。"村长说。

"让人唾可不好。"坛子说。

"算了。"村长说。

"算了。"万天斗说，"我没踩，虽然她唾了，我没丢损什么东西，虽然她唾了，算了。"他说。

"算了算了。"他们都说。

万天斗从门里出来，踩着一块石头，脚崴了一下。石头怎么跑到门口来了。

"日他的。"他说了一声。

他把石头拨到碥畔下边去，他就想起了马跟。他突然想起了他。自从有了那事以后，他总是这么突然地想起马跟。一想起马跟，他就会不好受。

他看着马跟点钱。马跟点完钱，就递给他。马跟从羊脖子上解开绳子，又从腰上取出来一条，拴在羊脖子上，然后就看着他。

"你点点。"马跟说。马跟是个眨矇眼。

"点什么点什么，看你说的。"他说。

他看着马跟拉着那只羊走了，下了镇子街道尽头的坡坡。他蹾下来，把钱放在膝盖上，点了一遍，他倒过来，又点了一遍，少了一块钱。他怎么也想不到会少了一块钱。马跟的钱都是一块的，少了一张。他感到脖子上有一条筋好像短了，往里抽，抽得脖子发烧，汗直往外冒，鼻子上也冒，冒出来的是冰凉的水豆豆。他抬起头看了看，街道上的人全成了一堆模糊不清的东西，说话的声音好像离他很远。街道像轿一样一忽儿往上升，一忽儿往下陷。他站起来，往前走了两步，又站住了，望着马跟离去的那个方向。

"马跟。"他说。

他想着马跟的模样，他认识他。

"马跟。"他说。马跟是马泉子沟里的，离他家不远。

马跟让他点钱，他说点什么点什么，看你说的。马跟少给了一块钱。马跟让他点，他没点，他硬装了个大方，他找马跟说，马跟会不认账，马跟会说他得了想钱疯。他想着马跟的模样，他听见肚子里有什么在响，什么东西坏在肚子里了。他站在马跟拉走羊的地方，看着镇子街道尽头的坡坡。马跟就是从那里走的，拉着羊。后来，街道就剩下他一个人了。街道不长，但是只有他一个人，看起来就有点长。

"马跟。"他说。

"马跟不是人，是个屎。"他说。

他总要突然想起马跟，一想起马跟，脖子上有一条筋就会变短，往肉里抽，抽得脖子发烧。他听见肚子里有什么东西在响，他想事情能从头开始就好了，他想那天不卖羊就好了。他想了结这桩事情。他碰见马跟几回，可他没了结这桩事。所以，他总要想起马跟。

他想着马跟的模样，往他家窑里走。

"屎。"他说。

"他是个屎。"他说。

万天斗给他婆姨说，他不吃饭了。

"我去马泉子沟。"他说。

他婆姨在灶火窝里，瞪着眼看他。

"我去找马跟。"他说。

"没听说你要去。"他婆姨说。

"我有事，人有事总要把它办了。"他说。

"胡太平家婆姨她白唾你了？"

"算了算了。"他说。他听见他婆姨的喉咙里像卡了个什么东西。

他走了一身汗，终于进了马泉子沟。马泉子沟和别处住人的沟一样，就是那么一条沟。他找到了马跟家的窑洞。马跟已吃过饭了，他正躺在他家窑里睡觉，他家就他人一个人在。马跟的屁股撅得老高，朝着窑门口。马跟睡着了，没听见有人进来。

他坐在炕沿上，坐在马跟跟前，用袖子抹了抹脸上的汗。他想把马跟叫起来。可他没叫，他想不出马跟起来后他会说什么，他想了好久也没想出，这会儿也没有。所以，他没叫马跟，他只看着马跟的脸。

"马跟。"他说。

他有点急，马跟的脸对着炕墙，一动也不动，他不知道该怎么办，他看见炕墙上放着一把剃头刀子。

"算了，我不要了。"他说。

他从炕墙上取过那把剃刀，他看见刀刃在他的鼻子下边闪了一下。他拿它在马跟的屁股上划了两刀，他听见刀子划进肉里的声音，有点发涩。然后，他听见马跟叫了一声。马跟坐起来，用手捂着屁股，两个眼睛圆圆的，看着他。

"算了，马跟，我不要了。"他说。

他看见马跟还那么看着他。

他把剃刀放在炕墙上，走了出来。

马跟没撵他。他原想马跟会撵出来，可马跟没有。他心里有点轻松，他想他总算了结了这一桩事，他以后再也不想这事了。人不要碰上这号事，碰上了真不好受。

他想。

天像裤子上尿水印出的湿样样。他在下边走着，往他家里走。

原载于《收获》1989年第4期

光滑的和粗糙的木橛子

天泰坐在地头上。他是个很壮实的矮个子男人。他看着他家的红萝卜。红萝卜长得很好，脆生生的绿缨子在风里摇晃着，一折就会折出一声带水的响。日他妈红萝卜真是个怪东西，长在地里头的怪红，翘在外边的却怪绿。那时候，天泰这么想着红萝卜的事。他想世界上这种怪事情不少，真日他妈妈的。后来，他闻到了一股熟悉的尿骚味。他看见他婆娘朝他这边走过来。他把头仰在脊背上。他不想理他婆娘的时候就把头这么仰在脊背上看天。

"我看我妈去。"婆娘说。婆娘顺着眼，脚指头在鞋窝里动弹着。

"我看天哩。"天泰说。

"我看我妈去。"婆娘说。

"看你妈看你妈去。"天泰说。

"我妈捎话来让我去。"婆娘说。

"你妈是个鬼。"天泰说。

"是鬼是鬼。我跟我妈住几天。"婆娘说。

天泰扭过头。他看见他婆娘穿了一身新衣服，胳膊上挎着个小包袱。他婆娘回娘家总要这么打扮打扮。他把婆娘从头到脚看了一会儿。他对婆娘的穿戴好像很欣赏。

"你是我的女人你跟你妈住。"天泰说。

"看你说的。"婆娘说。天泰的眼睛直勾勾的，让她有些不好意思。

"日你妈你是我的女人你穿新衣服给你妈看，没见你从你妈家穿一件新衣服给我看。"天泰说。婆娘好像呛了一口凉水，张着嘴，眼睛扑闪着。

"糊弄哩，人日他妈糊弄哩。"天泰说。

"看你说的。"婆娘说。

婆娘拧过屁股，带着那股尿骚味走了。他看见他婆娘的屁股蛋像堆上去的两块肥肉。

"住两天就回来。"天泰喊了一声。婆娘回头给他笑了一下。

"等不及我就叫你去。我可不怕丢人。"天泰说。

后来，他忘了那股醉人的尿骚味。太阳又升了许多。他感到有些渴。他朝白乞家的草房屋那里看了一眼。他想去白乞家喝点水。白乞家独独一户，离这里不远。那里长着几棵枸树。

白乞家没人。

白乞在他家屋后边的猪圈里。他给猪和了一槽食。他往石槽里倒水的时候，水冲出一阵响声，使他有了一种想尿尿的感觉。他想他有尿尿的工夫，还不如干脆连屙带尿一块过手。他是个喜欢干脆省事的男人。他尿着屙着，看着那只半大不肥的猪吃食。猪吃得痛快淋漓，发出一阵畅快的拌嘴声。那时候，白乞一点也没想到他和天泰会有点什么事情，就是系裤带从猪圈里往外走的时候他也没这么想。他的耳朵里一直响着那只猪淋漓的吃食声。他一进门，看见天泰在他家的水缸里舀水喝。天泰不言不语进了他家的门。他感到这事情有危险。狗日的天泰。他想他应该教训天泰几句。人有时候就会有教训谁几句的欲望。

"我家没人。"他这么说。

"我喝口水。"天泰说。天泰正喝在兴头上，嘴不离马勺。

"我家没一个人。"白乞说。

"我渴了。"天泰说。

"我家没人你进我家。"白乞说。

天泰不喝了。他扭过头瞪眼看着白乞的脸。白乞也看着天泰。他有些激动。他想他说的话不多，可很有劲，几句话就把天泰拿住了。天泰半天泛不出一句话。就这么白乞有些激动。他歪了歪脸。他激动的时候脸就发红。

"咋？我说的不对？"白乞说。

天泰感到白乞的脸很日脏。天泰想用马勺在那张日脏脸上扣一下。

"啪——"天泰把马勺里的水泼在了地上。水从地上弹起来，变成许多泥水花花，朝白乞的裤腿上溅过去。

"你这人。"白乞说。白乞有些吃惊。眼眶突然扯大了。他看见天泰从缸里又舀了一马勺水。天泰端着马勺看着他。

"啪——"天泰又泼了一马勺。

"有理了，得是？"白乞说。他感到泥水花花已湿透了他的裤腿。

"啪——"又一勺。

天泰把半缸水全泼在了地上。水流着，淌着，淌进了白乞的鞋底。

"给人说去！"白乞说。他挪挪脚，鞋底上带起来一堆湿泥。

"给人说去。我家没人你喝我家水。"白乞说。他看见天泰扬了扬手里的马勺。他赶紧偏偏头，躲了躲。

"看你，你还想用马勺扣我。"他说。

天泰没扣。天泰把马勺挂在水缸沿上。

"你让我成了不清不白的人。"天泰指着白乞的鼻子说。

"我没说你不清不白。我说我家没人。"白乞说。

"你记着。"天泰说。

"记着就记着。"白乞说。

白乞看着天泰出了他家门。狗日的天泰。

那天傍晚，天泰在他叔伯哥家混了一顿饭。他婆娘给他蒸了一笼馒头，可他不想吃。他想随便到谁家去混一顿。他好像随便串门一样进了他叔伯哥家。他一进门就把手伸进被窝逗他叔伯哥的孩子。"叔摸摸你牛牛胖不胖。"他说。光屁股孩子尖叫着往被窝里缩。天泰知道逗孩子最能讨女人的好。果然，叔伯哥的婆娘像喝了喜汤一样，对着被窝里的孩子说："你叔摸摸就摸摸。没出息。"天泰感到他已讨到了女人的好，就罢了手。天泰说嫂子你看你多会生，你娃一脸官相长大了就能当军官。女人心里高兴。女人说让你婆娘赶紧给你生一个。天泰说那驴日的哪像你，驴日的三天两头回娘家。女人笑着说，说不定怪你自己睡觉不得法，你怪不得人家。天泰说让我哥给我教教。女人笑得直腆肚子。女人说你和你哥说话我做饭去。天泰好像猛然醒悟似的。天泰说嫂子那就混你饭了。就这么天泰混了顿饭。

天泰好像忘了在白乞家喝水那档子事，其实天泰没忘。天泰一吃饱肚子立刻就想起了白乞那张日脏脸。他一个人在屋里转来转去。婆娘不在，炕上没了那股醉人的尿骚味，他不想上炕。他转了几圈。他转着转着就想起了白乞。他想婆娘不在也好，婆娘不在他就想个办法了结了结和白乞的事。后来，他就想到了白乞家那头猪。然后又想起了木橛子。他感到这主意不错。这主意让他很振奋。木橛子在半墙上，原是挂牛绳用的。他抓住它把它摇了下来。他感到一股口水从他的下嘴唇上流了出来。他一兴奋就流口水。

他坐在小板凳上，用他婆娘切菜用的刀削着那根木橛子。他把它削得短了一些。他感到它有些粗，又把它削细了一些。他削得很认真，活做得很细。他甚至不让它浑身上下有一点毛糙。他想这样会让他做事的时候顺溜一些。他把削好的木橛子翻过去倒过来把玩了一阵。他想他这么做活快赶上一个手艺很高的木匠了。然后，他把那根光滑的木橛子别在后腰上出了门。那时候夜深人静，时辰正好。他想他没什么可想的，他径直走进了白乞家的猪圈。那头猪听见有人进来，哼哼了几声。他伸手在猪大腿底下挠了一阵。猪躺成了一种很舒服的姿势。他从后腰上抽出了那根木橛子。他又一次感到了那根木橛子的光滑。然后，他用另一只手抓住猪尾巴，往上一提。他没费什么工夫就瞄准了他要攻击的目标。

他飞快地把那根木橛子从猪屁股里塞了进去。

猪感到了一种钻心穿肠的疼痛，"嗷"地叫了一声，从窝里蹿了出来，哼哼叽叽地叫着，在猪圈里打着圈子。一会儿，它就适应了那根突如其来的橛子，不再哼哼，用嘴拱着粪堆，开始寻找吃物了，还不时地摇几下尾巴。

天泰拍了拍手上的脏物，从猪圈里跳了出来。

白乞感到他家的猪病得有些蹊跷。猪不吃不喝，不屙不尿，像上了发条一样在圈里疯跑。没见过猪得这种病。猪医生说他看了半辈子猪病，也没见过猪能得这种疯跑症。猪医生给猪量体温的时候虽然感到了一种阻碍，但还是把体温计塞了进去。猪不发烧。

"猪医生你说这猪没治了？"白乞问猪医生。

"怕是没治了。干脆杀了卖卷卷肉。"猪医生说，"猪死了连卷卷肉也卖不成了。"

"日他的。"白乞说。他不停地搓着手，很难受的样子。

那天，白乞家围了许多人，他们看着白乞杀猪。他们看见白乞从猪大肠里挤出来一截硬东西。他们都有些好奇，都瞪圆了眼珠子。他们攥着气，看着白乞把那东西放在清水盆里涮了一阵，涮去了上面的脏物。他们到底看清了，白乞手里拿着的是一根光不溜丢的木橛子。他们都乐了。

"哈！"他们笑了一声。

"白乞你狗日的给猪吃那玩货！"他们说。

"难怪猪疯跑哩！"他们说。

"哈！"他们又笑了一声。他们笑出了泪水花花。

白乞看着手里的木橛子也乐了。他感到这事情确实有些可笑。木橛子怎么会钻到猪大肠里边去？他没仔细想。大家都看着他笑。他看见天泰也来了。天泰也来看他杀猪，他看见天泰也在笑。

"哈！"白乞也笑了一声。

"哈哈……"他们一齐笑起来。他们都张着嘴。他们用湿润的眼睛互相看着笑。他们的笑声像吹泡泡一样。

那时候，白乞一点也没想到木橛子会和天泰有关。可他到底把木橛子和天泰想到了一起。他推着煮好的卷卷肉去集镇上卖，路过天泰家萝卜地的时候，他看见天泰看了他一眼。他立刻就把木橛子和天泰连在了一起。他感到天泰有些怪模怪样。

"怕是天泰狗日的弄的活。"他想。

"木橛子怎么能钻到猪大肠里，木橛子又没长腿！"他想。

"一定是他狗日的弄的。"他想。

他想质问天泰。他想骂几句什么。他站在离天泰不远的地方，看着天泰。

天泰也看着他。

后来，他朝天上看了一眼。一朵云正从东往西游着，听不见白云游动的声音。就这么他看了一会儿，就改变了主意。他没质问天泰，也没骂。

"啊噢！"他这么胡乱吆喝了一声。

白乞没了卖肉的心思。他随便说了个价钱，把肉给了一家开饭堂的人。他一回到家就忙了起来。他把他家院里几棵树上的杈枝锯了下来。人问他好好的你锯它做什么，他说我想让它直直地往上长。他头也不回。

许多天以后，天泰发现他家的红萝卜死了一大片。他认为遭了病虫，他给萝卜地里重重地喷了一次农药。几天以后，又死了一大片。他有些燥气，就套了一头牛犁了那片萝卜。他看见跟着犁头上的湿土翻上来许多木橛子。

事情太明显了。有人弄断了萝卜，把木橛子砸进了萝卜窝。是白乞干的。

天泰把那些木橛子收拢起来。不是十根八根，而是一堆。他把它们装上板车，拉到村长家门口。

"白乞驴日的给我家萝卜窝里塞木橛子！"天泰给村长说。

"你看咋办！"他说。

村长笑得连喉咙里的痰也喷了出来。

白乞不叫自到，他手里也拿着一根木橛。他一副胸有成竹的神气。

"他给我家猪屁股里塞橛子！"白乞说。

"我塞橛子你见来？"天泰说。

"我塞橛子你见来？"白乞说。

"驴。"天泰说。

"狗。"白乞说。

村长说回去回去，捉贼捉赃，你们都没看见吵屎个啥！他们就不吵了，他们互相翻了一阵眼珠子。后来，白乞感到那根光滑的木橛子可用，就把它钉在墙上，随便挂件什么东西。天泰把那堆木橛子当柴禾烧火了。他嫌它们太粗糙。

滋　润

刘存善一进门，就照准他婆姨芥末的脸上吐了一口。芥末刚从茅房出来，她一手提着裤腰，一手提着红线裤带。她是个水泡眼。她瞪着眼珠子往她男人脸上看。她感到她男人嘴里吐出来的脏物正从她的鼻眼凹里往下爬。

"日你妈。"芥末说。她跳了一下。

"我说浇地了浇地了你说你肚子疼。"刘存善说。

"日你妈你吐我。"芥末又跳了一下。她站在她男人跟前，像一堆烂棉花套子。

"该咱浇了可麻进驴日的浇了。我说浇地了浇地了你说你肚子疼你驴日的货。"存善说。

这一次芥末没跳。她张了张水泡眼。

"我到地里一看，水往麻进家地里流哩。"存善说。

"他坐在地头那里像个人一样。干天火地的，水往他家地里流哩。"存善说，"我老远就看见他像个人一样。我老远和他打招呼，他装他没听见，难怪他装得像个人一样，水正往他家地里流哩。"

那时候，水像鱼一样翻着白肚子，水很滋润地顺着水渠往麻进家地里流着。其实在麻进看来水日他妈什么也不像，水就像水。水很滋润，水往干土里渗的时候就挤出些烟尘来。他不看水。他知道水很滋润。他听着水的滋润声。他把水岔到他家地里以后，就解开裤带给几株玉米苗下边尿了一泡。地里长着些玉米苗一样的东西。他尿得很仔细。他把尿水撒得很匀称。他想水一会儿就会流到那几株玉米苗跟前，尿水和渠水就会一块儿往下渗，渗到玉米的根须上。他办完这件事以后，就坐在地头那里，就看见刘存善扛着铁锨朝他这儿走。一会儿，他就听见了刘存善的脚步声。

"水来了？"刘存善说。

麻进没说话，他看了看头顶的太阳。

"我婆姨肚子疼，我说浇地了浇地了她驴日的货肚子疼。水来了？"刘存善说。

刘存善站在水渠跟前了，站在那里出气。麻进又看了看头顶的太阳。

"麻进你看，水往你家地里流哩。"存善突然这么说。

"噢么。"麻进说。

"做什么水往你家地里流哩。"存善说。

芥末紧好了裤带。

"你看麻进这驴日的人。"芥末说。

"我问他，他还说噢么，噢么。"

"你看这驴日的人。"芥末说。

"要不是的话，你说你肚子疼，你看这事。他还说噢么。"存善说。

本来麻进不想说"噢么"。本来他想给刘存善笑一下，然后说你看你没来我就把水岔到我家地里了嗬，嗬嗬。可他嘴巴里却说了一句"噢么"，他还乜斜了刘存善一眼。他抱着膝盖，脖子扭了一下，就乜斜了刘存善一眼。

"噢么。"他这么说。

"你还斜眼我，你排在我后边做什么水往你家地里流？"存善说。

"噢么。"麻进说。

"听你说的，还噢么。"

"噢么。"

"我看你浇不成。"存善说。

"该你浇你不来。"麻进说。

"该我浇了该我浇了我婆姨说她肚子疼。"刘存善说。

"你婆姨肚子疼肚子疼去我已经浇着哩你说咋办？"

"这不成，抓阄你排在我后边这谁都知道这不成。"刘存善说。

他看见水渠里的水一个劲往麻进家地里流，干天火地的，水正往麻进家地里流。他挤了几下眼皮，往他家地里看了一眼。他家的地在水渠另一边，也长着些玉米苗一样的东西。

"这不成，干天火地的。我说。"他说。他咽了一口唾沫。

麻进不吭声。麻进又看了看头顶的太阳。

"我说这事不成。"存善说。

麻进又乜斜了刘存善一眼。

"做什么你看我。你甭看，我说这事不成。"

"不成不成去。"

"我要岔水了。"存善说。

刘存善把铁锨插进渠棱里。他一使劲，那里就会出现一道开口，水就会从开口里流进他家地里。

"对着哩，你弄对着哩存善。"芥末说。芥末的水泡眼里闪着光。她腆了一下肚子，顺便把鼻眼掏出来的一块什么东西从小拇指头上弹了出去。这会儿，她一直用小拇指在鼻眼抠着什么。

"对尿哩对着哩。"存善说，"我说浇地了浇地了你说你肚子疼。"

芥末的眼珠子不动了。

"看你这存善。看你。"她说。

存善还没往铁锨上使劲，就听见麻进说：

"驴日的你。"

"做什么驴日的我？该我浇了做什么驴日的我？"存善说。

"我看你是驴日的你浇不成。"麻进说。

"该我浇我就浇，天经地义。"存善说。

"我不让你浇。"麻进说。

麻进从地上站了起来。他一直在地头那里坐着。

"看你还想打人。该我浇你还想打人，得是？"存善把眼皮挤得噌嘭响。

"我不想打你。"麻进说。

"就说么，我当你还想打我。"存善说。

存善一使劲，渠口开了。水在开口的地方叫唤了一声，进了存善家的地。存善想把渠口再开大一些，他看见"啪呱"一声，裤筒上就爬满了泥水浆。他看了看裤筒，又看看麻进。麻进铲了一锨泥巴，摔在了存善岔开的渠口处，水被堵住了。存善也铲了一锨泥水，朝麻进脚跟前摔过去。

"啦呱。"

"你驴……"存善说。

"驴你……"麻进说。

他们都认真地揉了一会儿眼睛，有一些泥水溅进了他们的眼窝。

"日他妈我不浇了。"存善说。

"不浇就不浇。"麻进说。

"日他妈我不浇你也浇不成。"存善说。

他们提着铁锨顺着水渠往上走。他们一直走到大渠跟前。他们在那里一人岔了一个开口，然后他们坐在那里看着水顺着路沟淌。

"都甭浇。"存善说。

"都甭浇。"麻进说。

"干天火地的，日他妈干天火地的。"存善说。

"就是的，日他妈。"麻进说。

水淌在路沟里也很滋润。他们看着它，他们的脸上和眼窝里都爬满了泥水。

芥末切了一碗咸萝卜，让存善吃饭。天快黑了。他们围在柜盖跟前使劲嚼着。咸萝卜在他们的牙齿上发出一阵一阵清脆的响声。

"你看麻进这驴日的人。"芥末说。

"挖了渠，看他浇去。"存善说。

"后来管水员把水收走了，让别家浇去了。驴日的，就这。"存善说。

咸萝卜在他们的牙齿上又响了一阵。

"他还浇了一点，得是？"芥末突然说。

"就是的。他浇了快一半了。我去的时候，他快浇一半了。"存善说，"你说你肚子疼，你就是个驴日的货。你不说就好了，你说你肚子疼。"

"不成。"芥末说。

存善不嚼了，他直着眼珠子看芥末。

"我看这不成。"芥末说。

"我找麻进他婆姨去。"她说。

存善快嚼了一阵，嚼完了嘴里的东西，跟着芥末的屁股走出来。芥末走得飞快。存善没走几步，就听见了一阵门环声。他家离麻进家不远。

"麻进你出来。"芥末说。

门响了一声。他听见麻进婆姨给芥末说麻进不在。"他驴日的要钱去了。" 麻进婆姨的声音像哭一样。

"呸。"

存善听见芥末吐了一口。然后，他听见芥末又叫唤了一声。

"她抓我哩。"芥末说。

"存善快，她抓我哩。"芥末失声了。

存善紧走了几步。他知道那个影影是麻进的婆姨，尽管天黑，可他知道。他把麻进婆姨抱在他的胳膊里。然后，他听见麻进婆姨和芥末一样，也叫唤了一声。芥末像兔子一样跑远了。他把麻进婆姨抱到门里边，反手拉上了门环。

"芥末，我尿你妈肚子……"麻进婆姨在门里边叫着。

存善不松手。他一声不吭。他心里有些高兴。

"我尿你妈肚……"麻进婆姨还在喊。

"这熊人会骂。尿……肚……这熊人真会骂。"存善拉着麻进家的门环这么想。

后来，芥末给她男人存善说：

"你看，她还抓我哩。"

存善看着芥末的脸说：

"就是的，抓烂了。"

"就是的。"芥末说。

"我也抓她。"她说。

"我听见你抓了她一把。"存善说。

"就是的。"芥末说。

"我把她的脸皮抓下来了。你看，呀，你看。"她说。

芥末伸过手指头，让存善看她的指甲。

"就是的就是的，在指甲缝里哩，还卷着哩。"存善说。

他看见芥末飞快地弹了几下指甲。芥末像猫一样钻进了被窝。他看见芥末在被窝里张着眼窝出气。他看见芥末的脸埋在一堆黑头发里边。芥末的头发又多又黑。他感到他来了一种什么心情。芥末把脸这么埋在黑头发里边，他就会来一种什么心情。他很熟悉芥末。芥末的劲很大。

再后来，芥末叫唤了一声。芥末把头歪在一边打呼噜。他们睡了一个好觉。

几天后，管水员叫存善浇地。管水员说别的人都浇完了就剩下他和麻进两家了。管水员还说原来抓的阄算数存善先浇麻进后浇。

存善快浇完了地的时候，麻进来了。存善想麻进肯定要问他婆姨的脸让芥末抓烂了怎么怎么。他心里有些害怕。他想麻进说不定会照着他的脊背给他一铁锨。

麻进没有。麻进一直看着头顶的太阳，一声不吭。刘存善看着水淌到了地头上最后一株玉米跟前，把铁锨放到肩膀上走了。他听见水渠里响了一声。他知道麻进把水岔过去了。什么事情也没有发生。

存善心里有些得意。从这里到村口还有一截路，他想他应该想个什么好事。他不知怎么想起了麻进婆姨骂人的那句话。

"尿……肚……"

"想着想着骂人。"他说。

他回头看了一眼，他看见麻进坐在地头那里。水正往麻进家地里流哩，他想。

原载于《上海文学》1990年第6期

多巧

多巧一只手抵在腰眼上，站在麦茬地里，另一只手在鼻眼里掏着什么东西。汗水从头发里和额颅上渗出来，给她的脸上拉出来许多泥沟。她衣服不整，布衫领口后扯着，前襟下摆上抽着，那里露出来一截肚皮。肚皮上也落上了一层灰土，被汗水浸湿了，变成了那种灰不溜秋的颜色，一道一道的，像肚皮打起的皱折。她就那么肮脏地站在那里，结实得像一头母牛。两个放忙假的学生跟在多巧的男人屁股后头，不知道该干什么。多巧的男人排队正在割麦，镰刀头上发出一种撕碎布条一样的声音。他是个四十多岁的汉子。他给大一点的学生说，狗，你妈不割了把你妈的镰拿来学着割。狗应了一声，跑到多巧跟前，从多巧抵腰的那只手里拿过镰刀说，我爸让我学着割。多巧继续抠着鼻眼里的东西，她说小心你驴日的脚。小一点的学生抱着地头上的瓦罐喝水。她说小心你驴日的肚子有一罐是磨镰水。那时候，从西边吹来的风像干燥面一样，戏弄着没割倒的黄麦梢，弄出一种清脆的响声。太阳光像麦芒一样扎着人的脖子，扎着人的手背和脸。一辆小四轮装着一车厢麦捆正从塄坎上往上爬。刚下过一场雨，塄坎有些松软，车轮在那里扒出了两道深渠。几个男人把着车厢给它加力。那是狗剩家叫来的麦客。小四轮爬了好大一会儿，像男人做好事一样，一耸一耸地鼓着劲，喉咙里发出一种着急的咕隆声。狗剩的婆娘站得远远的，手里拿着一把麦穗，那是从麦捆上遗落下来的。她把它们捡起来。其实她可以不捡，她不过是找点营生。她穿着一件花布衫，黄天时月的她穿着一件花布衫。她喜眯眯地像唱旦角一样站在那里。

小四轮终于爬上了塄坎，它激动地抖了几下，美滋滋地吹着烟圈儿从大路上跑了。那时候，多巧正好从鼻眼里抠出了一块黑东西。她把它放在指头上弹了出去。那时候，她心里就有一种伤感的情绪。那时候，排队正好站起来，从草帽底下露出来两只黑眼珠子瞪她。排队说你这熊人歇息一会儿是歇一会儿，你总不能老歇着，你站在那里看景观哩得是？排队"啵"一声吐出来一口痰。痰里有许多黑丝丝。

"得是？"排队说。他不知道那时候多巧心里正有·种伤感的情绪。

"杂种。"多巧说。

排队草帽底下的一双圆眼珠子胀大了一点。他用手背在鼻子那里拉了一下。他看见手背上的一片灰泥不见了，显出来一块白皮。他知道它们粘在鼻子那里了。

"杂种？平白无故地你说杂种？"他说。

"你看她黄天时月的穿个花布衫。尿眉眼。像个甚。我说狗剩婆娘。"多巧说。

"屙屎尿动弹你鼓甚闲劲，我说你歇好了就割你的麦。"排队说。

"我说狗爸咱也叫个麦客来。"多巧突然说。

排队没想到多巧会这么说。他滚着眼珠子好大一会儿没出声。

他感到沾在眼毛上的灰尘往下掉的时候像溜土一样。

"还有五亩呢，我说叫个麦客。"多巧说，"你到公路上挡去，上边下来的麦客多着哩像过队伍一样。"这里离公路不远。公路从东边省城通过来，穿过县城，上一个坡，又朝甘肃那边通过去。

"这就去？"排队说。

"黄天时月的你看她穿个花布衫像个尿嘛像个甚。"多巧说。她扭头看了狗剩婆娘一眼。那女人那会儿正猫着腰，没割倒的麦子挡着她，只能看见她的草帽和脊背。

"叫一个叫两个？"排队说。

"叫一个。"多巧说。

"叫就叫。"排队说。

"像个屎嘛像个甚。"多巧说。她把镰搭在胳膊上准备回家。太阳还有一杆高，排队一个人朝公路那里去了。多巧让两个学生提瓦罐，她说你爸叫麦客去了麦客来了麦客割。她没看身后的那一片黄麦，她朝狗剩婆娘那里看了一眼。

"屎眉眼。"她说。

排队领着那个麦客进屋的时候，天已黑了。多巧飞快地熬好一锅麦仁粥。她变成了一只母鸡，在院子里咯咯叫。她让排队把电灯泡挂在窗户上。她让两个学生给那个陌生人端洗脸水。又让他们把小桌子搬到院当中。她还让学生把装烟末的木盒子拿来，她给麦客说洗完脸先吃锅烟，让粥凉一会儿。麦客像熟人一样坐在台阶上，从口袋里摸出一张纸条，卷了一个又粗又长的烟卷。他是个很壮实的男人。他一进门就把镰架和三把刀片放在了台阶上的墙根底下。这让多巧很满意。尽管洗过了脸，可脖子上和耳朵背后仍有许多垢迹。他只洗脸面。这也让多巧很满意。她感到这种人就是那种卖力气做活的男人。甚至，她连麦客吃饭的样子也很满意。他不是一口一口喝粥，而是把嘴放在碗边上转圈儿往喉咙里吸。他吃得很香。她就喜欢男人吃饭时有一种很香的样子。她好像听她妈说过，吃饭香的男人才是些可靠的男人。就在他这么吸粥的当儿，多巧就知道了他是从甘肃凉州下来的人。他每年在这个时候下来一次。日头从东向西走，麦子从东边往西边黄，他从东边往西边割，等割到凉州的时候，那里的麦子也就该搭镰了。

"你看他多棒。"多巧给排队说。

　　"多精。"她说。

　　那时候，麦客已经坐在台阶上开始磨镰了。他用牙齿咬着烟圈，头偏着不让烟雾熏他的眼。他不时用手指头试着刀刃。他总是在最需要的时候吸一口烟。他吸烟的时候就用嘴唇把烟圈叼进嘴里，然后又咬在牙齿上。后来。排队和他说了一些有关天气和收成的话，还说了说凉州那里的一些景致，他们就睡了。麦客和两个学生睡一个屋。

　　那天晚上，排队躺在多巧跟前，用手摸着她的肚子。他们睡觉的时候，排队总喜欢先摸摸她的肚子。她瞪着眼睛让排队摸。麦芒在她的肚子上划拉了一天，划出来许多白道道，有些还渗出了一点血丝。这会儿排队一摸，她有了一种干辣的快活感。排队这么摸了她十几年，有这种感觉的时候不太多。他们听见了一阵鼾声。

　　"他打鼾哩。"多巧说。

　　"有人睡觉就打鼾。"排队说。

　　"多响，你听他打鼾多响。"多巧说。

　　"多响多响。"排队说。

　　"正弄甚哩你说那话？"排队又说了一句。

　　"你一上公路就碰上他了？"

　　"噢么。"

　　"你说说。"

　　"正弄甚哩你说这些话？"排队不愿意，他用手拍多巧的大腿。

　　"你说说。"多巧夹了夹腿。排队又把手在多巧的肚子上摸。

　　"他躺在路沟里睡大觉，他用草帽盖着脸，我一眼就看见了他枕在头底下的镰架，还有刀片，我就知道他是麦客。"

　　"你一说他就来了？"

　　"我坐在他跟前卷了一根烟。我抽完烟就摇他。我说你割麦不，他看了我半晌。他说割，看你老哥说的，我当然割我就是赶趟的。我看他是个直爽人。他一说完话就给我要烟。他叫我老哥。就这些。我前边走他后头跟着就回来了。就这些，我看他是个直爽人。"

"就是。我看就是。"多巧说。

"明儿我和麦客割麦你做饭，大狗二狗送水送饭，还有磨镰刀。"排队说。

"我送饭，拾麦穗，"多巧说。

"咱这可是头一回叫麦客。"

"就是。我捡麦穗，遗在地里可惜。"多巧说。她把大腿放开了。

"就是。"排队说。他哼了一声，像呻吟一样。他哼一声没有任何意思，只是一种习惯。多巧也呻吟了一声。一会儿，他们就闻到了搅和着灰土和麦香的汗味。再一会儿，排队就有些迷糊，想睡了。

"屎眉眼。"他听见多巧说。

"黄天时月的穿花布衫。"多巧说。

后来的一切很顺利。麦客确实是个能干活的人。他割麦的时候不是蹲着，而是猫着腰跑着割。排队割一趟他割两趟。他很少说话，吃完饭抽一根烟卷就躺下打一阵呼噜。第一天他们割了三亩，并把麦捆拉到了小场上。两个学生没什么事干，就提着水罐找黄鼠窝灌黄鼠。他们还真灌出来一只。他们用线绳子拴着它在太阳底下晒。一会儿黄鼠就撒欢了，它甚至吱吱叫了一声。

多巧正像她说的那样，在割过的麦茬地里捡麦穗。她好像很快活，其实她心里又有了一种伤感的情绪。狗剩家的麦子已割完了，地里光秃秃的。她没看见狗剩家婆娘。她有些失望。

"尿眉眼。"

这回，她没说几声。她只是张着眼窝在狗剩家割过的麦茬地里搜弄了一会儿。就这么，她又有了一种伤感的情绪。

仿佛一眨眼的工夫，麦子就割完了，上了场。

那天晚上，排队又躺在多巧跟前摸她肚子。多巧有些心不在焉。那边屋里麦客打呼噜的声音很大。

"天一明就走？"多巧说。

"赶趟哩。"排队说。

"四十块？"

"噢么。"

"自个割的话，也熬过来了。"多巧说。

"那你要叫麦客。"排队说。

"我就说说。"她说话也有些心不在焉，她张着眼看屋顶。"四十块呢。"她说。

"那你要叫。"排队说。

"不说了不说了睡。"多巧说。她松开了大腿。"自个割的话，也熬过来了。"她又说了一句。

第二天，多巧给麦客点了工钱，多巧看着他把工钱装进了衣服口袋。衣服在他的肩膀上搭着。多巧记得，他跟着排队进屋的时候也这么肩膀上搭着衣服。后来，多巧和排队送他。他说他尿一泡。他说着就把衣服挂在了门扇上。排队说他也尿，他们一块进了茅房。他们一边尿一边说了几句什么话。那会儿，多巧看着那件衣服，她看见衣服口袋里有几张纸一样的东西。她的头里边嗡了一声。她感到浑身的血都窜到了头里边。她感到她的脖子一阵发硬，浑身的肉里边往外渗汗水，发出那种嗞嗞的响声。紧接着事情就发生了，她飞快地做了一件什么事。后来，他们把麦客送出了前门。再后来，多巧心里就有些慌失。再后来，她就有了主意。她叫了一声。她给排队说麦客把二十块钱遗了。她说这话的时候好像很吃惊。那时候那手里拿着笤帚。

"我想扫扫地，钱在门槛底下呢。"她说。

"你看这。"排队说。排队也有些吃惊。

"我当是烂纸哩。"多巧说。

"你看这，人早走远了。"

"我就说么，谁能把烂纸放在门槛底下。"多巧说："说不定他会折回来。会不？"

"你看这。"排队说。

"他折回来会说甚？"

"看你说的，他能说甚？"

"就说没看见，依我的话就说没看见。省得他胡猜。"

"胡猜咋的？"

"依我的话就说没看见。"多巧说。

"看你说的。"排队说。

麦客没回来。多巧相信不会有什么事情了，她想把这件事连同那个麦客一同忘掉。她甚至想做礼馍串亲戚看忙罢了。可是几天以后，一个意外的消息使多巧险些晕了过去。那天傍晚，村西头殷守中的婆娘颠着屁股进了多巧的家。她像吃了火球一样浑身打抖，眼眶里像憋进了两个鸟蛋。她说王留村她姨的女子坐月子，家里人手紧叫了一个麦客，让拖拉机压死了。

"她说就是你家叫的那个麦客。"殷守中的婆娘说。她说她一回家急得什么一样，她来就想给多巧说说这个事。她一脸激动的样子。她说话的时候，嘴巴像鸡屁股一样。"我回呀，我就想给你说说这件事。"她的嘴巴不叽不叽了几下。

"那么巧？"多巧说。

"就说喀，我就说喀。"吃了火球的女人不叽着嘴巴说。

"也许不是我家的那个呢。"

"看你，真真的呢，我姨的女人还能说错。麦客说了你家。我姨的女子还说我和你一个村子哩。我走呀。"说着就颠过了门槛。

那天晚上和以后的许多日子，没人知道多巧都想过什么。排队和以前一样，每天晚上都摸多巧的肚子。他感到多巧变得顺溜了，言语少了，记性似乎不如从前了，有些丢三落四，魂不守舍。有时候她一个人待着，眼睛有些发青，并凹了进去，像病了一样。排队问她，她像受了惊吓一样扬起头，"谁说的？我会有甚病？"她说排队胡说八道。后来，多巧到殷守中家去了一次。她没说话。她在台阶上坐了好长时间。殷守中的婆娘以为她想借什么贵重一点的东西。

"你看这日子过的。"殷守中的婆娘说。

"就是。"多巧顺着眼。

"一脚蹬的过活，要尿没啥的。"殷守中的婆娘说。

"我给他烧了些纸钱，"多巧到底说了出来。

"就是那个麦客，你记得的。"她又说了一句。

"噢，噢——"那女人说，"我当甚哩。你说你给他烧纸钱得是？噢，我说么。"她把头仰在脊背上笑出来一串声音。她笑的时候嘴唇像两块会颤动的红肉片。

"我在十字路口上烧的。"多巧说。

"噢。你看我。"那女人又笑了一阵。等她笑完了的时候，多巧已经不见了。她使劲眨了眨眼，嘴里咕噜了一句什么，就进屋去了。

多巧很后悔她去了殷守中家。她一个人躺在炕上想了很久。麦客的眉眼她已记不清晰了，但她记得他和排队说话的样子，记得他在那边屋里打呼噜的声音。她想不通那时候她为什么要让排队叫个麦客，排队硬不叫多好。麦客要不尿那一泡尿多好，尿尿就尿尿，做什么要把衣服搭在门扇上。如果时光能倒回去多好，她真希望能倒回去。可倒不回去，她一点办法也没有。人没办法的时候心里就发急，人发急的时候就老感到肚子里憋了一股尿水。就这么多巧让一件没办法的事情缠住了。她胡思乱想。她不知怎么又想起了狗剩婆娘。她想要不是那个尿眉眼狗剩婆娘穿个花布衫黄天时月的招摇，她也许不会让排队叫麦客，也就不会有什么事了。她想不出她见了那个驴日的尿眉眼会怎么样。她也许会咬她一口。

多巧卧病不起直到死的时候，已经是几年以后了。多巧给大狗二狗说柜里有二十元钱。

"麦客……"她说。她一口气没上来，眼睛一直，腿一蹬就走了。

埋了多巧以后，大狗二狗想起了他妈妈说的话。他们早忘了麦客的事。所以他们不知道他妈多巧为什么要说"麦客"。他们在柜里翻了一阵，翻出了两张拾元的票子。他们一人拿了一张，大狗买了一盘绳，二狗买了一双劣质猪皮鞋，剩下的零钱他们一起喝了两碗醪糟鸡蛋。那时候他们都已长大成人，在地里干活了。一年后，二狗的皮鞋裂了帮，他把它扔进了茅坑沤了肥料。大狗的那盘绳还在，犁地的时候套牛用。那时候，排队已不理家事，阳光正旺的时候，他就坐在墙根底下对着太阳咳嗽。

原载于《上海文学》1990年第6期

黑 俊

　　烟摇晃了一下。烟浓浓的一股，从烟囱里冒出来。烟囱像蛤蟆嘴，近看着像哈气，没多少烟，远看着就浓浓的一股。他看见它摇晃了一下。他一直站在火门的走道那里，看着那股烟。他感到鼻眼里灌满了砖瓦的粉末，舌头上有一层灰末，牙齿一动，就有一种咯噜噜的声音。他咬着牙，不让它们动。他想灰末是从鼻眼里飞进去掉在舌头上的，也许是他张嘴的时候钻进去的。他穿着一件夹袄。他感到脖子上的肉皱里也有灰末。空气里满是虫子一样的那种砖瓦的颗粒。

　　他看着那股烟。他的眼珠子像两块亮蓝的瓦片。

　　"我哥说不行了他就来。"那天，黑俊的兄弟给他这么说。

　　黑俊的兄弟是个实诚人，尽管他鼻子不干净，是个矮个子，可他是个实诚人，他说话的时候看着手指头蛋蛋。他的手指头蛋蛋看起来很干净，像红丝丝的精肉，也许是他的手太黑，结满了垢甲，就显得手指头蛋蛋很干净，其实他应该用手指头抠他肮脏的鼻眼眼。他的指甲很长，很气派。他看着好像有些腼腆。世上就有黑俊兄弟这一种腼腆人。他第一次见黑俊兄弟的时候就这么想过。他知道黑俊兄弟就是这么一种肮脏的腼腆人。

　　"我哥想买砖。我哥说就买你窑上的。"黑俊兄弟这么说。黑俊兄弟的指头蛋蛋底下压着一叠钱。

　　"我哥是黑俊。"他说，"我哥说要五千砖。他说给你四百块钱就够了。他让我拉砖，用地板车拉。"

　　"我哥说不急，他让我慢慢拉。"他说。

　　就这么他认识了黑俊兄弟，黑俊兄弟把钱放在他炕头上的木匣盖上。黑俊兄弟看了一会儿手指头蛋蛋。

那时候，他就感到他和黑俊会有什么事。黑俊兄弟每天都来拉砖，黑俊兄弟像一只灰颜色的虫子，一会儿蜷下来，一会儿伸开来。他一声不吭，时不时看黑俊兄弟一眼。放砖瓦的场子上，就黑俊兄弟一条虫子。那条虫子横在他的眼窝里。他感到那条虫子很危险。他感到他和黑俊要有什么事了。

他感到他身上的肉有些酸软。他想他身上的肉捏一把就会捏出醋来。

这一回，灰颜色的虫子直立着伸蜷着到他跟前了。

"我哥看上羊村的槐子了。"黑俊兄弟说。

"他一眼就看中了槐子。人有时候就一眼看中了一个人。我没见过槐子，许是个人精哩。"黑俊兄弟说。

"我哥在半路上挡住她。我哥说你叫槐子得是？我知道你是槐子。槐子你爸呢？槐子说我爸在我家屋里。我哥就进了槐子家屋里。我哥给槐子她爸说他和槐子好了。槐子她爸瞅了我哥半晌。"黑俊兄弟说。

他看了黑俊兄弟一眼。

"我看你是个不爱说话的人，得是？"黑俊兄弟说，"槐子她爸说槐子早给别人了，这由不得槐子。我哥说给人了就给人了，又没有结婚我嫌。给人了给人了，槐子这会儿和我好了我娶她算了。我哥就这么给槐子她爸说。槐子她爸的眼窝一直张着。后来，我哥说槐子退婚的钱我给。槐子的婆家要是不退我去找他狗日的，我给他们钱还不成。事情就这么定了。我哥拐到了槐子的婆家。槐子婆家的男人也张着眼窝瞅了我哥半晌，男人说黑俊我不愿意，可你硬要槐子的话你就娶她我不和你争。事情就这么定了。看你，我说这么多你也不吭一声。"黑俊兄弟说。

"我给你说这事就是还有一样事想给你说。我哥要替槐子退婚。"黑俊兄弟看了他一眼。

他仰着脖子，看着砖瓦窑上的烟囱。

"我哥说让你给他一百元钱，槐子的婚不退不行。我哥说你要说砖的话他就没办法了。砖要拉槐子的婚也要退。我哥就这么给我说的。"

他动了动牙齿，牙齿上沾着许多灰，他听见砖瓦的颗粒在牙齿和牙齿之间咯噌咯噌响。

"我哥就这么给我说的。"黑俊兄弟说。

他抽开炕头上的小匣子，取出来一叠钱，放在匣盖子上。他看见黑俊兄弟把钱装在口袋里。窑里边黑了一下，又亮了。黑俊兄弟出了窑门。

后来，黑俊兄弟又给他说：

"你看，我哥说再给他一百。你看我哥。"

后来，黑俊兄弟又说：

"你看，我哥说再给他一百。"

再后来，黑俊兄弟又这么说：

"一百。"

他记得他看了黑俊兄弟一眼。木匣子在炕头上，动也不动。事情僵住了。有些事不知为什么就僵住了。黑俊兄弟看着手指头蛋蛋，越发腼腆了。

几天后，黑俊兄弟说了那句话。

"我哥说不行了他就来。"

那几天，他一直看着烟囱。黑俊兄弟说这话的时候，他就看着窑上的土烟囱。

"我看你这人不爱说话，是个不爱说话的人，得是？"黑俊兄弟说。

"我哥把那个人的耳朵割了。"黑俊兄弟说，"就是王乐镇上的那个人。"他说。

"都去赶集，我哥也去了。我哥骑着自行车。他给那个人打铃，那个人不动弹，也许他没听见。我哥割了他半个耳朵。他叫唤了一声，捂着剩下的半个耳朵看我哥。他以为耳朵全着哩。他以为我哥拧了他一下。"

瞪我做什么？我哥说。我哥一条腿在地上，一条腿在车子上，我哥不瞪他，我哥看着那个人。我哥不是个有脾气的人。

你拧我耳朵。你做什么拧我？那人说。

拧你就好了。我哥说。我哥知道那人不知道他的半个耳朵让刀子割去了。所以我哥这么说。我哥想笑。我哥没笑，我哥只是想笑。

我又不认识你，你拧我。那人说。他给手上使了使劲，他可能感到疼了。

让你让路你不让。我哥说。

我没听见。赶集的这么多人。我要是听见了就会给你让。这么多人，你拧我。那人说。

我看你的耳朵是个样子货，长着占地方。我哥说。

那你就拧我？

噢么。

你这么拧我不行。我又不认识你。那人说。他感到指头上有些黏糊，就看了一眼。血正从指头缝里往外流。他有些慌了。他听见我哥手上响了一声，他看见我哥把刀子合起来，装在裤口袋里，所以他慌失了。

你割我？你把我割了？那人说。

噢么，我哥说。

我看它占地方，我哥说。

你想不通到我家找我去。我哥说。

后来，那人找见了他的半个耳朵。耳朵在尘土里弄脏了，只有挨刀子的地方露出一点白茬茬。周围的人他们说是耳朵的脆骨。周围有好多人，他们什么话也没说。我哥蹬着车子走了。他们才说那白茬茬是脆骨，他们只说了这么一句。

他狗日的割了我的耳朵。那人说。

后来，有人看见他那半个脏耳朵装进了他的口袋里，好像要哭的样子。

这就是他听黑俊兄弟讲的黑俊的事。

"他们都知道我哥干的事，他们都知道我哥的名字。"黑俊兄弟说。

"明天我再来拉。我哥说不急，什么时候拉完就什么时候拉完。明天我再来拉。"黑俊兄弟说。

黑俊兄弟拉着车上了土坡。太阳不见了。空气变成了蓝颜色，像新砖头那种颜色。天上有几道云，像额头上落满灰尘的皮皱一样。风从领口里钻进来，他听见身上的汗毛一排一排竖立起来。风一吹，汗毛就会从皮肉上竖立起来，汗毛竖立的时候有一种响声。黑俊兄弟一走，砖瓦窑的场子上就剩他一个人了。他一个人站在那里，听着汗毛的声音。

他感到他的头发硬了一会儿。那时候他很渴，嗓子眼像塞了棉花。他不停地咽唾沫，其实没有唾沫。

这就是黑俊。也不看他。他知道他眼前站的这个人就是。黑俊到底来了。黑俊也不看他。他们没说一句话。黑俊跟着他进了窑。炕上有个木匣子，他们坐了一会儿，他们坐了好大一会儿。后来，他把木匣子拉开，取出了那一百元，放在了盖子上。

他听见一阵窸窸窣窣的响声。他知道黑俊正把钱往口袋里装。

他听着黑俊装钱的响声，他感到响声像毛毛虫一样钻进了他的骨髓，在里面扭来扭去。嗓子很干，他不停地咽唾沫，不管有没有唾沫。他想咽，所以就不停地咽。他往炕头上看了一眼，炕头上有一块半截砖头。

就是这个时候，他感到他的头发硬了一会儿。他用那块砖头在黑俊头上砸了一下。那是一块新断的半截砖头，断茬处硬而锋利。黑俊刚扭过身子，往窑门跟前走。黑俊不知道他会这么干。

黑俊连脖子也没拧，就顺着炕沿倒了下去。从黑俊身上往过跶的时候，他想也许黑俊会抱他的腿。他想那样他就完了。黑俊没抱。黑俊一声也没吭，就这么从黑俊身上跶了过去。他没想到他一出窑门腿就会软，就像从醋缸里泡出来的一样。他歪了歪，软了下来。后来，他睡着了。

"你把我哥弄死了。"

他一醒来，就听见黑俊兄弟给他这么说。黑俊兄弟坐在离他不远的地方。他睁开眼窝，看着窑上的那股蓝烟。没有风，也没有什么响声。这里离村子有一段路。黑俊兄弟看着他的手指头蛋蛋。

"你把我哥弄死了。"黑俊兄弟说。

他歪过头朝窑里看了一眼，黑俊还躺在那里。黑俊像一只死猫。黑俊和他兄弟一样，也是个瘦矮子。

他努力想着黑俊的模样。他想不出。他感到身上一阵阵发冷。

"看你，他有病，你把他弄死了。"黑俊兄弟说。

"他也流鼻涕。他腿不好。"黑俊兄弟说。

"你弄死这么个人可太容易了。"黑俊兄弟说。

他看了黑俊兄弟一眼。黑俊兄弟坐在离他不远的地方，眼睛瞅着手指头蛋蛋。窑场上空空荡荡，就他们两个人，一个躺着，一个坐着，像两个可怜的虫虫。

"你哥的影影老缠着我，你说咋办？我没办法。我一点办法也没有。"他说。他的声音像是从风里面飘出来的，空空洞洞的。他终于说了这些话。他说这些话的时候，眼窝张着，看着天。

"我得回家了，我说。"他说。

"你家在哪儿？"黑俊兄弟说。

"甘肃。"他说。

"远么？"

"远，很远。"他说。

"我回家呀。我不烧窑了。"他说，"我来这几年，我想挣些钱，想把我老婆接来。现在，我不想这事了。"

"都是你哥把我毁了。"他说。

"没人管我哥。他们说我哥心毒。我倒看我哥好。可他们说他心毒。他们不管这事，你用不着害怕。"黑俊兄弟说。

"我哥老给我说他的事。我都是听我哥说的。也许我哥给我吹牛哩。"黑俊兄弟说，"我哥也给别人说。"

"他把我毁了。"他说。

"你哭了？"

"没有。我没哭，看你说的。"他说。

"我想老婆了。"他说。

"你有孩子么？"

"有。老婆给我生的。"

"你说你哥有病？"他说。

"不知道他害了什么病。可我知道他有病，他的腿也不好。"

"他像你吧？"

"像。他也流鼻涕。你很容易就把他弄死了，得是？"黑俊兄弟说，"你不说我也知道。"

这就是他们的话。他们守着黑俊说了这些话。他感到他太累了，他从来没这累过。打砖瓦坯子也很累，可睡一觉起来就会好。这回他感到他不会好了。

"他把我毁了。"他说。

他闭上眼睛,又睡着了。他一直躺在窑门外边的地上。一会儿,天就黑了。黑俊兄弟听了一会儿他睡觉的呼吸声,然后一蹦一蹦离开了那里。

窑场上就剩下他一个人在那里喘气。

板兰她爸罗莫的最后一天

板兰她爸罗莫先笑了两声，然后又笑了两声，再后来板兰她爸罗莫就笑出来一串声音，就顺着牌桌溜下去。

"就这么死了。"板兰说。

"很容易。"她说。

"看不出来。"她说，"他和我说了一天苍蝇。他一睁眼就看见了它。真看不出来。"板兰说。

那只苍蝇是她爸罗莫穿衣服的时候进来的。他听见窗缝里有响动，就抬起头。他看见它拼命扇着翅膀，侧着身子，想从窗缝里挤进来，翅膀疾颤着，颤出一种钻心的声音。他一看就认出了它。他心里一阵发热。多年不见了，可他还是认出了它。它搅乱了他的心思。天气不错。虽然他感到今天和昨天好像有些不太一样，但天气不错。他想他很快就会穿好衣服，然后出去晒太阳。他想他晒一阵太阳就去"游胡"。

它搅乱了他的心思。它在窗缝里努力的样子让他受不了。还有声音。

"板兰。"他喊了一声。

板兰走进来。板兰没看他，照直朝尿盆走过去。板兰朝尿盆跟前走的样子很熟练。

"我不是让你倒尿。"他说。他看着窗缝。

板兰有些意外，猫下去的身子又直起来。板兰的身子倒映在尿水里，看上去不像人影影。有时候人影影就不像人影影。

"它来了。"她爸说。

"什么它来了？"板兰说。

"那只苍蝇。"她爸说。

"苍蝇还这只那只,邪了。"板兰说。

"你听。"她爸说。

板兰顺着她爸罗莫的眼睛看过去,一看见那只苍蝇,也就听见了苍蝇的声音,而且越听越响。

"噢么。"板兰说。

"我想让你把它赶出去。"她爸说。

"邪了。"板兰说。板兰伸手要端尿盆,手碰在盆沿上,尿水里的影影动了动。

"等它爬进来,你就把它赶出去。"她爸说。

"我不赶。"板兰说。

"你妈在的时候赶过,你不赶。"她爸说。

"我又不是我妈。"板兰说。

"我知道你不是你妈。"

"那你说我妈怎么怎么。"

"我说你妈在的时候赶过它。"

"我妈死了多少年了?那只苍蝇,那只苍蝇,我妈死了多少年了?"板兰说。

"就是它,我看就是。"

"你说是就是。"

"那你把它赶出去。"

"我又不是我妈。"板兰说。

"嘤"一声。他们都扭过头去,看着那只苍蝇。它终于从窗缝里挤了进来,在窑里飞来飞去。它好像很得意,在空中胡乱划出各种各样的弧线;翅膀抖开一串不间断的声音。他们张着眼,看着它得意的样子。后来,他们都感到脖子有些酸。

板兰朝尿盆又伸了一次胳膊。

"我尿些。"她爸突然说了一句。

板兰吓了一跳，手挨了烫似的缩回去。她看见她爸罗莫欠了欠身子，把腿从被窝里抽出来，搭在炕沿上。他没穿裤子，上身披着一件夹袄。

"早不尿。"板兰说。

"人想尿了才尿。你见过谁不想尿的时候尿？"她爸说。他站在尿盆跟前，腿直挺着，像两根瘦硬的木棍，他的屁股上有两块死皮，像贴上去的一样。

"早不尿。"板兰说。

他们都听见了一串不连贯的水声，然后，就只是苍蝇的声音了。

苍蝇还是那么快活。

"让你把它赶走，你不赶。"板兰她爸罗莫抖抖身子，给女儿板兰这么说。

天气确实不错，光光堂堂一个太阳，很干净。板兰和她爸罗莫坐在窑门口的石头上。窑门口有两块石头，一边一块。这是他们最认真的时候。他们常常坐在窑门口的石头上对话，很默契的样子。

"太阳和昨天不一样，我说。"板兰她爸罗莫说。

"我看不出。"板兰说。

"天气总是很好。"她爸说。

"太阳好，天气就好。"板兰说。

"吃了饭我游胡去呀！"她爸说。

"噢么。"

"有早晚了。我看有早晚了。"她爸说。

"噢么，一立秋就有早晚了。"板兰说。

他们突然感到有些激动。他们看着眼前的山包子。他们感受着季节，他们挨着它。他们感到季节像深井里的水，悄无声息的，直往他们的骨头里渗。

山包子一动不动。

太阳好像升高了一截。

"它还在窑里呢。"板兰她爸罗莫说。

"我真想不通，就一只苍蝇，"板兰说。

"你把它赶出去就好了，"她爸说，"你妈活着的时候可不像你。"

"你总说我妈我妈。"

"噢么。"

"是个大头苍蝇。"板兰说。

"我知道是它，所以我让你赶。"

"你老说就是它就是它，我听不懂。"

"要是你妈，就把它赶走了。"

"我不赶。"

"你不赶就不赶。"

"我不赶。"

"它在窑里叫唤哩。"

"飞哩，苍蝇做什么叫唤？飞哩。"

"我说是叫唤。"

"叫唤就叫唤。"

他们又看了一会太阳。太阳又升高了一截。

"那天，它就是那么飞进来的，就那么叫唤。我让你妈赶，你妈什么话也不说，拿着笤帚满炕跑。你妈没穿衣服。你妈就这么赶它。你妈的两个奶子吊着。你妈的腰多好。你不知道你妈那会儿有多好。你妈身上冒着热气。你妈的脸多红。"

"我妈病了。"板兰说。

"你说你妈病了？你没生出来你怎么知道你妈病了？你妈到底把它赶出去了。你妈钻进被窝，躺在我大腿跟前。你妈张着嘴，像鱼一样。你妈拉拉我的手。本来我和你妈要穿衣服，你妈一拉我的手，我又躺下了，我和你妈就……你妈真好。你妈一直张着嘴。"

"后来我妈就死了。"板兰说。

"你妈张着嘴的样子我怎么也忘不了。"

"后来我妈就死了。"

"你妈死还在后来，你妈生你以后才死的。"

板兰的眼皮有些发红。每一回说到这里，板兰的眼皮就有些发红。

"你妈就是那一回怀上你的。"她爸说。

"噢么。"板兰说。

"我老想着你妈张嘴的样子，想你妈赶苍蝇的样子，一想你妈和那只苍蝇，我心里就痒痒。"

"你过去可没说过这话。"

"你妈死了，可苍蝇还在。"

"也许不是那一只。"

"我看是它。"

"世上的苍蝇多了。"

"可我认识的就它一个。我听见它叫唤就恶心。"她爸说。

"你刚才说痒痒，现在又说恶心。"板兰说。

"一会儿痒痒，一会儿恶心，差尿不多，都是个难受。"她爸说，"后来你就长大了，再后来我给你招了个女婿。"

板兰转过脸，看了她爸罗莫一眼。

"那天晚上我没睡，我想了一夜苍蝇，就是你妈赶过的那只。"她爸说。

太阳又升高了一截。但那时候他们没看。

"你和我给你招的那个男人一进窑，我就想苍蝇了。"她爸说。

"这话你没说过。"板兰说。

"你想想，你妈赶过它，我怎么能不想？"板兰她爸罗莫说，"我说你把它赶出去，你妈看了我一眼，就从被窝里跳出去，你妈吊着奶子满炕跑。你妈的身子冒着热气。后来，你妈的嘴一直张着，后来，你妈就生了你。这就是那天晚上我想的事。我听见你和我给你招的那个男人在窑里胡折腾。"

"你听人家的房。"板兰说。

"没有。我想我自己的事。"

"那你说胡折腾。"板兰说。

"我想我给你招的那个男人不是个好东西。"她爸说。

"你听人家的房。"板兰说。

"我一听见你窑里的响动，我就想他不是个好东西，我想把他驴日下的拽出来，扔到窑背上去。"

"你是老人，你听人家儿女的房！"板兰说。

"我没听。你们又没说什么话。我只是站在窑门口，想把他拽出来。你说这叫听房？我一个人在炕上坐不住。我一会儿想你妈给我赶苍蝇，一会儿想把我给你招的女婿拽出来。就是这。"

"我知道你恨他，你给我招的你恨。"

"我只是那天晚上恨他。"

"你一直恨他，一直恨到他死。"板兰说。

"就是的就是的！"板兰她爸罗莫的脸突然涨得通红，朝板兰吼道："恶心！"

"后来你不恨了。他死了。"板兰说。

板兰她爸罗莫看着板兰，他好像笑了一下，他笑的样子很怪。

"你听，它在窑里叫唤哩。"

他们支棱着耳朵听了好大一会儿。

"我听不见。"板兰说。

"听不见算了。你给我做饭,我吃了饭耍牌去呀!"她爸说。

那时候,太阳升高了一大截。

牌场上的人给板兰说,谁也没注意她爸罗莫,各人都瞅着自己手里的牌,牌揭完了,他们听见罗莫在笑。罗莫先笑了两声,然后又笑了两声,再后来罗莫就笑出来一串声音。罗莫一边笑着一边顺着牌桌往下溜。他们想罗莫笑完就会起来,可罗莫没有。

"你爸笑死了。"他们说,"你爸手气一直不顺,可那一把牌出奇的好,揭了四个金。谁也没想到,你爸会笑死。"

他们看着板兰给她爸罗莫穿寿衣。罗莫躺在一张木板床上,脸上依然是他死的时候的样子,他笑得一塌糊涂。

"板兰。"有人突然叫了一声,"你爸鼻子里有气哩。"他们都吓了一跳,他们看见罗莫一个鼻孔里的鼻毛不停地动弹。

"看这娃,你爸出气哩。"他们说。

板兰面不改色,伸手在她爸罗莫的鼻子上捏了一下,然后,把小拇指塞进去掏了一阵,掏出来一个小东西,一弹,"嘭"一声,小东西被弹了出去。

"苍蝇。"板兰说,"一只苍蝇。"

"噢。"他们说。

关于她爸罗莫,板兰就记得这些。她爸先笑了两声,又笑了两声,后来她爸罗莫就笑出来一串声音,就顺着牌桌往下溜。

原载于《北方文学》1991年第10期

罗 过

罗过和米雀结婚八年，生了七个孩子。吉祥村的人说，罗过，你那小婆娘像红薯秧，下崽一嘟噜一嘟噜。

"不对，"罗过说，"红薯秧结红薯是一窝子，我婆娘可是一个一个给我生的。"

"米雀真是个母雀哎。"吉祥村的人说。

"会生不会生不在多少，在长牛牛的有几个。"罗过说。他说这话的时候，眼睛总是发红，牙齿紧咬着，腮帮子一鼓一鼓，好像正害牙疼。

米雀是个小个子女人，肚子总鼓胀着。她可怜兮兮地看着罗过的脸，说：罗过，你就让我的肚子歇一年吧。罗过拍着米雀鼓胀的肚子说："不能，你再给我生个长牛牛的，我让你永远歇。"

米雀不说话了。

"只要有恒心，铁棒磨成针，米雀。"罗过说。他总用这句话给米雀打气。

他们已有了一个长牛牛的，上二年级了。

"双木成林哩，"罗过说，"你也念过几天书，总不会连林字也忘了吧？"

长牛牛的是第四个，叫思牛。下边的几个都不长牛牛，罗过把她们都送人了。一个放在村东边的大路上，一个放在村西边的大路上，一个放在村北边的大路上。

"再生一个不长牛牛的，我就得把她放在南边的大路上了。"罗过说。

真生了一个不长牛牛的，是第八个。罗过用席子一裹，挟在胳肢窝里，出村往南走了二里地，放那儿了。小女孩在席子里蹬着腿哭叫。罗过说甭哭甭哭，一会儿就有人把你抱走。小女孩哭得更响亮了。罗过说谁让你不长牛牛？我一肚子的委屈也没地方哭哩。

罗过真想抱头痛哭一场。他没哭。他跺了一下脚，扭身回去了。

"再生！"罗过给米雀说。

米雀刚收拾完自己，身体有些虚弱，正靠在卷起的被子上养神。她回忆着第八个孩子离开她身体的那一刻。她感到下身一热，孩子就出来了。她的肚子里立刻空空荡荡的。她想吃点什么，或者喝点什么。

"再生。"罗过说。

村长刘必胜用烟锅袋敲敲门框走进来。

"不能生了。"刘必胜说。

"我不怕罚款，你看我们家有什么值钱的，尽管拿，尽管罚。"罗过说。

刘必胜摇摇头，说：不管你和米雀，总得有一个把门门关住，这是村委会的决定。

罗过的眼睛瞪了半天。

"我关。"米雀说。

罗过扭过头，朝米雀吐了一口唾沫。米雀一别身子，唾沫全粘在了墙上。米雀斜了罗过一眼，扯开被窝钻进去，蒙头睡了。

"总得关一个。"刘必胜说，"我就是为这事来的。"

"你拉我游街算了。"罗过说。

"现在不是文化大革命，不兴游街。现在讲政策。"刘必胜说。

"让米雀上环。"罗过说。

村长刘必胜摇摇头，说："你俩得有一个人结扎。小门门关不住，村上就收你的地。你已经生了八个了。"

罗过抄着手，仰着脖子思量着。

刘必胜往烟锅袋里装烟。

"甭抽！"罗过说，"我婆娘刚生产，身子虚，闻不得烟味。"

"不抽，不抽。"刘必胜说，"其实，结扎手术很简单，村上还发给你二斤红糖，十斤鸡蛋。其实，那等于白给的。就一个小手术，小肚子底下割一道小口子。人不小心还把手指头割个小口子哩，谁给你红糖鸡蛋？其实，你不愿结扎也可以。我派几个精壮小伙子把你抬到乡卫生院去。村上一人给他们五块钱，他们不抬？难道他们不抬？"

"我关。"罗过说。

"这就对了！我给你说过八十回了。"刘必胜说。

"该不会明天就割我吧？"罗过说。

"不，不，"刘必胜说，"过些天乡上下来手术队，服务上门，到时候叫你。"

只有一次机会了。罗过想。

"米雀，日他妈咱只有一次机会了。"罗过咬着牙给米雀说。罗过的脸水烫了似的发红。

米雀不懂罗过的话。

但米雀很快就懂了。罗过把文娟文秀文英和宝贝儿了思牛全赶到厢房屋里去睡。几个孩子看着他爸阴沉的脸，不敢说话。

"听着，"罗过说，"从今晚起你们四个一炕睡，两个人一个被窝。听见谁吵架，我折谁的腿。"

"你，你该不会杀了我吧？"米雀胆怯地看着罗过。米雀用耳朵听着厢房屋里的动静。厢房屋里悄无声息。

"你不会杀我吧？"米雀看着罗过的脸。

"脱！"罗过说。

米雀脱着衣服，眼睛不敢离开罗过的脸。

"你，你该不会……"

罗过踢掉鞋，一只脚点在炕沿上，一用力，整个人就站在了米雀的腰跟前。

随后，是一连串疯狂的折腾。

开始几天，米雀还能应付，后来，米雀就支持不住了。米雀说求你了罗过，你饶了我吧。罗过说米雀，你一定得给咱怀一个长牛牛的，求你了。米雀。

米雀说罗过你再这么折腾我就叫喊呀。

罗过说只要有恒心，铁棒磨成针。

米雀哭了，眼泪能用线绾成串儿。

罗过大汗淋漓，蹲在墙角，像一只穷凶极恶的困兽。他大口地喷着气。他也有些不行了。

"米雀，你想想，你怀思牛的时候咱是怎么弄的？"罗过说。他呼一口气吐一个字。

"不知道我不知道！"米雀使劲摇头。米雀的身上也冒着热气。米雀的脸上满是泪光，像涂了一层蜡。

"求你了，米雀！"罗过说。

罗过把头塞进大腿里，哭了，越哭声越大，膀子一抽一抽的，米雀有些心疼罗过了。

"我想，你让我想想。"米雀说。她摇着罗过的臂膀。

罗过抬起头，眼巴巴看着米雀。

米雀认真地想了一会儿。

"我记不起来了。"米雀说。

他们一声不吭，一个看着墙壁，一个看着脚指头，就这么坐了半夜。

"我找赵立民去，"罗过像下了什么决心，说，"他狗日的一生就是个长牛牛的，我问他是怎么弄的。"

请教了赵立民之后，罗过歇了两天。他割了几斤肉偷偷吃了，然后，就和米雀开始了另一轮疯狂的折腾。

"我不。"米雀说，"赵立民哄你哩。"

"米雀，就这一次机会了。"罗过说。

米雀同意了。罗过让她怎么她怎么。她感到很委屈。她咬着牙。她说来吧罗过，你来。

没几天，他们的眼睛都深下去好多，颧骨却凸了出来。他们爬在炕上，互相看着。他们都产生了一种怜悯的情感。他们像一对受难的獾。他们咽了一口唾沫。

"怀了么？"罗过说。

米雀摇摇头。

"没怀上？"罗过说。

"不，嘘，不知道。"米雀喘着气。

"只要有恒心，铁棒磨成针。"罗过说。

米雀用力地给罗过点着头。

这回，他们想笑了。他们产生了一种想笑的欲望。他们就笑了两声。他们笑着睡过去了。

米雀还没怀上，手术队就到了。

那天早上，罗过打开头门，看见门口蹲了一只黑狗，他提起顶门杠，想往狗腰上抡过去。他打狗的时候不打头，也不打腿，他专打狗腰。他说狗腰打着软和。

不是狗。是村长刘必胜。

"我在你家门口蹲了两个时辰了。"刘必胜说。他站起来，在鞋底上弹掉烟灰。罗过看见地上弹了一堆那种东西。他把顶门杠放在了门背后。

"我当是谁家的狗。"罗过说。

刘必胜宽容地笑了两声，说，"手术队来了，村委会专门腾了一间屋给你们手术。我怕你驴熊躲起来。"

"你头前走，我后边就来。"罗过说。

"不急，我不急，我等你。"村长说。

一股辛酸的东西冲上罗过的鼻根，酸出了他的泪水花花。他转过身，朝屋里喊了一声：

"米雀！"

米雀走出屋，在房檐底下看着罗过。

"我手术去呀！"罗过又喊了一声。

手术确实很简单，一会儿就完了。他们在他身上割了一道口子，扎住了一根什么管子。

"那管子还能解开么？"罗过系好裤子，蹬上鞋，问了医生一句。医生摇了摇头。

"解不开算尿了，我再也不想生娃的事了。"罗过说。他突然有了一种解放感。他提着二斤红糖和十斤鸡蛋，很快就进了家门。

米雀立刻给他化了一缸子红糖水。

"疼么？"米雀说。

"我完了。"罗过说。罗过把目光放在了米雀的肚子上，"你要是没怀上，我罗过就真完了。"他说。

米雀没说话。她知道她没怀上。她心里突然有些难过。她一直想让她的肚子歇一歇，真歇的时候，她突然有些难过。她感到罗过有些可怜。她感到她对不起罗过。来红的时候，她把卫生纸偷偷塞进炕洞里，她不想让罗过看见。

罗过偏偏看见了。罗过把那一把浸着鲜血的卫生纸从炕洞里掏出来看了半晌。罗过的脸白煞煞的。

"罗过……"米雀胆怯地叫了一声。她看着罗过的脑顶。她感到一股热乎乎的东西正在她的身子里往下流着。她该换卫生纸了。

罗过不说话。罗过屹蹴着，脸白煞煞的。

卫生纸上的血是红的。

第二天就发生了小学校教室倒塌的事。

小学校的教室早就歪歪拧拧了。老师给村长刘必胜说，再不修就塌了。刘必胜说知道了知道了。老师又找了刘必胜一次。老师说再不修就要塌死人了。刘必胜瞪圆眼睛想了一阵，说，没钱，日他的你看，没钱。老师说塌死人我不负责。刘必胜又想了一阵，说：山窝窝里出金凤凰哩，寒窑里出将军哩，只要你会教，你有满肚子学问，你管他教室好不好哩。老师的眼睛也瞪圆了。老师想骂刘必胜一句。刘必胜说：你甭给我瞪眼，猪圈里出麒麟哩，你到古书上查去。刘必胜扛着犁走了。他正忙着种地。

教室真倒塌了。塌死了三个学生，伤了十几个。

罗过的儿子思牛在塌死的三个学生里边。

全村人都涌到了小学校。塌坏的孩子被父母运到了乡卫生院。没塌伤的孩子被父母领回家吃了一顿好饭。塌死的三个孩子躺在一堆瓦砾跟前一动不动，父母们扯着喉咙嚎叫着。

"哎嗨嗨嗨……"米雀的哭声像唱歌一样拉得老长。鼻涕也拉得老长。

"啊，啊，啊……"罗过的喉咙里好像卡了一样什么东西，吐不出来，谁看他谁都会难受。

"你看，我早给你说过。"老师给刘必胜说。

"日他的。"刘必胜说，"日他的。"他的眼睛像鸡屁股一样。

"啊，啊。"罗过抱着肚子，想吐出喉咙里的东西。

"罗过，"刘必胜摇着罗过的肩膀说，"甭哭坏了身子。"

罗过抬起头来。他早哭成了泪人，脸上像浇了一盆水。

"啊哈！"他终于哭出了一声，"我就是和菩萨睡觉也没用了啊啊……"

罗过突然跳了起来。

"我结扎了啊，啊……"他哭喊着。

"米雀，我结扎了啊……"他抱着米雀摇着。

罗过的大儿子思牛大瞪着眼睛，看着他爸。一根木椽在下落的时候敲在了他的后脑勺上。他们费了好大的劲才把他从瓦砾堆里刨出来。他们还没来得及给他合上眼睛。

原载于《漓江》1992年秋季刊

死刑犯

也许他不该碰上胡建宝。

那天早上，他一出窑门，就看见胡建宝在坡底下发动那辆手扶拖拉机。他没想和胡建宝打招呼。他一手提着裤子，一手揉着眼窝，朝旁边的茅厕走。手扶拖拉机的颤叫声惹得几只狗跳着吼。胡建宝抓起几块砖头砸跑了它们。他尿完尿水，看见胡建宝跳上驾驶座拉离合器，要走的样子，不知怎么的，他叫了建宝一声：

"建宝！"他系着裤带，从茅厕往外走。

胡建宝歪过头看着他。

"做什么去？"

"下县。"胡建宝说。

"噢！"他在后脑上拍了一下。今天县城里有集市。他立刻想起了他家那半窑卖不出去的花生。

"捎上我。"他飞快地系上裤子，给建宝说，"我捎些花生卖去。"

就这么，他拎了两麻袋花生，坐上了胡建宝的手扶拖拉机。那时候，夏夏胳膊里夹着笤帚，正在院子里擤鼻子。每天清早，夏夏都要这么擤擤鼻子，然后扫院。

夏夏张了张口。

"我去县啊！"他给夏夏喊了一声。

夏夏的嘴合上了，胡建宝一拉离合器，手扶拖拉机猛跳了一下，跑了起来。被砸跑的那几只狗又围了过来，伸长脖子朝车轮胎拔起的尘烟拼命吼着。

　　从村庄到县城，五十里地，全在沟里走。他们走的时候，还看不见太阳，只有几个山包子上染了一点太阳的红色。路很难走。他坐在麻袋上，两手分开，死死抓着车厢沿，胡乱颤着。一会儿，就看见太阳了。太阳很刺眼。冬天的太阳虽然刺眼，但看着心里感到暖和。左边的沟崖上满是石头，偶尔斜伸出一棵树，弯拧着，比指头粗一些，只能当柴禾烧。山包上的庄稼地光秃秃的，远看去很好看，像女人胖生生的胸膛，近看却干瘪得让人绝望。他就在这种地上种庄稼。他看也不看它们一眼。也许是看累了。也许是看惯了。胡建宝辛苦地握着手把，只怕翻进右边的沟里，不敢和他说一句话。风像干利的刀刃一样在他的手背上割着。他想再过一会儿它就会把他的手背割热。

　　路一上一下，一拐一弯，好像没有个尽头，可小时候在小学念书时，总以为这条路是有尽头的。他想它一定能通到山外。出山的时候，山一定很高，齐刷刷两面山崖，把路夹在中间，像山里抽出的一条筋。山外，就是地理书上说的平原，平展展的，像毡，没远没近。在那里，就没路了，人可以在毡上随便走，想到哪儿就到哪儿。他想他念完书，就走出山去看看平原。

　　他没念完书。有一次考试，他得了十二分。老师在讲台上念他的名字，用白眼睛仁子看他。他感到丢了人，就喊了一声：我不念了！他一出窑，就把书包扔进了沟里，就回了家。后来，他长大了。再后来，就娶了夏夏。他没有去山外。

　　他遇到了许多顺心和不顺心的事情，比如说夏夏，她是个好女人，来到他家的第二年就给他生了一个儿子，一年后，又生了一个。她说她还要给他生，一直生到他不愿让她生的时候为止。夏夏温顺得像对面沟坎上王群亮家的那长毛母狗，手一摸就会卧在脚跟前。她没多少话，总是服服帖帖，顺顺溜溜的。顺心么？顺心。

　　可是，他总感到心里憋得慌。心里一憋就想骂人。他长得很粗糙，脸像用刷子胡乱刷成的一样。一看见他的模样不平顺，眉毛像蚂蚱一样往鬓角跳，夏夏就想着去院子里做点什么，或者把孩子抱在怀里，或者窑壁上的画刚好掉了图钉，她就跪在炕上把画儿重新钉好，一边按图钉一边偷眼往他脸上瞟。

他想来想去，还是觉得他遇到的不顺心的事情多。后来终于想清楚了，他一辈子不顺心，都是因为那条路。路太长了，离山外太远了。前些年，有人说要想过好日子，就得种烟叶。他种了，黄澄澄的烟叶压了半窑，整整一年，没人要。山外有大烟厂，路太远，运费太大，烟厂划不来。县上办了个烟厂，收不了多少烟叶。他赔了。今年又说种花生，他贷了八百元，买籽种，买化肥农药，还有塑料薄膜。夏夏和他一起，三折窝在地里，屁股流了六个月油。丰收了，十二亩地，收了一百二十麻袋花生，又摆了半窑，可是没人收。吃花生的人都在山外的大城市里，人家有汽车，就是不愿跑远路进山。半年过去了，老鼠啃了几麻袋，一分钱没卖。信用社三天两头催要贷款。夏夏虽然不太说话，可她会捂着鼻子流眼泪水。他虽然不流眼泪水，可他的那两道眉毛会像蚂蚱一样往鬓角上跳。

但今天，他的眉毛没跳。他尿了一泡尿水，然后喊住了胡建宝，然后拎了两麻袋花生，坐上了胡建宝的手扶拖拉机。

他怎么也想不到他会打人。

他一上去就给了那人一拳。他把胳膊抡得很开。他感到一股凉风从他的袖口钻了进去，然后，他就听见"啪"的一声响，他紧捏着的拳头结实地戳在了那个人绵乎乎的小腹上。那人猛烈地吸了一口气，脸立刻扭变成一副痛苦的表情，腰弯曲着，再弯曲着，蹲了下去，半晌没有起来。

"哎哟哟哟……"那人闭着眼睛，脖子朝一边拧着，嘴像一根竹筒一样，似乎挨揍的地方不是肚子，而是脖子，或者脸上的什么地方。

"哎哟哟哟……"

他看见那人睁开了一只眼睛，朝他看着，嘴里依然发出那种呻吟不像呻吟，感叹不像感叹的声音。他想走开，想回到他的那两袋花生跟前去。这时候，那个人另一只眼睛也睁开了，脸立刻扭变成一副愤怒的表情。他怕他站起来，自己吃亏，便把松开的拳头重新捏紧，朝着那人的下巴颏击过去。"咔啦"一声，他知道那是牙齿和牙齿拼力相撞时发出的声音。这一次，那人一声也没吭，就仰面躺平了，眼朝上翻着，两只手痛苦地抠着地上的干土。

围观的人"轰"一声笑了。

这时，他才看见街道早已被围观的人堵实了。他像耍猴的一样，被许多人围在中间。他突然有了一种恍恍惚惚的感觉，一时不知该怎么办了。

他给围观的人笑了一下。

"好！"他们表情夸张地朝他吼着。

他伸开手，在嘴上摸了一把，眼睛朝旁边瞅着，寻找着他的那两袋花生。

挨打的人手不抠地上的干土了。他不知从哪儿摸到了一块砖头。他想爬起来。他紧紧抓着那块砖头。

他的头里边嗡地响了一声。一股憎恨的情绪从他的心底深处迅速冲了上来，使他恶心得想吐。

他几步就跨到了那人的跟前，骑在他的身上。他想把那块砖头夺过来。那人死死地抓着不松手。那人龇着牙朝他的手背伸过嘴来。他没等他咬住手背。他抬起脚，在那人的手腕上踩了一下。砖头被松开了。

他抓起那块砖头，朝那人的头上拍了下去。

"扑"一声，并不很响。那人像困了一样，脖子一软，头重重地跌在干硬的土地上。

他把他拍死了。

他记不清围观的人是什么时候逃走的。

街道突然变得空空荡荡了。他跪在那人的身边，就是被他拍死的那个人。他躺在他的膝盖跟前，一动不动。

一股巨大的孤独朝他压了过来。他感到浑身一阵阵发冷。他受不了这种孤独了。他想喊叫一声。

"建宝！"他真的喊了。

他从地上爬起来，在街道上疯狂地奔跑着。

"建宝！操你妈建宝！我把人打死了！"

他像狼一样吼叫着。

许多天以后。一位审讯他的法官问他为什么打人。他仔细想了一会儿，说：不知道。

他说得很诚恳。

他确实想不出来。他不知道为什么要打那个人。那时候，集市刚刚上来，街道上不太拥挤。卖花生的人很多，挨个儿摆了半街麻袋。有生的，也有炒熟的。有吆喝的，也有不吆喝的。他不吆喝。他本来就没指望卖出去，所以他不吆喝。他蹲在麻袋背上抽旱烟。他给胡建宝说好了，回去时来这里喊他一声。

"你看这熊样子，卖给狗去。卖不了再拉回去。"他说。

后来，他就看见了那个人。他朝他走过来，一边走一边嚼着花生，肯定是从谁的麻袋里随手捏的。

他看不惯他穿的那件红衣服，滑雪服，大红的，领子上栽着毛，一直翻到脊背上。他也看不惯他嚼花生的样子，像嚼牛皮筋一样。

"卖么？"那人从他的麻袋里捏出几个花生。

"我这是生的。"他说。

"卖么？"那人说。

"不卖我把它弄到这儿来掂它的分量，得是？"

那人被呛了一句。但那人并不恼，对他诡秘地笑了一下，点点头。他也看不惯他点头的那种样子。

"什么价？"

"五毛？"

"少卖不？"

"你能买多少？"

"我有车，你有多少？"那人说。

"这狗熊是从山外来的。"他想。

"我有半窑。我们村家家都有半窑。不远，五十里，你开车放屁的工夫就到。"他说。

"噢。"那人说。

他伸长脖子，期待着。

"噢。"那人说，把那几个花生扔回了麻袋。

"去不？"他说。

"这鬼地方，真他妈闭塞，一个月五百块钱我也不来。"那人摇摇头，拍拍手，走了。

他忍受不了那人的那种神气。那是一种快活的，自在的，得意的神气。

"狗日的。"他盯着那人的背影。他感到他太张狂了。他想他狗日的这么张狂全因为他妈把他生在了好地方。他这么一想，心里就来了气，就扑了上去。

"我没想拍死他。"他给法官说。

"可你拍死了。"法官说。

"他狗日的太张狂了。"他说。

两个月后，他以过失杀人罪被判处无期徒刑。

"我没想打死他。"他看着那张判决书。

"签字！"戴大盖帽的人脸像一块磁铁。

他签了字。

公判的时候，严厉打击刑事犯罪活动的运动开始了。他被升了格，以故意杀人罪判处死刑，立即执行。

"我没想打死他！"他叫了起来。

"签字！"戴大盖帽的人说。

"我为什么要打死他？"他想哭。

"鬼知道。"戴大盖帽的人说。

直到挨枪子的那一天，他也没想通他为什么要把那个人打死。他甚至想不通他为什么要和那个人打架。他肚子里的气越憋越多，越憋越大。他跪在事先挖好的土坑跟前。他看着周围那些光秃秃的山包子，拼命想着。

一枝黑洞洞的枪管对准了他的后脑勺。

那时候，太阳正在上升。太阳光把那些山包子照得金灿灿的。它们挤在一起，拥在一起，叠在一起，闪着那种金灿灿的颜色。他突然想起上小学时学过的一个词：重重叠叠。他还想起重重叠叠总和山连在一起。他跪在土坑跟前，面对着重重叠叠的山包子，一脸茫然。

原载于《漓江》1992年秋季刊

两层小楼

红砖们整齐地排列成三面矮墙，把这座小楼围成了一个完整的世界。进门是葡萄架，一直延伸到另一个门前。葡萄架的两边各有一块不大不小的空地。再进门是一间宽敞的客厅，客厅尽头有一木制的楼梯，说明这是一座两层小楼。沿二楼的走廊可拐到阳台上，严格说应该叫晾台，它要比人们平常见到的阳台大好多，像从小楼里伸出来的一只鸟尾巴。这仅仅是一种象征，因为十年前这里就没有鸟了。在空中飞过的常常是一种金属制造的东西，再就是几个大烟囱里冒出的白烟，只有人们在说那些白烟时用到"袅袅上升"这个词的时候，似乎才和鸟有一种藕断丝连的关系。

从小楼里进出的是两个丈夫模样的男人和两个妻子模样的女人。那些天，年龄大的丈夫经常站在红砖围成的小院里，对着一堆木板砖头钢筋一类东西沉思。他似乎想在那里盖一间鸡窝。这种想法已有好长时间了。只是因为对未来建筑的材料和样式拿不定主意，才迟迟没有动工。用砖，还是木板？墙壁上不上水泥？鸡窝也应该有门有窗户，门柱用铁网还是钉成木框的？窝顶用牛毛毡还是用红色的机瓦？建成长方形的还是正方形，抑或是半圆形？这些都是问题，而且都是些熬人的问题。他总是站立成一种熟悉的姿势，一只手托着胳膊，另一只手的拇指和食指自然弯曲，弯成一个圆圈，正好把下巴颏放在圆圈里。他脸上的表情严肃而不失温和，甚至带着一点微笑。这种表情足以证明他面对一大堆难题的涵养和耐心。这种涵养和耐心也足以证明他经历过许多事情。

"啪嗒！"一口痰从二楼的一扇窗户里飞落下来，掉在他的脚跟前像一滴鸟屎。鸟是一种美好的记忆。那是他的妻子的创造。

自从他长久地站在那堆什物跟前苦思冥想之后，她就习惯了用这种方式和他打招呼。她是一位跟着他同样经历了许多事情的女人。现在她对写毛笔字产生了浓厚的兴趣。这得感谢组织。本来她是跟着一伙和她一样的人闹着玩的，但上了几次书法课以后，她已深深地爱上了这种营生。"这是一种气功。"她说。她每天都要把她关在二楼的一间屋子里。她不让任何人打扰她，哪怕是他。"这样才能进入一种境界。"她几乎写完了家里积存的所有报纸。每天的日报和晚报来了后，不等别人看完，她就迫不及待地奔过去。"让我看看。"她这么说，然后就会听见一阵紧促的上楼声，接着就是门锁关闭的响声。等她从那间屋子里出来的时候，报纸上已写满了黑字。她的脸上手上沾满了墨汁，浑身散发着一股墨臭。她识得一些字。"那是马背上学来的。"

她说。这是某种经历的徽章。

"病。"年轻一点的男人声音里明显有一种厌恶。

"你说谁？"她愤怒得像一只母鸡。他不理她，从一间门里走了进去。他越来越不像话了。

"你看，他说我有病。"她给站在院子里的那个年龄大的男人说。

"兴许有点不对劲。"男人的下巴颏没有离开那个圆圈，也没有看她。她摸不准他说的是什么意思，喉咙里像卡进了一个麻雀蛋。

"我看你才不对劲呢！"她一说完，扭头就走。一连几天，她几乎没有出那间屋子，她甚至不愿和丈夫同居一间卧室了。这种状况一直维持到她发明了一种新的写字法为止。

"写一个字得静思十分钟。"她重新见到丈夫第一句话就这么说。

"噢么。"他对她的发明好像很无所谓。也许压根儿他噢么的是另外一件事情。

　　那时候，年轻一点的妻子在另一间屋子里正钩织着一件白颜色的东西。那是一根很好的钩针，闪着金属的亮光。因为经常性的停电停水，她已经好长时间没有上班了。不知道她在哪家工厂上班。其实一个人的身份和职业并不重要。让人困惑的倒是她的面部没有表情，和她手中那根灵巧的钩针组成了一种巨大的反差。年轻一点的男人坐在椅子里，正在读一本莫名其妙的书。他也没有上班。他在某机关单位工作。他不上班不是因为水和电的问题，而是因为和他坐在一间办公室的人让他恶心。"一群庸人，一堆臭肉。"他说这话的时候是恶狠狠的。现在他把心思用在手中的那本书上了。他读书的神态不能仅仅说是认真，而是达到了一种痛苦的程度。他总说一些互不连贯语无伦次的话，有时候仅仅只是一个词，诸如污水盖一类的等等，不知这些东西来自书上，还是他的白日梦。

　　"森林正离我们远去。"他说。她好像被吓了一跳。很长时间屋子里没有声音，她对耳膜上所经受的那种突如其来的打击，做出一副惊愕的表情是很自然的。但这种惊愕的表情很快就变成了一副大惑不解的神态。她看见那本书摊开在他的膝盖上。他翘着下巴，眼睛望着天花板。这与她毫无关系。她又开始钩织那件白色的东西了。

　　"森林正离我们远去。我说。"他又说了一句话。这一次，她看见他的眼睛里噙着几滴晶莹的东西。他经常这样。

　　"他妈的。"她也说了一句，声音不比他的小。但她不是冲他而来的。她想起了另外一件事。那天清早起来，她发现晚上搭在晾台上的乳罩不见了。那是一条极其考究的乳罩，她怀疑让谁偷走了。她一直没能猜出偷乳罩的人。她一直耿耿于怀，她一直很看重这件事。这会儿她又想起来了。

"真他妈俗气。"她说。

当他探究出她有愤慨与他毫无关系以后，便恢复了他原有的姿势。就是与他有关，他也不想计较。这时候，他们听到了院子里的一口响亮的痰声。他们知道她在和他打招呼。

"俗气。"她说。他没有做声，也没有任何反应。

自从运用静思十分钟写一个字的方法之后，报纸的用量大大减少，更重要的是她的心情好了许多。每写一个字，她都会激动地叫一声。这样似乎还不尽兴，她就打开窗户，用她那种特殊的方式和准备建筑鸡窝的人打一声招呼。她并不想非要引起他的回应。这只是一种心情的表现方式。"天气真好。"她说。其实那几天没有太阳。这里的天气也说不上有明显的好坏，一年四季一个模样。但她还是说了一声："天气真好。"鸡窝工程似乎还遥遥无期，他又被一个新的问题纠缠住了。建还是不建？建在这里好么？最佳么？情况有了重大的变化，但沉思的姿势是一成不变的，只是面部的表情好像更加凝重了些。过于凝重的时候，往往会走向它的反面，导致心不在焉。他不仅听见痰声，也听见她在窗户那里说："天气真好。"他抬头望了望天，立刻受到了一种感染。天气确实"真好"。沉重的建筑计划使他的身心都受到了严重影响。他决定动员动员她，他们似乎该长谈一次。让他颇感意外的是，她对他的提议不但给予了长久的附和，而且高兴得像母鸡每一次下蛋一样发出了一串热烈的笑声。他们一拍即合了。

交谈是在傍晚开始的。他们容易就把话题伸向了他们共同感兴趣的地方。他们好长时间已不在一张床上同眠了。经历给他们的身上刻满了光荣的标记，也使他们养成了一些超乎常人的怪癖。在那种年代里，他们没有必需的条件。后来，他们同床共枕了一段时间。那是他们全部经历中最安宁的一串日子。再后来，他们几乎同时在各自身上发现了某种明显的变化，那是在他们这种年龄几乎每个人无一例外的一个近似于萎缩的事实。"你身上有刺。"她说。她尽量让她的表情和声音都不流露出那种悲哀。"你也是。"他笑了笑，很豁达地接受了现实。从那时候起，他们就分床睡了。确切地说是分开。因为他们不愿意在卧室里摆两张床，不是地方小，而是那样会引起不三不四的议论。每天晚上，她不厌其烦地给他的地板上铺一套被褥，第二天早晨再放回床上，而且弄得不露一点痕迹。这种睡法总让他想起遥远的岁月。这也是他们的一个秘密。秘密的勾当都有某种刺激性。他们感到很满意。这当然不能排除在骨头里偶尔荡起一点春潮时，他们就做一次男女间事，不管是否成功，是否有遥远年代里的那种感受，情意总是到了。但这些，也仿佛很遥远了。他们难得有一次交谈机会。交谈和说话是不一样的。

"我一下子就迷上了你枪上的红绸绸。"她说，她已经容光焕发了。来情绪的时候她总是这种样子。她本来靠着床背。这会儿她直起身子快速地往这边挪了挪，以便离他近一些。她的神态立刻让他回忆起她年轻的时候，

"冲过封锁线，腊子口，毛儿盖……"他说。

"啊。"她又往这边挪了挪。

"雪山。"

"啊。"

"我们改变了土地分配制度。"他说。

"啊，看你说的。"她几乎流出了眼泪，"我时刻想着你，我对胜利有一种坚定信念，我不可动摇。"她说这些话的时候像吐枣核一样。

"我们改变了土地的颜色。"他用手指头在地板上猛敲了一下。那时候，他盘腿坐在地板上，她还没来得及给他铺东西。根据交谈的情况看，也许没有必要给地板上铺东西了。他们已进入了角

色。他们像咀嚼着酽茶里泡饮的茶叶梗一样咀嚼着往事。他们咀嚼得很仔细。他们没想到他会进来，那个年轻一点的丈夫。他不知道什么时候进来了。她先看见了他。她在把眼睛张圆的同时，也张圆了嘴。坐在地板上的丈夫立即把头在脖子上拧了180度。他们除了愤慨之外还有一些惊奇。他至少已有两年没踏进这间屋子了。他来的不是时候！

"猫。"她说。

站在门口的丈夫好像没听见她的话。"你们给街道上制造了蚂蚁一样的人群。"他说。他说得不紧不慢。他们不知道他说的是什么意思。但他们对他说话的那种声调很不服气。

"我们创造了奇迹。"坐在地板上的丈夫说。他像强调某个重要事实一样，比平时加重了语气。他的话也不具有绝对的针对性，因为在他说这句话的时候，他还没有侦察出门口那位为什么要把蚂蚁扯进来。

"灾难。"门口的那位又说了一句。

"什么蚂蚁？我想建筑一个鸡窝。"坐在地板上的那位说。

"你不可抗拒。"站在门口的那位说。他总是把梦呓一样的胡话说得非常肯定，而且让人毛骨悚然。

"杀了吧！"坐在床上的女人突然叫了一声。她感到她的头快要裂了。她立刻想到了手榴弹。她甚至听见了引信燃烧的声音。"杀了吧！"她喊叫着跑了出去，钻进了二楼那间弥漫着墨臭味的屋子，"啪嗒"一声关死了门锁。"杀了吧！"她又喊了一声，然后，楼里就鸦雀无声了。

他们不约而同地来到了一楼客厅的那张圆桌跟前。每到这个时候，他们都这么做。其所以要这么做，倒不是因为事情本身对他们有一种特别的兴趣。这是一种习惯。他们暂时还没有想到要破坏这种习惯。那天，他们感到了一点小小的诧异，桌子上应该出现的东西迟迟没有出现。墙壁上挂钟的响声越来越大。年轻一点的男人坐在桌子跟前，两根指头在桌面上敲击着一种和钟摆完全一致的节奏。年龄大的男人手背在屁股上边，不时地踱着步子。年龄大的女人则不停地眨着眼睛。她发现眼睫毛摩擦时也有一种声响。她突然感到睫毛的声响和她用毛笔在报纸上划拉出来的那种声音差不多。他们等得有些不耐烦了，但没有人承认这一点。他们好像很不在乎，以至于她突然出现在厨房门口时，他们都没有任何过火的反应，甚至都不看她。

"煤气罐会爆炸。"她给他们说。

她在厨房里已待了几个小时了。这是她的工作。并不是她非得这么做不可，她只是习惯这么做罢了。那时候，她把倒好油的炒瓢已放上了煤气炉，准备拧开煤气。她对这一套程序也很熟悉了，所以用不着眼睛，只要手伸过去就会让整个系统开始工作。她把目光从那个小窗户伸出去，无意间伸到了晾台上。她立刻想到了那件被人偷走的乳罩。她始终没有找到它。肯定是让人偷走了。一股怀恋的温情在她的身体里弥漫开来。满世界都飞舞着那件乳罩。那是一件白色的乳罩，和她钩织的那件东西的颜色相同。它飞舞的时候简直就是一只白鸽。白鸽也早已成了一种象征。在一片白鸽飞舞的景观中，她听到了一种让人恐惧的咝咝声，立即又闻到了一种气味。她把煤气拧开后，却没有让它们燃烧。它们正在向空气里渗透。这是很危险的。

"它会爆炸。"她突然这么想。这不是耸人听闻。她努力从记忆中寻找着根据。最后她终于想出，不知什么时候的一张报纸上登过这一类消息。有人在车间里大声宣读。那时候还不像现在这么停水停电。白鸽们隐退了。代之而起舞的是煤气罐。

"煤气罐会爆炸。"她说。

他们漠然地看了她一眼。他们知道要做的事情被省略了，或者说已经提前结束了。年龄大的妻子很快上了二楼。年龄大的丈夫踱出了客厅，到那堆木板砖瓦钢筋那里去了。年轻的丈夫没走。他好像被什么触动了一样。

"地球也会爆炸的。"他几乎是在喃喃自语。

"鸡蛋早就臭了。"她说。这会儿，她已站在客厅的一个角落里了，那里放着一台电冰箱。她把冰箱门打开的时候，一股臭蛋的气味猛烈地冲了出来。鸡蛋们完好无损，她想不到臭味竟然能穿越完好的蛋壳。

"人满为患。"他说。他似乎正经历着一场巨大的悲痛，竟趴在桌上抽泣起来，喉咙里不时发出一种浑浊的声音。

十分钟以后，一口痰非常准时地从二楼的一扇窗户里飞了下来，"啪哒"一声。这回，她没有说"天气真好"，而是让目光紧跟着她吐出的那口脏物，直到它落地为止。

"痰是摔不碎的。"她说。

从那天开始，每到一个固定的时间，几间屋子就发出一阵咀嚼诸如麻花水果油条一类吃物的声音。他们从一种固定的程序里解脱出来了。他们按照自己的胃口各取所需。有时候，还能听见咀嚼包谷棒子的声音。在这种年代咀嚼这种东西，也能证明一种层次。

他们做过很多努力，始终都未能回忆起有什么蛛丝马迹能和发生的那件事联系在一起。那天晚上，他和她正在交谈。那是在上一次交谈许多天以后的又一次交谈。他们忽然想起有一次交谈被迫中断了。他们同时产生了一种补偿心理。那时候，两只猫正在对面的楼顶上咬春。那是一种让人起鸡皮疙瘩又让人浮想联翩的声音。她甚至已决定不给地板上铺东西了，并给他使过几次眼色。她能看出他正准备给她以积极的附和。就在这个节骨眼上，他们听到了另一种声音。

"他们越来越不像话了。"她的声音所表示出的情绪已不是愤怒，而是绝望了。

所有的兴致顷刻间烟消云散。她立刻想起了报纸上的毛笔字，并闻到了一股醉心的墨汁的臭味。

声音是年轻的她弄出来的。猫儿咬春的声音在她的身上产生了一种顿悟式的连锁反应。她暂时丢弃了乳罩和煤气罐，而想起了洗澡间。她已记不起上一次洗澡的时间了。她想她应该洗一次。她一拧开淋浴器的开关，一阵巨大的水声就响彻小楼了，压倒了猫儿咬春的声音。她洗得很仔细。她几乎是用毛巾一滴一滴擦去她身上的水珠的。当毛巾接触到胸脯上那两个挺拔的乳房时，她感到了一种青春的潮水正在某个地方涌动。她这才想起她为什么要来洗澡。她突然有了一种想哭的感觉。她几乎是赤裸着从屋门口走到床上的。他把头从一本厚书里探了出来，像发现了一件新奇的东西，一直看着她走完了全程。这一奇迹的出现给了她一种鼓舞。她有了一种想给他说点什么的欲望。

"我洗澡了。你——"她这么说。

她的一条腿全部暴露在被子外边。这种凄楚的表示让人毫不费力地就能了解到它所包含的全部意义。她已经很长时间没有用这种口气和他说话了。而他，也似乎醒悟到了他对这种表示有一种不可推卸的责任。情况很好。他居然为之所动了。因为他披着浴巾出去了，还因为一会儿洗澡间就传出了一阵巨大的水声。当他回到屋子里的时候，她已酝酿好了全部感情，并做好了一切准备。他一丝不挂地跪在她的跟前。他看见她的眼睛里燃烧着一股希望之火。他想他很快就会受到感染。他甚至已经感到他身体上的某一部分正在起着微妙的变化。他如果不说话就好了。

"污水将淹没整个城市。"他说。

那时候，他突然想起了那只喷头。这不能完全说是一种偶然。洗澡的时候，他就被那只喷头吸引住了。他感到它像一件很熟悉的东西。当时他想了好大一会儿，也没有想出来它到底是什么东西。但这会儿他想起来了。它的形状很像污水盖。自从他看见街道上的一个污水盖被哪一个缺德者弄走之后，他就被那种铸有图案和字样的铁块纠缠住了。整齐地排列在街道上的那些大嘴一样张开的圆洞里，喷吐着一种黑色的粘臭的液体，发出棉油煮沸后的那种声音。街道上漂满了穿衣服的动物的尸体。后来，他渐渐忘记了这种景观。当他赤身裸体地跪在她的大腿跟前的时候，他想到了那个东西。他别无选择地说了一句：

"污水将淹没整个城市。"

情况急转直下。不仅仅是正在起着微妙变化的那一部分，他整个身子都软蔫了。他们都软蔫了。当她把麻木的大腿收回被窝的时候，他已穿好衣服，坐在桌子那里去了。

"喷头里将喷出污水。"他说。他说得有气无力。他又陷入了那种深深的痛苦之中。这时候，她已在白鸽和煤气罐的飞舞中睡了。

他在桌子上整整趴了一个晚上零半个白天。那时候，二楼上已响起了一阵咀嚼麻花的声音。她想她该吃苹果了，但到处找不见水果刀。最后她在他的手里找到了它。事实已说明了一切。他用那把削苹果的刀子在他的手腕上割了一下，血从手腕那里流下来，流在桌面上，又从桌面顺着桌腿流下去，流在地板上。他好像动也没动，因为把他从那里抬走时，泡在血水里的两只脚留下的是两个规整的脚印。他们从他趴过的桌子上发现了一张溅满血迹的白纸，上面有一行字：我不想看见瘟疫。

他们猜不出那行字是什么时候写的，也不知道他说的是什么意思，更不能断定那行字算遗书还是日记，或者是他随便写上去的，也许是从哪本书上抄下来的。他们叹息了一阵。由于看不懂，那张纸没有保留，他们把它烧了。

几天以后，他们从殡仪馆取回了他的骨灰盒。他们从殡仪馆出来的时候，排成了一个三角形，年轻的她抱着骨灰盒走在前面，年龄大的那一对跟在后边。他们不说一句话。他们感到他们的骨头在肉里正一点一点腐烂。他们脑子里一片空白。他们走进了一辆小车。半个小时后，他们走进了那座小楼。他们依然排成一个三角形，像一只鸟，从门里隐了进去。

如果从高处往下看，城市像一篇流利的文章。那座小楼就是文章里的一个铅字。

原载于《作家》1993年第5期

我的邻居

　　某月某日，我的邻居以故意杀人罪被本市中级人民法院判处死刑，立即执行。像每一个将死的杀人犯一样，那天，她站在我们很熟悉的那种大卡车的车厢里，胸前挂着一块打有红×的牌子，手反绑着。她的后边站着两个衣帽整齐的女军人。她们的表情让人立即能想起铁和石头或者是干燥的拖把和一件瓷器一类的东西。她们用手按着她。她们的姿势给街道上的观众充分显示了她们和我的邻居之间的一种不言而喻的关系。一绺头发飘洒下来，遮住了我的邻居的半个脸。她很漂亮，当然漂亮并不说明任何问题。看不清她的表情，或者说摸不准她心里正想着什么。那时候，许多人都想到了30分钟以后她将死去。这个漂亮的娘们将跪在一个土坑前结束生命。整个街道没有任何声音，任凭着一长串车轮碾过光滑平整的柏油路面。她没有上诉。法院的所有档案和材料都没有反映出在讯问和审判时她对法官说过什么话。她没有回答任何问题。

　　"你用铁器击中了他的头部。他几乎来不及有任何表示就毙命了。"法官说。

　　"你为什么杀害他？"法官说。

　　"你应该把这一点交代清楚。也许由于你提供的一些线索，使我们改变这一案件的性质。这对你是有好处的。"法官的口气里有许多法律以外的成分。

　　这也没使我的邻居开口。犯人的缄默不语使整个审判工作拖延了好长时间。

　　"我想着广场上的那根旗杆。"她给我说。

　　那是另一个某月某日，我正纠缠在一个事件或者说是一个问题之中。我常常这样。这是我证明我存在的唯一生路。

那天，我窗前的那棵树强烈地震撼了我。我的窗外有一棵几十年前的树。我突然想到了它为什么会长粗长大长出叶子却不会像人一样说话这一问题。我一想到它是在我的眼皮底下长高的，抽叶发芽伸胳膊舒腰，我为此激动不已。我相信沿着它能进入生命的深处。她敲开了我的门。我虽然感到了这一事情的突然性，但并没有惊异。她的样子是受刑以后的那种样子。子弹准确地射中了她的后脑，脑袋流出的一种粉红色的液体和她的头发亲密地纠缠在一起，构成了一幅奇特的图案。子弹严重地改变了她面部的形象，一只眼睛突了出来，眼珠子和突出的部分保持着一种新型的联系。另一只则深深地陷进去，以至于不仔细就可能忘记眼窝里还有一颗能看清世界的圆珠子。我说过她很漂亮，现在她却使我感到她神秘莫测。我不能判定她和我说话时是否在看着我。她穿着那天在刑车上人们看到的那身衣服。我还注意到她的衣服上有一些泥水脱落后留下的污点。

"你杀死他以后来到了广场。你在那里待了整整一个上午。"法官说。

"你应该给我们讲清楚你为什么要杀死他，是失手还是故意所为？"法官对我的邻居表现出极大的耐心，他用的是"你应该"怎么怎么，而不是"你必须"怎么怎么。

"你为什么不逃跑？"

法官提出的这些问题对我的邻居来说，仿佛是一堆枯燥无味的干屎蛋。

"我想旗杆上应该有一样什么东西。"她说。

本市的居民都知道那根旗杆。那是一根圆形的铁杆，下半部的油漆已经脱落，但上半部依然保持着几十年前出现在广场上的那种样子，放射着一种陈旧的白光。杆顶上有一个具有象征意味的圆疙瘩，证明着设计者的一种美学思考。当然它也不会拒绝一只鸟什么的在那里作一种意味深长的停留，也许是两只。空旷的广场是它的背景。它们的组合成功地显示了一段深刻的历史以及热情败落后难以言喻的隐衷。

那天，他们给她做了一个不太明确的手势，手势带着浓厚的潮湿味。她扭头朝旗杆上看了一眼。她猛然想起了旗杆上应该有一样什么东西。她突然有了一种说不清是惊喜还是悲怆的感觉。那时候雨正哗哗啦啦地下着。那时候街上正流行泡泡糖。其实那时候广场上一个人也没有。雨水正顺着旗杆往下滑动，争先恐后地汇入地面的积水，慌不择路。那是一辆草绿色的三轮摩托车。它像鱼一样在水面上飞快地划出一个巨大的半圆。积水激动地飞扬起来，像鱼的翅膀。然后，她听到了一阵短促而激烈的胶皮和水泥地面的摩擦声。她朝旗杆上看了一眼。以后的许多日子，她都没有忘记它。

"他们说我杀害了丈夫。"她说。

"他们做梦也那么认真。"她说。

"滑稽。"她说。

她努力想作出一种笑的表示。被子弹严重改变形状后的脸面使她的努力有了一种别致的效果。她的嘴已歪了，牙齿上沾着泥土，那是子弹射中后扑倒的结果。她咧嘴的时候，突出来的那只眼珠子和陷进去的另一只连续颤抖着，她甚至还流出了一些涎水。眼珠子上也似乎分泌出一种湿润的物质，证明人的眼珠子即使掉出来以后仍然会流泪。

"他们说我杀害了我的丈夫。"她当时给我这么说。

"你不能否认这一点。"法官说。

我的邻居和我断断续续的交谈终于把我从树为什么像人一样会长而不会像人一样说话的深渊中解救了出来。我不知不觉陷入了另一个深渊。我不能不相信她杀害了她的丈夫这一事实，尽管她本人对此似乎一无所知。我亲眼看见几位公安可怕地去过她家，并从里边弄出了一具男人的尸体。这屋里再没有第二个男人。而且，她因此而判了死刑。子弹钻进她的脑袋后产生了一种强烈的爆发力，使她的一只眼珠子跳出来吊在了鼻子的旁边，在那里来回摆动。她似乎不太习惯这种无休止的摆动，不时地用手指头按按它，企图让它能稳定一会儿。这使我感到她是把眼珠子握在手里看我的。她握在手里的眼珠子像一颗光明磊落的葡萄或者宝石，发出一种深远的蓝光或绿光。"他们说我杀死了我的男人。"就这么她给我笑了一下。

法官的声音很空洞。对一个做梦的人来说，任何声音都是空洞的。那时候，她很想证明梦魇的真实性。梦的新鲜感已经消失。她甚至有些腻味了，但她毫无办法。她无法终止它。她一次又一次越过法官空洞的声音，想着那根孤单的旗杆。她想不出旗杆上到底应该有一样什么东西。她很自然地想起了一面旗帜。那是在小学的课本上看到的。她任何时候都能流畅地背诵出那篇课文的全部内容。五颗脆黄的星星背后，是一片热烈的红色。国旗，五星红旗，我们爱你向你敬礼。课文朴素到了一种博大精深的境界。她甚至能想起领诵课文的那位小辫子老师。后来小辫子的肚子大了。那是一个男人用一种长久而激烈的动作促成的。后来她毫无例外地喊叫了一阵，并出了一身汗，就做了母亲。再后来她再也没见过她。她的领诵诱发了一群孩子的声音，让人感到有了一种旗帜在空气中发出的摇摆声。这时候，她领悟到了"烙"这个动作对人不可抗拒的意义。她也许还感到了人想忘掉一样什么东西完全是一种徒劳。她突然有了一种激动。她想旗杆上为什么就不能挂一块猪肉或者一只茶壶什么的，或者吊一只死鸟。

那天，像往常的其他许多天一样。我的邻居和他没说过一句话。他是一家橡胶厂的工人，一个不愿意上班的矮个子男人。"我有病。"他说。他手里提着一个盛满无色液体的瓶子。他呷了两口，屋里立刻有了一股浓烈的气味。他不打别处，专打她的脸。左边一下，然后是右边。不多打也不少打。然后就笑嘻嘻地给她说："我有病。"他是骑着那辆油漆斑驳的飞鸽自行车回来的。他把它扛上了楼梯。他暂时还不想把他的鸽子交给小偷。他总骑着那辆油漆斑驳的飞鸽，他把飞鸽交给了小偷。那时候，小偷像泡泡糖一样在大街小巷流行。

"你不和我说话？"他说。

"你看。"他说。

他总是这么笑嘻嘻的。他伸出一只手，在她的脸上扇了一下，然后又扇了另一下，整个动作像是早已安排好的一套程序。然后他倒下去，像土块一样在床上倒成一个任意的形状。他总是在黎明时分醒来。他醒来的时候总是满怀着一种美好的情感，给她提出那种美好的要求。他跪在她跟前。他看见她张着眼窝，长长的眼睫毛在眼圈上拉出了一些稀疏的灯影。他弄她的时候总喜欢亮着灯。这也是多年保留下来的一种习惯。他总是先揉捏她的乳头。那两个紫红色的乳头可以帮助他唤起记忆。很久以前的那种透心的手感一直残留在他的手指头上。那是一个晚霞消失后的傍晚，在拥挤的楼房之间，他有一种朦胧的欲望。"这么好的时光，"他说，"真想做点什么事情。"他的声音里似乎包含着一种无比深奥的痛苦。那时候，她正听着空气流动的声音。她瞄了他一眼，就认识了他，就跟他进了一间屋子。后来，那间屋就成了他们的新房，按法官的说法，也是我邻居作案的地方。他揉捏着她胸脯上那两个可心的玩物，就像世纪风揉捏母岩一样，房间里金黄色的尘粉飘飘扬扬。他听着她断断续续地发出一阵酥软的呻吟。他在慌乱中放了一炮。然后他给她说：

"我有房子。"

她又瞄了他一眼，从床上溜下来系裤子。他意犹未尽。

"我真想把你的肚子吹胀。"他说。

她美丽地给他笑了一下。他到底吹胀了她。

她生了一个丑陋的女孩，额头打着许多粗糙的皱褶，像经历了许多事情一样。她沉默寡言但不安静。没有人能记起她和谁说过什么话。她一天吃11根冰棍。她冷不防就会抓人脸。"熊。"挨抓的人捂着脸大声喊。她并不跑，只是瞪着两只三角眼看他们。她总抱着那个小板凳坐在一个地方鼓捣脚上的袜子，穿上又脱下来，脱了又穿上去，就这么不厌其烦，整整一个上午或一个下午。凭她两岁半的年纪，这种超常的耐心让人害怕。她一天平均换四件毛线裤，晚上上床的时候，腿上的那件依然是湿的，沾满了泥土。她就是这么个女孩儿。那天晚上，她肯定在屋里。也许她知道屋里所发生的一切。按照法官所说的，我的邻居用铁器击中了丈夫的头部，她也许会听到什么响声。事实上，出事的第二天，她就不见了。有人看见她抱着一捆冰棍上了大街，挤进了泡泡糖的潮水中，再也没有回来。我的邻居是在没有任何旁证的情况中被押上了那辆大卡车的。她没有任何交代。她一次又一次忽略了法官的声音。她没有上诉。正像我看到的一样，一颗子弹从一团青紫色的闪光中跳出来，准确地射中了她的头部。

那间坟墓一样的屋子给人一种时刻都会爆炸的感觉。

那天晚上，屋里至少还有一个人可以听到一些响动。那是一个三年来从未出过门的老女人。她神色紧张但容光焕发。30年前，她的照片上过本市一张日报的二版。她一生中几次搬家，直到搬进这间屋子为止。她居住的那间卧室的墙上挂满了各种类型的奖状，证明她有过一段轰轰烈烈的时光。三年前的某一天，她突然宣布她再也不出那间屋子了，而且不欢迎别人进去。她做出这一重大决定的唯一原因是她要清扫这间屋子，让屋子里见不到一颗灰尘。这一决定注定了她的整个余生要和灰尘作战。她使用过各种武器。她从不打开窗户。她害怕看见从窗口射进来的阳光中翻腾的金色尘粉。她为赢得这场激动人心的战争而身心交瘁。她一天天地瘦下来，精力却成倍地增长。她像野兽一样发出一声声低吟，然后大口大口地喘气。当那几位公安破门而入的时候，他们险些被屋子里激荡的灰尘呛倒。她显然吃了一惊。三年来，她从没有见过这么多陌生面孔。也似乎有些局促不安，但很快就对这几位不速之客表示出极大的愤怒。

"出去。"她说。

"听我们说——"公安说。

"出去。"她说。

"你的媳妇杀了你的儿子。"

"我什么也不知道。出去。"她说着，就要像驱赶灰尘一样把他们驱赶出去。她还警告他们，如果不赶快出去，她一定会这么做。她一手握着一把扫帚，另一只手提着一件布衫。这都是扑打灰尘的武器。她拒绝作证。以后的许多日子，人们对威严的法律在一位瘦小的老女人眼前突然阳痿的事实大惑不解，并为此惊慌了好长时间。当人们从这种惊慌中镇静下来，法律又重新勃起的时候，还是那几位公安，他们勇敢地推开了她卧室的门，发现她已经死在床上了。正像他们曾经见过的那样，她的一只手里握着一把扫帚，另一只手里提着一件布衫，愤怒的脸上覆盖着一层厚厚的灰尘。她睁着眼窝，他们看见她的眼仁上也落了一层她驱赶过的那种东西。

她以特殊的方式彻底拒绝了他们的拜访。

案件在拖延了八个月之后，法庭经过一次快速审判，我的邻居在郊外事先挖好的一个小坑跟前被枪决了。和她同时被处决的还有几位因为吹泡泡糖而犯罪的人，他们企图把所有吹泡泡糖的人组织起来。他们甚至在一家商场制造了一次动乱。在一个预定的时刻，无数个泡泡突然在那家商店里爆炸开来，空气里弥漫着一股恐惧的甜味，骚乱中，人们夺门而出，玻璃纷纷破裂，几位无辜者被踩死，两位漂亮的女营业员当即昏倒在柜台背后。"快投降吧，你们被包围了。"他们大声喊叫。他们以流氓罪和间接杀人罪被判处死刑。临刑前问他们有什么遗言，他们用极其严肃的声音说："给我们一块泡泡糖。"他们的要求被拒绝了。"这不过是一场荒唐的游戏。"他们说。从此，他们闭上了嘴，再也没有说话。当时，两个极有权威性的会议正在本市召开，有人联名提议要求政府采取措施，限制泡泡糖的生产和流行范围以及吹的方式，等等。

那时候，我的邻居又一次想起了那根旗杆。她胸前的硬纸牌已被取下来。他们让她跪在那个土坑前。枪口已对准了她后脑勺的某个部位。她已感到了从枪头上传过来的一股凉气。她感到他们这么认真实在有些可笑。她甚至想告诉她身后的人，这不过是做梦罢了。她极力想从这种早已腻味的梦魇中拔脱出来。她为此甚至付出了毕生的努力。她把头拧了拧。她感到他们按她的那两只手很有力气。

"我说。"

她没有放弃努力。这时候她感到她的头脑突然变得清澈如洗。只有一样东西在这一片清澈的背景中摇摆着，游来游去。这该是多么醒目。

"我想起来了。"她说。

"旗杆上应该吊一只鞋。"她说。

"注意了。"她听见身后有一个浑浊的声音在发号施令，"都把头抬起来，给你们照一张相。"她知道那人手里拿着一面小旗。时间不多了。

"鞋。我说。"

这时候，她听到了脑后放气似的响了一声。她感到一股巨大的力量把一团灼热的干牛粪塞进了她的脑袋。脑袋承受不了这种突然的进攻，骤然开裂。她没有来得及体验这种全新的感受，就栽倒了。

"滑稽。"我的邻居说。

她依然把那只绿葡萄或者蓝宝石一样的眼珠子握在手里看我。我终于发现了一个事实，她断断续续的话语并没有给我任何帮助。其实我对我正纠缠其中的一切毫无所知。我对整个事件的真实性产生了动摇。那是许多天后的一个中午。我推开了我邻居的门。她就是从那里走出来和我交谈的，然后再走进去。我推开门的时候，她一点也没有表示出诧异的意思。她只是举起那只绿葡萄一样的眼珠子照了照我，然后就等我开口。

"你丈夫呢？"我这么问了一声。我已说过，我对整个事件的真实性产生了动摇。我已想起在我们的交谈过程中，她从来也没肯定或者否定她是不是杀死了她的丈夫。

"死了。"她说。

这仍然是一句模棱两可的话。女人在她们的男人长时间出门不归的情况下，也会这么说的。

"好多天不见静静了。"我说。静静就是那个两岁半的小女孩。我对我这一句极为含蓄的问话很满意。我没想到她比我更含蓄。她似乎给我笑了笑，说：

"我很累。"

这一切似乎在向我证明，什么事情也没有发生过。我突然有了一种上当受骗的感觉。然后，我就有一种想哭的体验。

"噢。"我说。

"噢。"我又说。

我的邻居对我的反应很为疑惑，因为握在她手里的那只眼珠子不停地闪着一种含糊不清的光亮。她甚至把那只手朝我的脸跟前凑了凑。

"噢。"我说。

那时候，天上一直下着一种带有酸味的雨。本市的居民从来没见过这种东西，以至于像孩子一样，看着一切坚硬的东西像风化了一样，在雨中一片一片地剥落。

我邻居的门紧紧闭着。

原载于《作家》1993年第5期

哀乐与情结

尽管我生于1957年，但我有足够的事实证明，我正在经历一件重大的事情。我已经写好了我的遗嘱。确切地说，我这是第57次在修改它。事情是从我有了翻阅日历的习惯以后开始的。我有许多习惯，我的办公桌上有一本知识台历，我总喜欢倒着翻阅它。我不但知道了雪花菜，还知道花椒的妙用，比如花椒可以治疗牙疼。还有尼泊尔的宗教，杜亚勒古男人为何蒙面，美国波士顿恐怖餐厅，正确的食物组合，领导者开会八戒等等。我一直翻到了1957年7月13日。那是我的生日，我突然想到了死。然后我又顺着翻。我终于翻到了这本台历的最后一页。我知道那是12月31日，每一本台历都毫无例外的有这么个最后一页。我突然产生了想知道明年后年的强烈欲望。我只得放弃日历。开始着手进行一次马拉松式的计算。只有我知道这一种计算得花费多么大的精力和代价。许多天以后。我计算到了2020年或者2030年，我想那时候的某一年某一月某一天就是我的死期。这种漫长的计算带来了一个明显后果：我再也不能一个人独居一处了。我说过我有许多习惯，比如独居。我总是一个人睡在办公室里的那张钢丝床上。那时候，我冷不丁就想起火葬场或者棺材。我正体验着一种死亡的感受。我甚至闻到了尸体被焚烧后所发出来的那种怪味。我的鼻毛突然变得干燥而坚挺。我躺在棺材里正一点一点地腐烂。先是柔软肥嫩的地方，然后是诸如耳朵鼻梁一类有脆骨的部位。我的皮肤和脸开裂时砰然有声。裂缝里立刻渗出来一种血水一样的液体。划烂我的不是刀子也不是空气。我听见的不是一种凌厉的声音，而像是一种流水声。后来我就剩下了牙齿头发鼻毛还有其他毛发以及20个指甲盖儿这些东西。这时候，我同样闻到了一种气味。那是另一种完全不同于火烧的肉焦味，而是一种肉的腐烂和棺材板腐朽的混杂味儿。许多只手把我放进棺材，把我摆弄到了这种地步。我听不见他们说话的声音，而他们大概都是我的亲人我的同事或者其他熟识我的人。这种境况让我非常痛苦。我不可避免地有了一种恐惧。我不能再在办公室的那张钢丝床上独居了。我总是在凌晨三四点钟的时候溜回我的卧室。我不想让任何人觉察出我正在经历着什么，所以我总是表现出一副若无其事的样子。尽管那时候没有一个人会看见我。我卧室里的那个女人早习惯了我的这一套。她对此无动于衷。我只能躺在她的屁股后头，尽量大面积地接触她，搬她的胳膊，让我的头非常合适地安放在她的胳肢窝里。那时候我就这么干。我听着她的呼吸声。我想我再也不可能有其他更好的方式和行动。我和她不会发生其他什么事情。因为我那时候已经丧失了某种挺拔起来的能力。我知道这么很久以后的某一天，我的女人会发现这一事实。"你完了！"她在那间空洞的卧室里会这么惊叫一声。我相信这一声惊叫会让我的后半辈子充满无可奈何的激动。

"你必须承认。"我像打喷嚏一样这么说一声。

我的话使我的同事们产生了一种激烈的反应。那时候，我的同事们已经陆续坐进了我们的办公室，各自忙着各自的事情。我不得不顺便说一句，如果你以为一天的生活是从我们走进那两扇敞开的铁栅门绕过那个早已萎缩的花坛再走进两扇弹簧门然后上几级台阶站在又一扇门跟前我们掏出一串叮当作响的钥匙把其中一个插进那个黄铜锁孔啪哒一声像照相机的快门一样然后我们坐在椅子里泡一杯清茶——我们喜欢清茶这种说法——翻开昨天的晚报顺着铅字往过溜的时候开始的，那你就大错了。我们看报纸是因为我们总是忘记昨天的事情，而我们喝茶仅仅是我们站在了又一天顶端的一种征兆。天气好坏与我们无关。传达室那位离休的眼珠子是怎样毫无根由地忽闪出一种点状黄光啊。我们很快就美好地想起一颗悬挂在麦黄时节的杏。

"你必须承认。"那时候我这么说了一句。

安娜，就是那位女大学生。她总是像野鸡一样站在我办公桌的对面。其实她是坐着的。我说她像野鸡，所以她总给我一种站着的印象。那时候，她突然张大了眼窝，眼眶里像填进了两枚透明的化学纽扣，嘴巴则像我办公桌上那只做工精巧的木质笔筒。那时候，她正想起了一件不太遥远的事。在以后的许多日子里，她还要想起这件事。七个女大学生突然从各自的床铺上站了起来，她们一丝不挂，就像梯田上突然冒出来七根山东大葱一样。她们激动得泪流满面。她们突然感到她们能干很多事情。她们突然有了一种被抚摸的渴望。甚至她们希望某种进攻，或者进入和蹂躏。种种迹象表明，那是一个金黄色的日子。七根白生生的大葱从梯田上弹了起来，她们抱在一起失声痛哭。她们的感受相当复杂。后来，她们就有了一种陌生的感觉。后来，安娜就像野鸡一样，立在了我的办公桌对面，野鸡，我说安娜像野鸡的时候，仅仅是说她的两只腿。23岁的安娜也会死。安娜立在我办公桌对面的第一天我就这么想。当然安娜在死之前会有一些男女之事，安娜的肚子会在某一天膨胀起来，然后又在某一天瘪下去。然后就是死，安娜在我对面正一块一块地溶化，化成那种有色液体。我又闻到了一股腐烂气味。我看见了一堆牙齿头发鼻毛和其他毛发以及指甲盖一类的东西。安娜不声不响。安娜对这一切一无所知，安娜是一根葱，或者一只野鸡。

"必须承认。"老边说。

老边是一个又矮又胖的男人。老边的脸总让人想起一只发霉的馒头。老边的鼻子似乎不是凸出来而是在一点点凹进去，给人一种说不清是高深莫测还是痛苦不堪的印象。老边的办公桌在办公室的另一个部位。老边很少和人说话。谁也不知道他有过年轻的时候没有，也不知道他经历过什么事情。老边就是这么个人。那时候他也说了一句："必须承认。"他说这话的时候，显得有些激动。他已经许多天没有说话了。所以他这会儿显得有些激动。这完全是因为他办公桌上半拉瓜子皮，那其实是半拉葵花子皮。那天，他极其诡秘地把它放在他的办公桌上。那天他第一个走进办公室也完全是因为这件事。等我们进来的时候，他已做完了这一切。他为此几乎耗费了半辈子的精力。后来的事实也证明他还要为此付出他的整个后半辈子。他一直想弄清一个事实。他要找出那个隐藏得很深的告密者。他怀疑有人向领导告他的密。他已经成了一个没有任何秘密可言的人了。他感到他总是一丝不挂地活在这个世界上。他对他的这种处境非常痛苦。他因此而耽误了一桩婚姻。他至今仍独身一人。就这么半辈子过去之后，他突然产生了一种愤怒。他大哭了一场。他甚至在一天之内一连抠烂他的五个手指头。然后事情就定了。他要找出那个残害他生命的罪人。多年来他几乎挖空了心思。他的头发像羽毛一样纷纷脱落。他常常感到恶心。他甚至当众呕吐过一次。这种情况一直持续到他把那半拉瓜子皮放在办公桌上为止。他突然想谁要是对他的瓜子皮表现出不平凡的反应或者把它弄掉，谁一定就是告密者。从那以后，老边开始了一场漫长的等待，并用他的眼珠子在我们的脸上搜查。他很有些得意又有些慌张。结果是相当悲惨的。当老边发现桌子上的瓜子皮不翼而飞的时候，他没有搜寻出任何蛛丝马迹。他又一次失败了。

"必须承认。"老边说这话的时候没有看任何人。他使劲鼓胀着脸。

那时候，坐在另一张办公桌跟前的老魏瞄了老边一眼。老魏鼻眼里还残存着一股熟悉的肉味。那一段日子，他对人口问题产生了浓厚兴趣。他正和他的女人试验一种新姿势。他总是显出另外一种高深莫测的样子。

"就是。"老魏说。他手里拿着一张报纸。老魏的话使老边产生了一种意外的兴奋。老边感到有个什么东西爬进了他身上的一块肉里。他马上想起了那半拉瓜子皮,他把眼珠子准确地瞄在了老魏的鼻子尖上。

"必须承认。"老边说。

"就是。"老魏说。

"必须承认。"老魏也这么说了一句。

"说话要清楚。"老边说。

"那你说你清楚?"老魏说。他用一根手指头敲点着报纸的某个部位,"我琢磨整整一个月了。"

"妈的。"老边说。

"就是他妈的。我琢磨了一个月。你听着,"老魏说,"20年后,人口将增加到80亿。400年后,人类将占有地球上的全部空间,地球上将只有一种动物。"

"他妈的。"老边说。

"他妈的也不顶用。"老魏说,"我们的街道就像罐头一样装的不是沙丁鱼而是人。"

"有的人就他妈的鬼鬼祟祟。"老边说。

"如果继续这么下去的话,哈哈。"老魏说。

"真他妈的恶心。"老边说。

"就是。"老魏说。

"一害国家二害自己。"老边说。

"就是。我可没生那么多。我只弄不生。"老魏说。

"害人害己。"老边说。

"就是。我说就是。"老魏说。

"总有一天的。他妈的。"老边说。

"他妈的。"老魏说。他把头拧到报纸上了。

安娜一直在我的对面。她已经停止了溶化。停止溶化后的安娜也有一副高深莫测的模样。那时候，她突然有了一种说话的欲望。

"那天我们都哭了。"她说。

她把脖子朝我的这边伸了伸，干燥的声音里似乎有一种期盼。

"后来，我们就有了一种陌生感。"她说。

安娜说这些话的时候，我的遗嘱已开始了第58次修改。传达室那位离休的眼珠子是怎样忽闪出一种点状的黄光啊。

后来，我们就听见了哀乐声。

哀乐总是在需要的时候升起，又在需要的时候停止。这正是我们所期待的。多年来我们已经习惯了。我说过，如果你以为一天的生活是从我们走进那两扇斑驳的铁栅栏门再走过弹簧门和那扇装有黄铜锁孔的单扇门然后泡一杯清茶顺着铅字往过溜的时候开始的那你就大错了。

我们立刻有了一种梦幻感。

5——6——5——4——5——

6——5——4——2——1——

我们不能不立刻产生一种梦幻感。我们甚至很感动。它总是那么深深地打动我们。"请听听吧，这才是世上最美好的音乐。"李毅总这么说，他站在楼道里。就是那个童子李毅。

"请听听吧。"他说。

我们都认识他。其实我们对他所知甚少，我们只知道机关里没有人愿意同他一起出差。因为他一进招待所的房子就脱得一丝不剩，而且还在房间里走来走去。那时候，他就像一只不知羞耻的光茄子。

李毅你看你这人你哪怕穿个裤头也行你要注意点影响。

为什么？李毅会停下来。他长着一双鲤鱼一样的圆眼睛。他皮肤很白。他停下来时，身体上有一样显眼的东西也就停止了摆动。

咦你看你这人服务员会送水什么的。

送水送水。

你哪怕钻被窝里你总得有点遮盖。

为什么？又是那一对鲤鱼一样的圆眼睛。

服务员都是女娃。

那是她们的问题。

咦你看你。

那是她们要看我又没让她们看。

这就是李毅，那个学过4年历史的李毅。他个子不高但四肢粗壮，像一头不长毛的白种公牛。那天的机关食堂里排队买饭，他一举摧毁了本机关两位老女人40多年优良教育所营造起来的温文尔雅。

"操。"李毅大叫一声。两位老女人中的一个踩了他的脚。老女人听见"操"就突然感到了一阵心疼。"你看他小小年纪。"许多天以后，老女人给人这么说。

可那天，她感到了一阵心疼。

"你说什么？"挨操的女人像鸡一样伸着脖子。

"你骂人？"另一个女人说。

"我骂人了？"李毅说。

"你没骂你操？"

"你说骂了就骂了。"

"你操谁？"

"操谁就操谁！"

"我这么大年纪你该挨耳光！"挨操的女人说。

"就是，和你妈差不多大。"另一个女人说。

"操谁就操谁。"李毅说。

"操你妈去。"愤怒的女人突然这么说。

"我操你操你们两个操你们两个的妈。"李毅说。

"就这。"李毅说。他端着碗走了。

这就是李毅。他准时在楼道里升起了哀乐。那时候，我的遗嘱已进入第58次修改，老魏正在咀嚼着人口的质量，而半拉瓜子皮使老边产生了一种复杂的情感。安娜在我的对面。我们都听到了哀乐声。我们被深深地触动了。我们每天都要这么被它深深地触动一次。

5——

5——

哀乐像丰厚的水一样在空洞的楼道里涌动。那时候我们不动。

5——3——2——1——2——4——1——6——5——

"蛋被无情地捏碎了。"李毅站在水上，他总这么开头。他在朗诵。

"在明朝的时候蛋就出现了。"我们听见他这么说。童子李毅的声音在哀乐声里，产生了一种苍凉的效果。

"当那个高大的身影站在城楼上宣布一件重大的事情的时候，"他说，"我们竟然不知道他手里捏着一块坚硬的石头。"他说，"那是几千年前的一块石头。"

"你听。"老魏说。

"你听。"老边说。

"啊。"我们看见安娜从椅子里站了起来。

"我真想哭。"她说。她已经泪流满面了。

"真他妈的。"老边说。

"就是，真他妈的。"老魏说。

"啊。"安娜说。她已经夺门而出了。

"啊，李毅！"我们听见她在楼道里给李毅这么说，"我真爱你。"她用两只泪眼看着他。

"啊，"安娜说。从声音就可以判断出，那时候她激烈地抖着小腿。

我们都知道这件事情。总之，安娜和李毅走了。有人看见他们一块儿下了楼梯，走出了那两扇铁栅门。据说他们到护城河那里去了。谁也不清楚他们在那里会干出什么事情来。

"啊。"老魏这么说。

"啊。"老边也说。

"真想不到。"老魏说。

"就是，真他妈的想不到。"老边说。

后来，我们再也没有说话。我们好像等待着某个时辰的到来。就这么我们在一个圈套里极其认真。再后来，老边的桌子上又出现了半拉瓜子皮。

"总有一天的。"他这么说。

在一种棺材的气味里，我的遗嘱开始了第68次修改。安娜站在我的对面。就是那个安娜，像野鸡一样。

"我们都哭了。"她说，"我们就有了一种陌生感。"

"必须承认。"老魏用手指头敲着报纸给我们这么说。

那时候，我们就这样。

原载于《作家》1993年第5期

爆炸事件

尽管退伍军人叶大应提着那只黑色皮包去找蝎子胡同里最漂亮的女人吴佳梅的时候露出了许多马脚，吴佳梅却一点也没有感到震惊。

叶大应的那只黑色皮包里装的不是瓜子，而是苹果和香蕉。

苹果和香蕉不是送给吴佳梅而是送给所长的。

叶大应坐在椅子上说的是"走"而不是"脱"。

没有任何东西可以证明那不是一个好日子。那天，蝎子胡同里飘浮着一股稠腻的米花糖的甜味。全城所有的影院都在上映一部历史巨片，许多经历和没经历过那一段历史的人像猫一样涌上了街道，脸上一满是那种春心勃起急不可耐的激动，望着电影院的大门焦渴地等待进入。叶大应提着那只黑色皮包走进了蝎子胡同。蝎子胡同最漂亮的女人吴佳梅好像要出门的样子。门帘一挑，女人看见了叶大应的脸。女人立刻显出一种忧郁的神情。这种忧郁的神情曾经使退伍军人叶大应激动得彻夜不眠，瞪着眼珠子做了五十多个春梦，吴佳梅的眼睛鼻子和嘴像壁画一样在粗糙的天花板上时隐时现。叶大应把手夹在大腿里想那些眼睛鼻子和嘴如果像飞天一样能下来多好。女人用那张新蒜瓣儿一样鲜嫩的嘴咬住了脖子上那条纱巾的一个角，朝屋里退了一步。叶大应侧身而过，很熟练地坐在了那把椅子上。女人看着叶大应手里的黑色皮包。

"走！"叶大应说。

女人的脸抬了抬，落在了叶大应的鼻子和嘴巴之间。

叶大应说我和你去看看所长。

叶大应说以后我再也不会找你了。

女人的目光依然停留在叶大应的鼻子和嘴巴之间。没有人知道那时候女人为什么要把眼睛盯在那个叫做危险三角区的地方，一动不动，好像要数清那一块地方到底生出了多少毛发。叶大应说我给所长拿了点礼物，算咱们两人的。女人这才把目光移开，又一次移到了那只黑皮包上。叶大应拉开了一点拉链，里边装的是苹果和香蕉。女人太相信那些苹果和香蕉了。

"走。"叶大应又说了一句。

女人没说话跟在了叶大应屁股后头。

女人一点也没有震惊，甚至连一点诧异的表情也没有，就跟着她过去的情人叶大应进了派出所的门。然后十公斤TNT炸药突然之间变成了无数只有力的巴掌，从那只黑皮包里伸出来，把他们拍成了无数块碎肉。

如果蝎子胡同最漂亮的女人吴佳梅还活着的话，她也许会想起退伍军人叶大应第一次和她幽会的情景。尽管他两年前就脱去了军衣军帽，但浑身上下都渗透出一股军人的气质，就连幽会后不久冲她说出的那句话，也充分体现了军人的豪爽和简洁，明人不做暗事。

"脱！"叶大应说。

女人立刻想起了强力啤酒开瓶时的声音。女人瞪大了眼睛，也张大了嘴。从来没有一个男人在她的面前用这种口气和她说这种话。他们总是搂着她，吻她，吻她的眼睛和嘴……同时，喃喃地讲出一些令她心荡神摇的无法自已的情话然后再抱起她，向她提那种美好的要求，就像电影和小说中描述的那样按部就班，合乎感情和生理发展的规律。

然而，脱！叶大应说。叶大应坐的那把椅子离她足有五步远。他给了她一种全新的感受。她在惊愕中迅速体验到了一个女人在男人面前的那种幸福感。她受了惊吓似的看着那个两年前的军人，手脚飞快地动作着，从那身漂亮的夏装里蜕出来，鱼一样钻进了一条米黄色的毛巾被。她听见了水声。水声哗哗，水声哗哗。他以一种军人的方式让她省略了许多程序。她给了他一次完全的开放。然后，她带着满脸来不及消退的红潮，披着那条被汗水濡湿的毛巾被，一口气磕完了满满的一皮包西瓜子。那是叶大应提来的。以后，每隔一个星期，叶大应都会用那只黑色皮包装满瓜子，提到她的屋子里，让她幸福地把它们嗑成一堆瓜子皮。叶大应则坐在那把椅子上看电视。那时候，八频道正不厌其烦地播放着一个叫什么什么的喜剧小品。在一片瓜子破裂的声响中，叶大应微笑着，欣赏几个蹩脚的演员声嘶力竭地做着中国式的幽默。然后，叶大应站起来，拍拍那个黑色皮包对女人说：一星期后我再来。那时候，吴佳梅压根也想不到有一天那只黑色皮包里会装进去十公斤TNT炸药，在一声巨响中把她活鱼一样光滑的身子拍成无数个血肉模糊的碎片。

她不可挽回地被TNT拍碎了。当时，他们都产生了一种飞的感觉。很快，他们又有了一种被断裂被粉碎的感觉，说不清是快乐还是痛苦，但肯定是淋漓的、凌厉的。他们在一阵淋漓而凌厉的感受中变成了胳膊、腿、指头、毛发和血肉等等这么一些零乱的物质，扩散开来，飞出去，粘在墙壁上，或者椅子背、桌子腿和公文夹上。被严重变形后的房间里呈现出一片斑斓的景象。

她竟然没有一点预感。

他们的相识也没有预感。那时候，退伍军人叶大应已在人事部门碰得鼻青脸肿，一气之下，他用那笔转业费在蝎子胡同口摆了一个西瓜摊。他想向人们，尤其是人事局复转军人办公室那个戴眼镜的驴头主任证明一点什么。他甚至想他一挣到钱就必须买一辆嘉陵或者雅马哈去人事局的大院里转一圈，给那个驴头看看。

他们没有一点预感地在蝎子胡同口的瓜摊跟前相遇了。事后，他们都没有忘记那个日子。

"天气真好。"吴佳梅说。她又咬破了一颗瓜子，她是个爱嗑瓜子的女人。

好长一阵沉默之后，叶大应才想起女人的话是给他说的，因为除他之外，周围再没其他人。他看了女人一眼。她很漂亮。

她让那两片蒜瓣儿一样纯洁的嘴唇稍稍动了一下，就把瓜子瓤放在了舌尖上。"噗"一声，瓜子皮从唇间弹出去，在空中划出一条明快的弧线。这一套复杂的动作是在很短的时间里完成的，漫不经心中显出娴熟的技巧。她正在看天。天上有几朵云。天气确实很好。

"噗。"女人又咬破了一颗瓜子。

就这么，退伍军人叶大应突然产生了一种伤感的情绪。以后的许多日子里，叶大应为他突然产生的那种伤感情绪百思不得其解。不仅仅是伤感，还有一种感动。他被深深地感动了。他感到女人的目光落到了他的脸上。他用目光迎了上去。他们互相看着。

"你爱吃瓜子？"叶大应说。

"你看得真准。"女人说。

"就是就是。"叶大应说。

"就是就是。"女人说。

他们互相笑了一下。一星期后，叶大应把他收钱用的那只黑色皮包里装满了西瓜子，敲开了吴佳梅的门。他们像熟人一样坐在那间屋子里。那时候，蝎子胡同里弥漫着的是一种臭水泡胀馒头的味道。蝎子胡同里总会有一股什么味道。

叶大应说："脱！"

女人在一霎那之间感受到了许多东西。他们在米黄色的毛巾被里挥汗如雨。他们很少说话。这是他们的风格。他们讲究效率，即使在派出所所长办公室相处的最后瞬间也是如此。叶大应把手伸进皮包说了一句"咱们都飞了吧"，他们就飞了起来。

凶杀的过程和现场并不像某些侦探小说和暴力电影所描绘的那么可怕，那么鲜血淋淋。叶大应只说了一声咱们都飞了吧，TNT就发出了一声钝响，他们就欢快得跳了起来，分离成了许多零碎的块状物。没有流血。血和肉黏糊在一起，飞上了墙壁，飞上了诸如桌子腿椅子背公文夹墨水瓶一类东西。他们没有痛苦。他们没来得及感受痛苦。事后人们在那间严重扭曲的房间里也没有看见什么可怖的东西。他们看到的只是无数个美丽的花蝴蝶落满了墙壁。有的像黏稠的果酱。

西瓜小贩叶大应和蝎子胡同最漂亮的女人吴佳梅发生龃龉，是在叶大应从拘留所出来以后。叶大应用切瓜刀在一位不想掏钱的吃客的耳朵上割了一下，并把割下来的那半只耳朵扔给了胡同里跑出来的一只狼狗。他被拘留了15天。他跨出拘留所，一触到灼热的阳光，就立刻想起吴佳梅那阳光一样灼热的大腿。他迅速找到了那只黑色皮包，并想办法给皮包里装满瓜子，便走进了蝎子胡同，敲开了吴佳梅的门。女人像狼一样足足看了他半个时辰，然后尖叫了一声，把他从门里推了出去。从此，他再也没有敲开过那扇门。女人的拒绝比人事局那位驴头来得更为彻底，不给他一点希望。女人不但拒绝上床，而且拒绝开门。出人意料的是退伍军人加西瓜小贩叶大应面对那扇紧紧关闭的门，并没像在人事局碰壁以后另找门径。他断然采取了同样彻底的做法：继续敲。每星期敲一次。他一声不吭，只是敲门。这种状况一直持续到派出所所长出面干预为止。那天，叶大应又要敲门了，他甚至已弯好了指头。一个戴大盖帽的人从墙角处向他走过来，问他：

"你是叶大应吧？"

叶大应点点头，又举起敲门那只手。

"你跟我来。"大盖帽说。

叶大应喉咙里有些发哽，但他很快就把哽在喉咙里的那股恶浊的东西释放出来，让自己舒服了一点。大盖帽已走到胡同口了，大盖帽没说多余的话，也没回头。大盖帽走得不紧不慢。这是一种权威的暗示。叶大应不能不跟着他走。

走进所长办公室，叶大应一眼就看见了吴佳梅。她在最里边的一把椅子上坐着。女人瞄了他一眼。他立刻想到了阴谋这个词。

所长把大盖帽放在桌子上，歪着头扫了一眼叶大应。

"你不要再纠缠她了。"所长说。

叶大应的喉咙里又有些发哽了。这回，他没有释放。这可不是割了谁的耳朵，这完全是个人的私事。他这么想。他给所长投过去一个诧异的目光。

"你有前科。"所长说。

"而且，她再也不吃瓜子了。"所长又说。

叶大应带着满肚子狐疑出了派出所的大门，后来，满肚子狐疑就变成了满肚子响声：阴谋！阴谋！再后来，犯有前科的退伍军人加西瓜小贩叶大应的思路就钻进了一个胡同：不吃瓜子就不能吃其他东西？不装瓜子就不能装别的什么？女人，瓜子，皮包，然后就是TNT和无数只美丽的花蝴蝶，或者黏稠的果酱。

后来被追认为烈士的××路派出所所长不可避免地参与了这桩桃色事件。吴佳梅径直走进了他的办公室。她站在所长跟前，表情和声音里有一种动人的忧郁。她顺着眼，咬着脖子上的纱巾。

"他敲我的门。"吴佳梅说。

"我不想和他好了。他用切瓜刀割人家的耳朵。"吴佳梅说。

然后，吴佳梅扬起脸，看着所长的眼睛。

"你们出面好办。"吴佳梅说。

"上次就是你们把他送进监狱的。"她说。

所长看着吴佳梅漂亮的脸蛋，纠正了她的一个错误。

"是拘留所，不是监狱。"所长说。

"对，是拘留所。"吴佳梅说。吴佳梅对所长笑了一下。

所长感到他的头盖骨里好像钻进了一只苍蝇，不，是蜻蜓。蜻蜓用翅膀扇出了一阵嗡嗡声。他想他不能这么和吴佳梅说话，他想他这么说下去就会犯错误。他一生没怕过什么，就怕犯错误。

"我会阻止他的。"所长说。

吴佳梅没有离开的意思。吴佳梅看了看腕上的手表。

"他该来了。"吴佳梅说。

就这么，所长不可避免地加入了。他从桌上抓起那顶大盖帽，走了出去。他太经验主义了，他小看了退伍军人加西瓜小贩叶大应。当叶大应和吴佳梅双双走进他的办公室，当叶大应拉开黑色皮包上的拉链，让他闻到一股苹果和香蕉的甜味时，他还继续犯着经验主义的错误。

"我不能收你的礼物。"所长说。

"我们有制度。"所长补充了一句。

叶大应没有像其他人那样，把礼物掏出来，而是把手往苹果和香蕉里边塞。

"咱们都飞了吧。"叶大应说。

所长这才感到，皮包里装的不仅仅是苹果和香蕉。他感到叶大应的手抓住了一样比苹果和香蕉更重要的东西。他鼓圆眼睛，站了起来。他突然产生了一种强烈的欲望。他想喊叫一声。

十公斤TNT让他欢快地跳了起来。他有了一种断裂感和粉碎感。

烈士家属的要求并不过分：烈士的遗骨应该完整。烈士的尸骨不能掺假，尤其是不能和凶犯叶大应以及一位名声不太好的女人的血肉搅和在一起。处理后事的人们很快就把那些大块东西分成了三个部分。人们一眼就能看出哪个是所长的哪个是叶大应和吴佳梅的。但很快人们就发现他们无法辨认墙壁上椅子背桌子腿包括墨水瓶上的那些零碎的血肉。他们陷入了困境，他们和烈士的家属一样悲痛。他们在向上级写一份报告的同时，把这一情况如实通知了烈士的家属。他们说要把几百块零碎的血肉一块一块化验并分离出来需要很长时间，总不能因为一些零碎的东西而眼看着那些整块的变成臭水。那时候，附近的几个街道包括蝎子胡同已经能闻到尸体腐烂的气味了。要完整就可能掺假，要不掺假就不能完整，否则就腐烂。烈士的家属经过慎重的利弊权衡，选择了宁可不完整也不能掺假。烈士的遭遇使许多市民洒下了同情之泪。送葬的那天，他们的唏嘘和感叹压倒了喧嚣的市声。

　　TNT在××路派出所爆炸的消息以最快的速度在本市扩散开来，第二天就上了晚报和日报的头版。影院的生意大受影响。人们的热情迅速转移，加入了打听和传递爆炸事件的行列。那些天，蝎子胡同里的居民不断地迎送前来打探案件始末以及各种细节的亲戚朋友老同学。蝎子胡同里的居民似乎忘记了许多打探者已多年没有来往，他们一并给予了热烈的接待。他们无一例外地沉浸在一种描述故事的亢奋和快感中。他们拍屁股打脸不厌其烦地给他们的亲戚朋友老同学讲述着蝎子胡同里最漂亮的女人吴佳梅和西瓜小贩叶大应的风流恋情以及派出所所长后来的加入。

　　"哦！"他们鼓着眼珠子。

　　"噢！"他们撮着嘴。

　　"狗日的！"他们做出一副若有所思的样子。

　　然后就是问题：

　　"所长和吴佳梅……"他们说。

"要不……就说么。"他们说。

所长就带上了一层神秘的桃色。许多天以后，蝎子胡同恢复了以往的冷清和平静，居民们把客人们吃剩的瓜皮果皮茶叶渣倒进垃圾坑，他们突然产生了一种上当受骗的感觉。他们感到他们都干了一桩赔本的买卖，他们破费了许多不必要破费的水果茶叶和烟卷。他们感到这件事已经结束了。他们产生了一种失落感。胡同里响起一连串摔门的声音。

"妈的。"他们说。

"他妈的。"他们都说。

给所长送葬的那天，他们在一种悲伤的气氛中唏嘘感叹了好长时间。几天后，日报上登出了一篇题为《复转军人叶大应为什么会走上犯罪的道路》的署名文章，文章提出了一连串假设和反问。

他们觉得事情已经很乏味，什么话也没说。

原载于《人民文学》1993年第7期

蓝鱼儿

　　蓝鱼儿不是鱼，是蓝鱼儿。她正在院子里切红薯。她是个三十多岁的女人，不难看也不好看。切成块的红薯渗出许多汁液，黏在她的指头上，像抹了一层丰厚的奶油，用舌头一舔，立刻就能感到一种黏稠的甜味。蓝鱼儿就这么做。她不时地伸出舌头，在手指头上舔一下，然后把舌头收进去，嗫嗫嘴唇，享受着那甜味。这样不会造成浪费，也能调剂调剂她做这种营生时单调的心情。她把它们切好后，用开水煮着当饭吃。那时候，人们大都吃这种东西。炼钢铁吃大灶后，紧接着是困难时期，庄稼连年歉收，人们只能吃这种东西。许多人一边吐酸水一边往下瘦，瘦得失了眉目，鬼一样。蓝鱼儿与他们有些不同，她也吐酸水，却不见瘦，她是那种喝凉水也上膘的女人。如果你能看见蓝鱼儿舔指头嗫嘴唇的样子，你也就不会惊讶她为什么喝凉水也上膘了。她像嗫一样亲爱的东西，啧啧有声，那股子甜味和唾液搅在一起，顺着喉咙往下滑的时候，她的脸上就会绽开一个天真无邪的笑。好像只要能让她这么嗫下去，她就很满足一样，满足一辈子。你只能在孩子嗫他妈奶头时才会看到这种神气。

　　蓝鱼儿就是这么个女人。

　　"啧。啧。"蓝鱼儿又在指头上嗫了两下。这回，她没有立刻去切红薯。她听见门外有脚步声。叽啦叽啦。她知道是她男人仁俊义。仁俊义趿拉着一双棉鞋，抄着手从大门里走进来，靠在檐墙的棱角上，心事重重地看着蓝鱼儿。有什么难缠的事正让他发愁。

　　"甜死了甜死了。"蓝鱼儿给她男人说。她说的是她手指头上的白色汁液。"不信你嗫嗫。"她划拉着五根手指头。仁俊义看着蓝鱼儿的手，没吭声。蓝鱼儿以为他想嘬，又有些不好意思。"想嘬就嘬没人看见的。"她说，"看见了又怎么的？嘬手指头又不是嘬奶头。"蓝鱼儿的心里涌起一股温热的情感，"过来，"她朝男人捞捞手，"过来呀。"又捞捞手，看着仁俊义。仁俊义的眉头展开了，眼睛里射出一种奇异的光彩。她很熟悉她男人的这种神情。他要跟她做什么事的时候，眼睛里就会有这种光彩。就是这种光彩缠着她，让她跟他一起过穷难日子的，把穷难日子过得有滋有味。仁俊义离开檐墙朝她走来了。蓝鱼儿心里涌起的那股温热的情感立刻搅动起来，一直搅到她大腿上，让大腿上的肉突突跳。她想他也许会把她提起来，夹在胳肢窝里，放到屋里的炕上去。他总是这么一声不吭地夹起她，把她甩在炕上，然后撕扯她的衣服，撕扯得一丝不挂，然后骑她，像骑着马一样在土炕上疯跑。她喜欢他这样。仁俊义一声不吭往她跟前走。她看着他。她感到她的身子正在发软，要软成一团面了。她已经忘记了她的手，忘记了她手指头上奶油一样的红薯汁液。

仁俊义没有夹她。她很快就知道了，仁俊义不是冲着她的身子，而是冲着她的手走到她的跟前的。仁俊义捏着她的手翻过来翻过去看了好长时间。仁俊义说蓝鱼儿我跟你一炕睡了几年咋没发现你的手这么灵巧。蓝鱼儿愣了半晌才醒过神来，才想起她的男人正在夸她的手。她把手从她男人的手心里抽出来，也翻来覆去看了一阵，说：就是，你这么一说我也觉到了。她放下切刀，抬起另一只手看。

"真的，像老头乐。"蓝鱼儿说。

就这么，他们同时发现了蓝鱼儿的那双手，像老头乐一样的手。仁俊义的嘴里吐出来一串声音，仁俊义说有了有了日他娘愁得人心慌这下有了。没等蓝鱼儿说话，仁俊义就从大门里跑了出去，啪啦啦啦，给院子里拍出一溜鞋脚声。

　　仁俊义一口气跑进了队委会。那时候，村长刘洪全和省上来的周盯队正在抽闷烟，仁家堡四清三个月没清出一个贪污分子，在公社县上都失了脸面。嫌疑最大的保管员旺旺死不认账。刘洪全急得直抠脚脖子，恨不得撬开旺旺的宽板牙齿，把眼珠子塞进旺旺的喉咙看看旺旺的心。刘洪全甚至到旺旺的草棚屋里求过旺旺。刘洪全说旺旺你多少承认点，全世界的村子都有贪污的人咱村上没有咋成？难道咱村是天上掉下来的白屎巴牛？难道你忍心让咱村这么落后着不跟全社全县的人一起奔社会主义？你忍心你？好意思你？旺旺把白眼仁一翻，说：你不忍心你承认去，你是村长你好意思你？刘洪全像凉水噎住了喉管，仰仰脖子打了个嗝，说：旺旺你驴日的，你驴日说得好。刘洪全给周盯队说：旺旺的嘴比猪蹄子还硬，得吊到二梁上试试。周盯队说不成，共产党不是国民党，不兴打骂逼供。刘洪全说旺旺就是看准了这一条才把嘴封严的，你看古戏上咋演的，断官司没有不用刑的。周盯队说我看过古戏，一动刑就出冤案，那叫屈打成招。周盯队不叫周盯队，是工作组派到队上村上专门负责四清的那一类人，村上人就叫他们盯队。周盯队是个认真的人，周盯队说想想再想想总能想出个办法。他们连开了几天几夜诸葛会，眼睛被烟熏成了鸡屁股，没想出办法。旺旺还是不招。仁家堡的四清工作就这么僵住了。他们谁也没想到民兵队长仁俊义的婆娘蓝鱼儿的那双手。

　　"有了有了日他娘有了。"仁俊义一进队委会就这么说，激动得嘴唇乱颤悠，不小心就会掉下来一样。

　　刘洪全和周盯队梗着脖子，直着眼，等仁俊义往下说。仁俊义不说了，伸手拿起火炉上的茶缸喝了几口茶叶水。他喝得很仔细，边喝边吹着漂在茶水上的茶叶，他大概喝进去了一截茶叶梗，不时用舌尖抵着，嚼着，咂着里边的深味。刘洪全不耐烦了。

　　"你有个完没你？"刘洪全说，"再嚼就把茶叶屎嚼出来了。"

仁俊义的脸上立刻浮现出一副自得的神情。仁俊义说村长这你可就外行了，虽然你年长可喝茶是外行，不会喝茶的叫喝会喝茶的叫嚼你不懂吧？刘洪全说你把茶缸放下有真屁就放空空屁我不喜听。仁俊义这才吐了嚼烂的茶叶梗，开始说正经事。

"我婆娘的手像老头乐。"他说。

刘洪全和周盯队差点没背过气去。刘洪全说日你先人去仁俊义，我以为你想出好办法了你说你婆娘的手。周盯队是念过书的人，话说得比较斯文。仁俊义同志，周盯队说，你把四清工作搞得很色情啊。

仁俊义眨了几下眼。他不懂周盯队的话。

"色情？我不懂，我就听过骚情。"仁俊义说。

"噢噢，"周盯队说，"色情骚情差不多，咱不能把四清工作搞成骚情吧？"

"当然当然。"仁俊义说，"咱不能打人吊人咱能不能胳肢人？"

这回，眨眼的是刘洪全和周盯队。他们不懂仁俊义的话是什么意思。

"打人吊人犯政策让人笑该不犯吧，咱胳肢他。人能抵得住打不一定能抵得住胳肢你们信不信？人能经得住哭不一定能抵得住笑你们信不信？你们不信我信。"仁俊义说。他神情严肃地看着刘洪全和周盯队。

刘洪全和周盯队神情迷茫，把仁俊义看了好大一会儿，然后，扭过头互相看。他们突然想开了仁俊义的话。他们禁不住从嗓子眼里喷出来两声笑，然后就嗓门大开，抖出来一串笑声。他们一定想到了某种情景。他们笑得弯腰曲背，满脸涨红，笑困了肚皮，笑得肠子绞在了一起。

"啊哈哈哈，仁俊义你个狗熊。"刘洪全流着眼泪说。

"哦嗬嗬嗬，仁俊义同志。"周盯队捏着袖口上的一枚纽扣说。周盯队穿的是那种袖口上有三枚纽扣的衣服。

他们对仁俊义有些刮目相看了。伟大的时代常常会出现这种情形，突然之间就会有一个平凡的人让人刮目，大吃一惊。

他们都觉得这件事值得一试。他们立刻叫来了蓝鱼儿。蓝鱼儿浑身散发着一股红薯的气味。蓝鱼儿把她那双浸满红薯汁液的手伸在了仁家堡队长刘洪全和四清工作队周盯队的眼皮底下。仁俊义没有说错，那确实是一双灵巧的手。他们甚至有些迷惑，一个浑身是膘的女人怎么会有这么一双灵巧的手，胖女人的手都像发面一样，手指头和手腕粗短膨胀，手腕上打着肉褶，像勒着一圈线。蓝鱼儿的手腕和手指头偏偏很长，像葱。五根指头并拢起来，关节稍一弯曲，就真是一对老头乐了。没有哪一双手比蓝鱼儿的手更适合胳肢人了。他们把他们的想法轮流给蓝鱼儿说了一遍，然后就敲定了。

胳肢旺旺是在那天晚上进行的。喝罢晚汤以后，仁家堡所有的人都来到了队委会的院子里，屋檐下挂着一盏汽灯，强烈的灯火里，是一张张老嫩不一肥瘦有别却一样亢奋的脸。他们都不愿意失去激动一次的机会。他们都装着一肚子红薯糊糊。

旺旺被提前叫到了村委会。他依然像一堆死牛皮。刘洪全咽了一口从胃里泛上来的酸水后说：旺旺，你还不想交代得是？旺旺不吭声。刘洪全说你认识仁俊义的婆娘不？旺旺说咋不认识？刘洪全说认识就好，一会儿让她胳肢胳肢你。旺旺感到有些可笑。

"笑话。"旺旺说。

刘洪全说不是笑话，你看院里人站满了咱到院里去。

"到天上去我也不怕。"旺旺牛犟牛犟。

刘洪全说怕不怕待会儿再说咱先出去。他把旺旺从门里推了出来。院子里立刻安静得只剩下了出气声。

"蓝鱼儿蓝鱼儿。"刘洪全脖子上的头像货郎鼓一样。

蓝鱼儿从墙旮旯里走出来，站在汽灯光里。

刘洪全说旺旺你靠墙站好。

旺旺靠墙站好。

刘洪全说蓝鱼儿你过来弄。

这时候，旺旺才知道事情成真的了。他张着眼窝，看着蓝鱼儿朝他跟前走。蓝鱼儿站住了，伸出那双灵巧的手，划拉了一下手指头。旺旺怯了，害怕了。旺旺说蓝鱼儿你一个女人家胡摸抓男人的身子就不怕人说闲话？蓝鱼儿说我顾不得了。旺旺说你把我叫叔哩叔和侄媳妇耍不得的。蓝鱼儿说叔这不是耍是工作。说着，蓝鱼儿的手指头就上了旺旺的身，一阵奇痒立刻袭遍了旺旺的身子。旺旺尖叫了一声，跳起来。好你哩好你哩叔给你磕头作揖行不？蓝鱼儿的手又上身了。旺旺扭着身子跳来跳去。好你哩嘻嘻，哈哈好你哩。蓝鱼儿站住了，扭过头对刘洪全说：他这么跳我弄不成。刘洪全说，去两个人，把旺旺贴在墙边。人堆里走出两个小伙子，扯开旺旺的胳膊，旺旺就直挺挺站在了墙边，胳肢窝和肚子成了没遮没拦的开阔地。蓝鱼儿的两只手很容易地抓摸上去，像两只怪兽一样，在旺旺身体上最敏感的部位胡蹦乱跳。

"嘻嘻嘻嘻。"旺旺像吸气一样笑着，脖子伸长了许多，后脑勺死死抵着墙壁。

"哟嗬嗬嗬。"旺旺拼力收缩着肚子，抖着大腿。

"噢哈哈哈。"旺旺的肚子猛地腆了起来，龇着肮脏的宽板牙齿。

蓝鱼儿的手指头像抓兔子一样。

就这么旺旺像扭麻花一样，笑出了满头汗水，笑失了眉眼，笑软了浑身的肉和每一根骨头。后来，笑就变成了嚎。噢嗬！噢嗬！他这么嚎着，翻着白眼仁，模样比哭还要难看。

开始的时候，人们觉得很开心，跟着旺旺一起笑。这会儿，他们笑不出声了。他们的笑僵在了脸上，眼睛直勾勾地看着旺旺。他们感觉旺旺再笑两声就会笑死。

扯旺旺胳膊的两个小伙子松开了旺旺。

"噢嗬，我贪污了，噢嗬，两斗麦子。"

这就是旺旺在软下去的时候说的话。

旺旺软成了一摊泥。

第二天，仁家堡的人们敲锣打鼓，把四清工作的第一张喜报送到了公社。

后来，蓝鱼儿又胳肢过几个人。

胳肢刘洪全的时候，蓝鱼儿多少有些不忍心。她看见刘洪全像霜打了一样。刘洪全叹了一口气，叫了蓝鱼儿一声妹子，听得蓝鱼儿心直动弹。

"妹子，"刘洪全说，"该怎么胳肢你还怎么胳肢，撑不住了我也交代。"

"你看这事弄的，我也没办法，"蓝鱼儿说，"好多天不胳肢人，我这手就痒痒。"

蓝鱼儿说得很诚恳。

"就是就是，"刘洪全说，"弄得多了就上瘾了，跟抽烟一个道理。"

她胳肢了他。刘洪全没有撑住，成了四不清分子。

再后来就是胳肢仁俊义。那时候，队长又换了新人，队干部都换了新人，只有民兵队长仁俊义还在位。刘洪全划不过，就起了事。

"是骡子是马都拉出来遛遛。"刘洪全这么说。

新队长觉得这话在理，就说：遛遛就遛遛。

蓝鱼儿不能不胳肢她男人仁俊义了。先天晚上，他们在炕上坐了半夜，眉心都挽了个愁疙瘩。

"咋办呀你说？"蓝鱼儿问仁俊义。

"你说咋办？胳肢人的是你你说咋办？"仁俊义说。

"包子是空的，馒头是实的。"蓝鱼儿说。

"你以为旺旺刘洪全他们交代的都是实的？他们撑不住了胡说哩。"仁俊义说。

"你甭胡说。"蓝鱼儿说。

"我撑不住了也会胡说。"仁俊义说。

"硬撑。"蓝鱼儿说。

"那得看你的手了。"仁俊义说。

"不睡了，我胳肢你，你试着撑。"蓝鱼儿说，"人怕胳肢怕的是生手，我的手你熟悉，也许能撑住。"

蓝鱼儿让仁俊义躺在炕上，然后试着胳肢，这时候，他们才知道，手虽然是熟手，可抚摸和胳肢是两回事。只要蓝鱼儿的手指头拨拉着挨上仁俊义的身子，仁俊义就像打别虫一样蹦跳，笑得上下不接气。他们一直试到天麻亮，终于绝望了。他们互相抱着哭了一阵，流了许多泪。

胳肢如期进行。那是蓝鱼儿胳肢人以来感觉最好的一次。蓝鱼儿想，反正他撑不住要笑，还不如让他笑个够，反正都是胳肢，还不如好好胳肢一次，把瘾过足，也不枉胳肢人一场。人在无路可退的时候就会这么不顾一切地往前走。蓝鱼儿就这么做的。她胳肢得痛快淋漓。仁俊义笑得鼻眼里喷出了血。血滴在蓝鱼儿的手背上，她以为是鼻涕，又觉得有些不对劲，鼻涕不该这么热。她停住手，往上一看，才知道是从仁俊义鼻眼里喷出来的血，红而鲜亮。蓝鱼儿傻了，她没想到她男人会笑成这样。

当天，民兵队长就换了新人。新换的队干部们每人都做了一把老头乐，他们不用它挠痒痒。每天晚上，他们在被窝里偷偷练习着抵抗胳肢的耐力。他们相信耐力是锻炼出来的。谁知道哪一天蓝鱼儿的手就会抓摸到他们的身上。

一年后，蓝鱼儿又坐在院子里切红薯。她不时地伸出舌头，在手指上舔一下，嘬嘬嘴唇，享受着那种黏稠的甜味。她男人仁俊义蹲在门槛上看着她切。他再没骑过她。不是不想骑，一看见蓝鱼儿的那双手，他就蔫了，一点办法也没有，直想哭。他说蓝鱼儿你把手放到身子底下我看不得它了。蓝鱼儿也很难过，她把手压在身子底下让仁俊义骑。仁俊义似乎行了，骑上去。这时候，蓝鱼儿就管不住她的手了。她舒服就想抱仁俊义。俊义俊义好死了好死了，她情不自禁地抱住仁俊义的屁股。仁俊义尖叫一声，从她的身子上弹了起来，恐怖地看着蓝鱼儿不知所措的手。蓝鱼儿恨不得把她的手剁掉。就这么，他不能骑她了。

这会儿，仁俊义看着蓝鱼儿切红薯。看着看着，他站起来，朝蓝鱼儿走来，拉住了蓝鱼儿的一只手。

"看看，我看看。"仁俊义说。

仁俊义给蓝鱼儿笑了一下。

仁俊义突然抓过切刀，朝蓝鱼儿的手腕砍过去。蓝鱼儿的身子猛地挺了一下。仁俊义抓过蓝鱼儿的另一只手，又砍了一刀。他把砍掉的两只手扔上了房顶，然后抱起蓝鱼儿，上县城医院缝针去了。

以后的几年里，仁家堡的人老看见蓝鱼儿吊着两条没了手的胳膊，在村外的大路上向远处张望。他们知道她想仁俊义了。仁俊义正在蹲大牢。他们觉得她有些可怜，不忍心和她打招呼。

那两只手一直在房顶上。

原载于《延河》1994年第4期

代　表

吴克功不抽旱烟，也不抽纸烟。他抽树叶。

抽烟是给舌头找味道哩，吴克功说。

村人说你这话可说得差池了是给喉咙不是给舌头。

吴克功坚持说是舌头不是喉咙。他说人吃东西能吃出味道是舌头不是喉咙，不信到书里看去。

村人说听你的口气好像你念过很多书，就算你念过难道舌头能知道个啥？

吴克功说好好就算你抽烟是为了喉咙，可我是为舌头，我要的不是呛是烧。你抽你的旱烟呛死你个熊，我要的是烧，抽一口烧烧的。人抽烟能呛死可抽树叶烧不死。

村人们没话了。可村人们马上又找出话来。村人说其实抽烟不是要呛也不是要烧，男人不抽烟没捉没拿的是要个东西。

对对，吴克功说，这话说得对，像人话。抽旱烟和抽树叶原本是一样的。

过了好大一阵，村人们才想过来，吴克功好像骂了他们。他们说吴克功你驴熊咋骂人，听口气好像我们刚说的就不是人话？

吴克功已经走了。

吴克功总能在话说出味道来的时候合适地走开。村人们记恨他这毛病。

毛病？这不是拉肚子害头疼你不承认是病不行。这是脾性，吴克功说，我就这脾性。

吴克功的衣服上有两个口袋，一边装三指头宽的纸条，一边装烟包。烟包里装的当然不是旱烟。

有人试着抽过树叶，抽两口就扔了。

啊——呸！狗日的吴克功咋能喜这味道？

你咋就喜你老婆？吴克功说，世上那么多女人你咋就喜你老婆？难道你老婆比别的女人多一样那东西？

吴克功，你……好，好！村人说。

多东西了？吴克功说，难道多东西了？你老婆胸脯长了四个奶子？

好好，吴克功，你能到县城南什字卖嘴了。

吴克功说把嘴卖了我拿啥抽树叶？吴克功说我把嘴卖给你你就得把旱烟换成树叶。

这回，吴克功没走。他掏出纸条，取出烟包，捏一撮树叶，撒在纸条上，卷成筒，点着。

你敢说你老婆有四个奶子？他说。

不敢不敢，村人说。

四个奶子就成怪物了我告诉你，吴克功说。还有话没？

没了，村人说。

没了我就起圈去呀，吴克功说。

吴克功两个月起一次猪圈。他把圈里的粪土起出来，堆在院子里，然后，再把它们拉到地里上庄稼。起两次粪，也就到了该给庄稼上粪的时节了，所以，他两个月起一次，这会儿，他在起一年中的第四次。他起一会儿就抽一根树叶烟卷。傍晚的时候，他把它们起完了，和上次起的堆在一起，竟是一座大粪堆。本不该这么大，是大块的粪土撑大了。这他知道。把它们敲碎，粪堆就会缩小。这他也知道。他朝厨房那里看了一眼，然后从左边的口袋里掏出一张纸条，另一只手在后边口袋里掏烟包。他想他抽完这根烟卷，就正好到了吃饭的时辰。厨房里的媳妇已不烧火了，正在案板跟前抹碗。他想人过日子做活就跟一年三百六十五天二十四个节气一样，一天跟着一天一个节气跟着一个节气匀匀称称的没一个绊当。他想他做活过日子抽烟卷也很匀称。起完圈恰好就想抽烟。抽完烟恰好就赶上吃饭。吃完饭恰好就会有个什么事。肯定会有个什么事的，没有就怪了。然后就是上炕。然后就是世界上最费力气却不觉得费力气的好事情。他又朝厨房里看了一眼。媳妇还在抹碗，他只能看见她半个身子。噢，身子，她狗日的。吴克功不再往下想了。他把口袋里的烟包提了出来。当然是烟包。总不能叫它树叶包吧？总不能把抽烟叫抽树叶吧？世上没这种叫法。

就在这时，口袋里的什么东西被烟包带了出来，掉在粪堆上了。

是一枚硬币。一枚五分硬币。它从口袋边上飞出去，划出一道弧线，掉在粪堆顶上，弹了一下，然后，从粪块之间的缝隙里溜了下去。他能看见它，像一只眼，在粪块里朝他眨巴着。

他当然得把它取出来，装进口袋，因为它实在不是一只眼，而是钱。

吴克功走过去，扳开最上边的粪块。他想他一伸手，就会用指头夹住它。他想错了。当他把那块粪土扳开，刚要伸指头，它又往下掉了一截。

依然是一只眼，朝他眨巴着。

哎你还往下钻呀？吴克功嘟囔了一句，又扳第二块粪土。我看你能钻到屁眼去，他说。他扳开了第三块粪土。

还是没夹住它。它连陷了几次，陷得更深了，变成了一只小眼睛。

吴克功燥气了。人有时候就很容易燥气。他把纸条和烟包塞进口袋，取来镢头，在粪堆上刨了一阵，给那里刨出一个大坑。你是掉在粪堆里了，又不是钻进屁眼里了。你要真钻进屁眼我吴克功就认了，可你没有，你钻的地方是粪堆。

硬币不见了。

吴克功感到他被耍了，喉咙里立刻堵进了一块东西。

吃饭吃饭。媳妇在厨房门口朝他喊了一声。

嗯？他歪过头，看着媳妇。

吃饭。媳妇说。

噢，吃饭。吴克功说。

吴克功的儿子吴普照背着书包从大门外蹦进来。接着他妈的话喊着：吃饭吃饭吃饭。

天麻黑了。

溜吧，你溜吧，吴克功把镢头扔在墙根底下，拍拍手对着他刨出的大坑说：好你个五分钱。

然后，就吃饭去了。

第二天清早，吴克功在粪堆跟前转了一圈，然后就去了县城。

他买回来一副筛子。

这是他晚上就想好的。他一夜没睡好。他总是想着那枚硬币，像一只眼，朝他眨巴着。媳妇对他很不满，因为他骑着她的时候老走神。媳妇说你看你弄啥事还走神。他说他心里有事。媳妇说弄这事就不能想别的事有你这样的男人没有？他说我不想不行由不得我。媳妇说不行不行，要他再骑一次。媳妇说你把人逗起来了又说你有心事。他扭不过媳妇。他说好好我明天去县城。他心里干净了，又骑了媳妇一次。

媳妇不知道他去县城是为了买筛子。

你咋买筛子啥时月你买筛子？媳妇说。

谁规定说买筛子要看时月？吴克功说。

媳妇问：多少钱？

三块五毛钱，吴克功说。

咋这么贵？媳妇说。

吴克功说你咋这么啰嗦来来打粪。吴克功取来两截木棍，把筛子放上去。他看见媳妇把眼睛瞪圆看着他。

你看你把眼瞪得像五分钱一样看我不认识我？他说。我要把粪土筛一遍。

媳妇惊呼了一声，眼睛张得更大了。媳妇说吴克功吴克功我真不认识你了你要把这么一堆粪土筛一遍？

对，筛一遍，难道你有意见？吴克功说。

没意见没意见。媳妇说。

没意见就过来打粪，把它们给我敲碎。吴克功说。

媳妇没过来，媳妇从大门里跳出去，兴奋得好像她家的母猪下了一只麒麟。

快来看快来看我普照他大要用筛子筛粪哩！

然后，把着门框朝吴克功笑，格儿格儿的。

真涌进来一伙人。吴克功没理他们。他卷了一只烟卷叼在嘴上，坐在筛子跟前，筛起了那堆粪土。涌进来的人跟吴克功媳妇一起笑着。吴克功不笑，也不看他们。一会儿，他们就不笑了，笑不出来了。

他狗日的怕是要精耕细作哩。他们说。

他们一个跟着一个走了。

靠着门框的吴克功媳妇也不再笑了。她一步一步走到吴克功跟前，蹲下来，抓住筛子，和吴克功一起拉着。

你真的要精耕细作？她轻声问他。

对。精耕细作。吴克功说。

三天后，他们筛出了那枚硬币。

那是个星期天，吴克功的儿子普照也参加了筛粪，和他妈拉着筛子。拉着拉着，硬币就从粪土里浮了出来。

钱！普照叫了一声。

吴克功扭过头，那枚硬币已捏在了普照的两根指头之间。爸你看，钱！普照说，满脸泛着太阳光。

我看我看。吴克功伸过手去。

不！普照说，是我看见的。

我看看！吴克功说。

普照松开指头，那枚硬币就躺在了吴克功粘满粪土的手心里。

噢，真是钱，五分的，他说。他把它装进了口袋里。

给我，普照说，是我看见的。

给你妈个大腿！吴克功说。筛你的粪！

普照不悦意了，嘬着嘴。

筛完粪再给你。吴克功说。

普照高兴了，用力和他妈拉筛子。筛完筛子里的粪土，普照又叫了一声。

爸，你看！

普照举着筛子。吴克功直着眼，恍惚了好大一会儿，才看见筛子中间磨出了两个大窟窿。

筛不成了。普照说。他从窟窿那边看着他大吴克功。

那就不筛了。吴克功说。

粪土也差不多快筛完了。吴克功的媳妇直了直腰，呼了一口长气。吴克功把镢头把儿放在屁股底下，坐上去，用手在口袋里摸着。他想抽烟了。普照以为他大要给他掏钱，就跳过去说，给我。吴克功看了儿子一眼。

给我，普照说。

吴克功抡起胳膊，一巴掌抽倒了普照，正好倒在那副烂筛子里。

第二年秋天，县广播站下来一位记者，指名道姓要采访吴克功。记者问他家的庄稼为什么比别家的庄稼长得好。吴克功说我种庄稼是精耕细作他们下不了这工夫。记者说你最好能说得具体点。吴克功说具体点就具体点，我给庄稼上的是用筛子筛过的粪土你问他们谁筛过。记者还是有些不明白。吴克功说粪土细了力气就会往地里边渗，一块一块的粪土把力气都散在空气里了，咱种的是庄稼又不是种空气是不是。噢噢噢，记者明白了。

很快，全县人都知道了吴克功的名字。

很快，下来了位干部，动员吴克功当村长。吴克功说不不不我不当村长我把庄稼种好就行了我为啥要当村长？干部说你一个人种好当然好让全村人种好了就更好。吴克功说会好的都会好的全村人都在筛粪哩。

确实，全村人都在用筛子筛粪。满村里都响着拉筛子的那种声音，不知内情的人一进村会以为这儿正闹耗子。

那你就当代表吧，干部说。

代表？吴克功不明白。

我看就这么定了，干部说。

吴克功就当了代表。几天后，吴克功就参加了乡上的代表会。

会咋样？村上人问吴克功。

伙食不错，他说。

原载于《延河》1995年第6期

马自达先生的简历及其他

　　1944年，马自达先生出生于他终其一生的这座城市。他没惊
动这个世界。他的啼哭仅仅使略显老态的父亲把腰背挺直了两个时
辰，然后，就去他所在的面粉厂扛面袋去了。马自达先生的母亲是
一家布厂的女工。据这位不太漂亮的女工事后说，当马自达先生鲜
嫩的小嘴嘬住她高挺的乳头时，她有了一种幸福和痛苦相杂的感
受，让她终生难忘。女工还说，马自达先生是看见并触摸她奶子的
第二个男人。她说这些话的时候，脸上喷薄着激情，要渗出血来。

　　1945年，马自达先生所在的城市和整个国家一起有过一次狂
欢，日本鬼子被世界人民联手打败了。那时候，不到一岁的马自达
先生还不知道这一事件的深刻含义，当满头毛发上沾满面粉的父亲
把他的嘴向正在女工怀中吃奶的马自达先生伸过来的时候，马自达
先生毫不犹豫地在父亲的脏脸上抓了一把。他以为父亲要和他抢奶
吃。其实，那位面粉厂的工人是因为兴奋，想在儿子的小脸上亲一
口。

　　1949年，马自达先生跟在扭秧歌的队伍后边，第一次有了游行
的感受。队伍中有他的父亲，也有他的母亲。在他后来的一生中，
类似的经历还有过无数次。无数次的游行在马自达先生的心里累积
成无数个记忆，一想起，就会产生一种落花缤纷的想象。一年后，
马自达先生上了小学。他能走进学堂，和他平生的第一次游行有
关，其中深层的道理是他在后来的许多事中逐渐懂得的。

　　马自达先生对痛苦的初次感受发生在1952年。他所在班级的
同学每天早晨都要争抢教室角落里的几把笤帚打扫教室，以表示他
们对劳动的热爱，并培养集体主义精神。马自达先生把上学时间从

早晨八点提前到六点，依然抢不到笤帚。每当老师在讲台上表扬扫地的同学的时候，马自达先生的内心就会经受一次捏弄。他难过，继而痛苦，以至于愤怒了。他拒绝吃饭，并放声大哭。父亲和母亲被他吓坏了。当他讲明原委之后，面粉厂工人的脸上立刻洋溢出胜券在握的表情。母亲太了解父亲了。这位布厂女工叫着马自达先生的小名说：达达你睡这事不比你爸给资本家背面粉难。第二天凌晨4点，马自达先生的父亲牵着马自达先生的手，叫醒了学校看门的老头，推开教室门对马自达先生说：儿子你去，那几把笤帚都是你的。就这样，马自达先生和他父亲联手，把整个班级上学的时间提前到凌晨4点以前。儿子你听着，父亲给马自达先生这么说，如果有谁比你早到，咱就再提前。没有谁比马自达先生早到。几个月以后，马自达先生的胸前系上了一条鲜艳的红领巾。这一事件对马自达先生产生的影响，为马自达先生始料不及。他和笤帚结下了不解之缘。

1957年，马自达先生顺利地升入中学。他没有请求父亲的帮助。他驾轻就熟，使全班同学望笤帚而却步。三年后，他加入了中国共产主义青年团。

1964年，马自达先生考入他所在城市的一所名牌大学，学习汉语言文学。他的身体和所有中国人一样，刚刚经历过饥饿的蹂躏和戏弄，还没有完全恢复。他总能抢到堆放在教室角落的笤帚。笤帚总能给他带来声誉。他品学兼优。他读了许多书，知道了莎士比亚和拉伯雷，知道了两个托尔斯泰，知道了鲁迅的骨头最硬，但不是世界上唯一的伟大作家。他对现代文学产生了浓厚兴趣，并迷恋上几位作家作品。也就是在这个时候，马自达先生写出了他的第一篇日记。他想他生命的履历应该是辉煌的，至少不能和那几位作家相距太远。他拒绝了一位女同学的求爱。她脸上有6颗雀斑。后来，雀斑和班长过从甚密。马自达先生没有吃醋。再后来，雀斑就有了一次庄严的揭发，说班长企图强奸她。班长申辩说雀斑想成为第一个学生党员，他无法满足她的要求，因为他自己也正在争取进步。申辩太缺乏力量了，班长被勒令退学。班长是在清晨离开学校的。那时候，马自达先生正在清扫教室。班长看了马自达先生一眼，什么也没说。马自达先生在他后来的一生中常常会想起那双眼睛。马自达先生勤奋学习，扫地不辍，毕业时，和雀斑同时入党了。这时，举世瞩目的文化大革命已经开始两年。

运动中的马自达先生几乎无大事可记。就在他把他的第一张大字报贴上墙的那天，已很显老态的面粉厂工人抽了他一个耳光，说我让你念书不是让你在墙上胡涂乱画的。老工人的超常表现使马自达先生愣了一下，然后捂着发烫的耳朵转身离去。此后，他退出了运动。无所事事的马自达先生只有扫地了。所有的人都在革命，没有人和他争抢笤帚。这时的马自达先生，已是一家文学研究所现代文学室的研究人员。他扫得仔细而从容，从办公室扫到院子，扫到大门外。长时间的扫地并没有给马自达先生带来好处。他突然发现，人心不古了。而扫地则是被打入另册的一类人的营生。马自达先生陷入了长久的惶惑之中。

1973年，惶惑中的马自达先生与本所一位年轻的图书管理员结为夫妻。新婚第一夜，图书管理员以优美的姿势迎接了马自达先生。遗憾的是马自达先生出了很多汗，却找不准地方，猴急了好长时间。在图书管理员的帮助下，马自达先生才解决了问题。你怎么知道？事后，马自达先生这么问图书管理员。我在书上看的。图书管理员用手指梳理着满头乌发。再说，东西在我身上。图书管理员又添了一句。马自达先生有些恍惚了。图书管理员滋润地进入梦乡之后，马自达先生却久久不能入睡。他并不怀疑睡在他身边的妻子是个坏女人，和别的男人有过这类经历，可他怎么也想不通，图书馆有的是书，管理员为什么不看别的，偏要看这种书？然而，管理员优美的姿势和轻微的呻吟太诱人了。他弄醒她，他们又做了一次，感觉依旧美好。就这样，惶惑中的马自达先生用另一种方式证明了自己。每天晚上，图书管理员都以同样的姿势迎接他。他对这种一成不变的姿势从不厌烦，并保持着经久不衰的热情。这种情形也只有在他和笤帚相遇时才可比拟。五年后，中共党员马自达先生已成为四个孩子的父亲，并有了一肚子关于扫地的学问。他不仅找到了快速扫地的窍门，而且知道了扫地与风有关。比如，刮风的时候，你刚好开门倒垃圾，迎面而来的风会把撮箕里的垃圾重新吹进屋子，把你刚才的全部努力变得滑稽可笑。这种情形，马自达先生曾遇到多次。

这时，人们已经和历史翻脸，并着手创造新的历史。他们捡拾着曾被遗弃的东西。他们给了热爱笤帚的马自达先生很高的评价。马自达先生在心理得到些许平衡之后，准备开始他的现代文学研究。一位同室的同事使他又一次放弃了。那位像时钟一样准确的同事住在研究所的院子里。每天早晨，当马自达先生骑40分钟自行车，赶到办公室时，办公室已清扫干净。那位同事正坐在办公桌前阅读昨天的晚报。靠在墙角的笤帚和撮箕像一个讽刺。马自达先生像吃了苍蝇一样。对一个骑40分钟自行车才能赶到办公室的人与一个和办公室相邻而居的人来说，竞争是不公平的。马自达先生立刻想起了父亲。"如果有谁比你早到，咱就再提前。"父亲声若洪钟。许多天以后，坐在办公桌前看昨天晚报的已不再是那位同事，而是马自达先生了。马自达先生比同事还多了一份热情。他总会抬起头，给来迟的那位同事一个和善可掬的微笑，然后，继续看报。同事放弃了扫地。马自达先生认为，他的同事没输在时间上，而是输在了精神上。所以，他不能懈怠，也不敢懈怠。

1985年，马自达先生晋升为现代文学室副主任，并开始谢顶。

1990年，马自达先生又一次晋升，任现代文学室主任，并完全谢顶。就在这一年，放弃扫地的那位同事接连出版了几本专著，并各送了马自达先生一本。马自达先生在接受赠书的时候，脸上布满迷离的神情。他突然发现，他曾迷恋过的那些作家作品已离他远去。

1994年，马自达先生在病榻上度过了他的50岁生日。他因疲倦过度而患了一种不治之症。他不止一次地回忆起他的一生。他对着病房白色的屋顶长时间喃喃自语。他不时地摸着谢顶。他感到有一双看不见的手握成拳头，玩耍一样在他的脑顶上轻推着，推掉了那里的毛发，推出了一片红光常泛的不毛之地。他很自然地想起他关于生命的履历的念头。他的表情难以名状。

1995年1月15日，马自达先生被送往火葬场火化。当天下午，研究所管档案的一位女干部从一厚摞人事档案中找出了马自达先生的档案袋。那里边装有几十份名目不同格式大体一致的履历表。每一张表格中都填有马自达先生工整的字迹。姓名：马自达。曾用名：马达。民族：汉。然后是籍贯出生年月何时入团入党何时何地获得何种奖励何时何地因何事受过何种处分等等，每一个吃皇粮的中国人都不陌生。女干部抽出最新填写的一张，看了一眼表格右上方马自达先生的一寸免冠照片，然后又塞进去，封上口，写上已故两个字，把它放在了另一摞档案堆里。

自此，马自达先生便从理论和实在的双重意义上在这个世界上彻底消失。只有熟悉他的人还会偶尔想起他。当然，他们暂时都还健在。这已与马自达先生无关了。

原载于《小说选刊》1995年第3期

公羊串门

　　几只鸡正在村口觅食，灵巧的嘴不时啄几下，不知啄到了没有。大概没有，因为它们只是啄，并不仰起脖子来。一只公鸡突然伸开翅膀，向一只母鸡紧挨过去。母鸡趔了一下，意思很明显，它这会儿不想。但公鸡想，所以，公鸡并没有因为母鸡趔了一下就不挨了，它拉着一只翅膀，一次次挨着，死乞白赖的。

　　王满胜和他家的那群羊就是这时候走过村口的。羊们悠然自得的蹄脚搅扰了公鸡。它跳开了，收住翅膀，诚惶诚恐地看着那群羊。

　　领头的是只公羊，犄角上挂着红绫，很耀眼。还有一只铃铛，在脖子底下吊着。它扬着头，一副神高气傲的样子。它的神气完全来自它良好的自我感觉。它很重要。它不但是公羊，而且是种羊。世上的公羊很多，可种羊就难得了。它是种羊。

　　王满胜跟在羊群的后边，腰里系着一截草绳。不是系不起麻绳或者皮带，也不是舍不得，而是因为习惯。草绳有草绳的好处，断了就扔掉，再编一条。你每天在山上，羊一吃开草你做啥？吼歌？吼歌又不妨碍编草绳。所以，王满胜从来都系草绳。他三十多岁，粗糙的脸褶里扑着尘土。胡茬上也扑着，呈颗粒状，如果染成红色，会以为那里挂着的是酸枣或者枸杞豆。他迈的是八字步，背着手，攥着一根拦羊鞭。"回来了？""噢么。"他边走边和几个村人打着招呼。

　　很快就到家门口了。再走几步，他的羊群就会从他家半开的门里拥进去。可是，那只公羊站住不动了。王满胜有些奇怪。他看见公羊支棱着耳朵，在听着什么。他也支棱起耳朵。他很快就听见了几声母羊发情的叫唤。是邻居胡安全家的母羊。肯定。再看他的那只公羊，分明已经心猿意马了。它不愿进门。

王满胜很果断，扬起手中的拦羊鞭，在空中抽出一声脆响，鞭梢从公羊的头顶上掠过去。公羊打了一个激灵，贼一样从门里钻着进去。

狗日的想吃野食。王满胜骂了一句。

王满胜端起老碗开始吃饭了。他把嘴放在碗沿上，一转，就发出一串长长的吸声。他感到那一口温热的钱钱饭像小鱼一样，通过喉咙和食道，一头撞进了他的胃里，停在里边的某个部位，温柔地动弹着。噢，他说。日他妈舒坦，噢，他说。他不再吸了。他把老碗放在了石板桌上，似乎要好好享受那口钱钱饭在胃里轻轻动弹着的滋味。然后，他给婆姨说：

"胡安全家的母羊寻羔哩。"

"噢噢。"他婆姨说。

他说："你没听见？"

他婆姨说："这会儿好像不叫唤了。"

他斜了他婆姨一眼，说："它又不是机器，还能不停地叫唤？"他感到他婆姨很无知。他端起老碗又要吸了。他刚把嘴唇挨上碗沿，就发现他家的那只公羊不见了。他往羊圈里看了一眼，没看见那只公羊。他立刻产生了一种不好的感觉。"狗日的。"他骂了一句，放下手里的碗，从圈墙上取下那根拦羊鞭，风一样从门里吹了出去。他很有把握地推开了邻居胡安全家的门。

王满胜家的公羊早已骑在了胡安全家的母羊身上，两条后腿像弓一样绷着，屁股像一台小发动机，突突突抖着。红绫子闪着，铃铛响着。它正在使劲出力。王满胜急了，当然不是因为他家公羊犄角上的红绫和脖子上的铃铛，而是因为公羊运动着的屁股。他看得很分明，他家公羊的屁股再这么运动一会儿，就会产生重要的后果。他不能让它运动了。他晃着拦羊鞭，朝胡安全家的羊圈走过去。

胡安全蹲在羊圈跟前，很有兴致地看两只羊交欢。他看见王满胜走了过来。

他说："你家公羊串门来了。"

王满胜说："狗日的吃野食！"

王满胜的拦羊鞭刚举起来，就被胡安全拦住了。"哎哎还没成哩。"胡安全说，"你让人家把事做完嘛。"又说，"你不能动不动就用鞭子抽啊。"王满胜说我要抽。胡安全说要抽也不能这会儿抽。王满胜就要抽。胡安全说你和你婆姨正做好事谁突然抽你一鞭子你会是个啥感觉？这时候抽说不定会抽出病来的，以后再做不成这号事咋办？王满胜觉得胡安全的话有道理，就收起拦羊鞭，说，不抽就不抽，要配种把你家母羊拉到我家去。胡安全说，人家正在好处哩你非要人家挪个地方这不是成心折腾人家吗？你和你婆姨正做到好处，硬要你挪个地方，你想想。王满胜说这才叫奇怪哩你非要把羊和我拉到一起比。胡安全说那就和我比，我和我婆姨正做到好处就是皇上让我挪地方我也会往他脸上吐的。你看，你看，这不成了。

确实，两只羊好事已成。公羊的屁股一阵迅速的抖动，然后，从母羊身上溜了下来。母羊歪过头，用嘴在公羊身上挨了几下。胡安全一脸笑，走到他家的母羊跟前，说：行了行了别骚情了。又给王满胜说：行了行了你把你家公羊拉回去。他看王满胜没有走的意思，又说：我家母羊寻羔寻了几天了，你家公羊真是个公羊，不打招呼就蹿进来，一进来就搞上了嗬嗬嗬嗬。胡安全说话的语气和神态似乎比他家的那只母羊还要舒坦。胡安全还说了许多话。后来，胡安全就看着王满胜，一个劲地嘀嘀。他不提配种费。

回到家，王满胜把那只公羊拴进了一个独立的羊栏，他抡起羊鞭，朝公羊狠抽了一阵子。每挨一鞭，公羊就会跳一下，然后，就直眼看着它的主人，一脸的迷茫。它不知道它为什么要挨这一顿鞭子。

但配种费是不能不说的。

几天以后，王满胜和胡安全在他们各自家门外的茅厕里相遇了。那时候是清早，他们都站在茅厕里撒尿。

王满胜咳嗽了一声。

胡安全叫了一声满胜哥，说："我服你家的公羊了，一次就解决了问题。每天早上我都要去羊圈里看一眼，刚才也看了。我家母羊不叫唤了，卧在羊圈里，安静得像个菩萨。"

王满胜说："我家公羊配种从来都一次成。"

胡安全说："是的是的，我心服口服。"

胡安全系着裤带要回去了。王满胜哎了一声，他也系好了裤带。他走到胡安全家的茅厕跟前，说："我家公羊不能白出力气。"

胡安全把眉毛往上挑了一下，说："你这话是啥意思？"

王满胜说："我家公羊配种收费，这你是知道的。"他跟在胡安全的屁股后边，进了胡安全家的院子。

他说："我也不是非要今天让你给钱。你要是手头紧，缓几天给也行。"

胡安全的脸阴了下来，说："我家母羊寻羔是事实，可它没寻到你家去是不是？是你家公羊找上门来的，你让我出钱有些说不过去吧？"

王满胜说："听你的意思，配羔钱你是不想给了是不是？"

胡安全说："不是不想给，是给了不合适，旁人听了会笑话我的。我家母羊让你家公羊弄了，我还得掏钱？"

王满胜说："你给不给？"

胡安全："问你家公羊要去。"

王满胜知道他要不到钱了。他低头想了一会儿，然后转过身，向胡安全家的羊圈跑过去。等胡安全醒过来的时候，他家的母羊已挨了王满胜重重的一脚。又一脚。又一脚。每一脚都踢在了他想踢的地方。

王满胜朝外走的时候被胡安全挡住了。胡安全和他婆姨把王满胜压倒在他家的院子里，扇肿了王满胜的嘴。

王满胜没有回家，他去了村长李世民的家里。李世民给他倒了一杯水，说："啥事？"王满胜努力想了一阵，说："我先喝口水。"他喝了一口水。李世民说再喝再喝。王满胜说不喝了我就喝这一口。然后，他给李世民说了他家公羊和胡安全家母羊的事。

他说："我家公羊给他家母羊配了羔，我收钱该是天经地义的吧？他胡安全不但不给钱还扇我的嘴你说咋办？"

李世民说："你想咋办？"

王满胜有些惊异了，看着村长。村长说你别这么看我你一来就给我提了一串疑问号我才给你提了一个你就瞪眼。

王满胜说："反正这事你得管。"

李世民说："管么管么，交公粮收款修路出公差给女人戴环你说我啥不管？管啥我都能想到，就是想不到连公羊给母羊配羔的事也得管。"

李世民让王满胜先回去。李世民说你把你的嘴赶紧治理治理，这么肿着太难看，说话吐字也不清，听得我难受，费耳朵。

王满胜等了好几天，又打问了几个人，才知道李世民压根就没去找胡安全。他很生气，又找了一次李世民。

他说："你把我的事放在后脑勺上了是不是？"

李世民在后脑勺上拍了一下，说："就是就是不管在哪儿放着总还是放着哩又没丢。乡上来人搞计划生育我领着抓了几个妇女你没看见？还要找你婆姨哩。"

王满胜说："我婆姨戴环了。"

李世民说那也得看看环还在不在要是掉了和没戴一样要重新戴。王满胜说你别打岔说我的事。李世民说你婆姨的环也是你的事。王满胜说你不管我的事我就让我婆姨取环我让她生一群娃。李世民说你敢，你再生一个我就把你家的羊全拉走。王满胜说你不管我就去乡上法庭告状打官司。李世民说哎你这主意不错去法庭也许是一条正路。

王满胜真到乡上的法庭走了一趟，然后又进了李世民家。

李世民说："告了？"

王满胜说："告个尻子。驴日的法庭嫌事情太小，不管。我说难道要出了人命再管不成？难道让胡安全把我打死了再管不成？法庭的人不说话，光给我笑。驴日的法庭。"

李世民仰着脖子笑了。

王满胜说："你还笑啊！"

李世民又笑了一阵子。李世民说你回吧我晚上就去胡安全家。

李世民让胡安全拿两块半钱出来。李世民说："就算满胜家的公羊是串门，可你家母羊怀羔了所以你要拿钱。就因为满胜家的公羊是串门，所以只给你要一半钱。"又说："你打肿了满胜的嘴我不处理你了。"

胡安全拿出了两块半钱。

王满胜不同意，非要五块钱。李世民说，你好好的啊。又说：

"我不出面你连一分钱也要不到说不定嘴还要肿。"王满胜说就因为打肿了我的嘴我咽不下这口气我要受疼钱。李世民说："嘴是肉长的不是泥捏的肿了还会好的不是？疼当然要疼可疼是当时的现在不疼了不是？还疼不？还疼就让婆姨晚上给你舔舔。"李世民把钱撒在王满胜家的炕沿上，背着手走了。王满胜想追出去，被他婆姨拉住了。他看着他婆姨。婆姨给他笑了一下。为了公羊的事，这些天他一直没动过婆姨，虽然他婆姨是那种热爱男人疼男人的女人。

王满胜说好吧好吧就算他李世民说得有道理。他婆姨就收起了炕沿上的钱，往炕上铺被子。他们睡了个好觉。

第二天清早，王满胜出门去茅厕撒尿，又一次和胡安全相遇了。胡安全也在撒尿。他们能听见对方撒尿的声响。他们一个不看一个，说了几句话。

胡安全说："满胜哥，昨晚可睡好了？"

王满胜说："一倒下就睡过去了，踏踏实实的，睁眼就到了天亮。"

胡安全说："都是那两块半钱的作用。"

王满胜说："没错没错。兜兜里少了两块半钱，你睡得可踏实？"

胡安全说："开始的时候不踏实，在炕上翻来倒去的，后来又踏实了。我家母羊怀了羔，我又扇了人的嘴，两块半钱不算多。"

胡安全提着裤子走了。王满胜家的那群羊也从他家门里拥了出来，打头的依然是那公羊。王满胜的婆姨把拦羊鞭和干粮袋递给王满胜。王满胜表演一样，用拦羊鞭甩了一声脆响，跟在羊群的后边，上山了。

那时候，王满胜和胡安全都没想到他们还会发生事情。

胡安全家的母羊落羔了。胡安全蹲在母羊跟前，半晌没吭出声气。母羊卧在羊圈里，腿上沾满了血糊糊的脏物。

两个村民和胡安全蹲在一起，表情和胡安全一样沉重。他们想安慰胡安全几句。

一个说："白出了两块半钱。"

另一个说："那天我在窑背上看得清清楚楚，王满胜在母羊肚子上踢了几脚。当时我就想，这羔配不住了，配住了也得落羔。"

又说："李世民能断个尿官司。公羊要是个人会是个啥情况？要判强奸罪。"

胡安全听不下去了。他蹭一下站起来，很快出了村，上山了。他要找王满胜。他想把王满胜的嘴再一次扇肿，然后再和他说母羊落羔的事。但他很快又改变了主意。他一翻过沟坎，就看见了王满胜家的那群羊。它们正在吃草，散乱在沟坡上。然后，他就看见了那只公羊，就改变了主意。那时候，王满胜躺在一块石头跟前，好像睡着了。胡安全从他身边走过去，径直走到公羊跟前，抱起了它。

公羊的叫声惊醒了王满胜。胡安全抱着公羊已走远了。王满胜愣了一会儿，然后就失声了。他跌撞着追过去。本来能追上，可他太急了，脚不稳，从沟坡上滑了下去。等他从坡底爬起来的时候，已找不见胡安全的影子。他没再追，因为他还有一群羊在山上。

三天以后，王满胜又一次敲开了村长李世民家的门。

王满胜说："我恨不得咬他驴日的一口。他家母羊落羔了硬说是我踢的，要我赔两只羊羔的钱。我跟他磨了三天嘴皮子，我没办法我只能找你。"

李世民说噢噢你先回去。王满胜不回。王满胜说："胡安全把亲朋好友都发动起来了，满世界找发情寻羔的母羊让我家公羊配哩。"

李世民说："是不是？"

王满胜说："赶紧你赶紧。"

李世民边够鞋边说："狗日的胡安全亏他想得出来。"他觉得事情变得有意思了。

胡安全家的院子变成配种站了。那只公羊骑在一只母羊的脊背上，很卖力地工作着。母羊的主人在口袋里摸着钱，准备给胡安全付账。还有几个人各牵着一只母羊在旁边等候着。

配过种的顾主拉着母羊要走了。胡安全边装钱边说："给你们村的人宣传宣传，母羊寻羔就往我这儿拉，配一个三块，童叟不欺。下一个——"

下一个主顾磨蹭了一会儿，似乎不愿意把母羊给公羊跟前拉。他说："胡安全你怕是过高估计了你的公羊了一天配这么多就算它能撑住可它有没有那么多东西？"胡安全说："不多不多你这是第三个配不上我给你退钱你怕啥？"

在场的人都看着那只公羊。他们都以为它不行了。可是，他们很快就知道他们错了。那只公羊先用鼻子在母羊身上蹭了蹭，也许是闻到了什么气味，也许是好事做红了眼，它突然一用力，跳起来，把两条前腿搭上了母羊的脊背。"噢！"他们都发出来一声惊呼。

胡安全说："牛皮不是吹的，火车不是推的。今天我打算让它配五个。"

他们又发出一声惊呼。

胡安全说："我要试试。我想看看一只公羊到底有多大的能耐。"

但公羊的后腿明显不如前一次有力了。

胡安全说："这是正常情况。好像你们没做过这号事一样。让你们连做三次，看你们的腿打抖不打抖。"

王满胜和村长李世民就是这时候从大门里走进来的。王满胜一眼就看见了他家那只可怜的公羊。他撕心裂肺地叫了一声,要扑过去,被李世民抱住了。

王满胜说:"他会累死它的!"

他痛苦地吼叫着,要从李世民的胳膊里挣脱出来。他要和胡安全拼命。李世民更紧地抱着他,说:"你往石墩上看——"

院子里有个石墩。石墩上放着一把杀猪刀。胡安全在石墩跟前蹲着。

李世民说:"你扑着扑着挨刀啊?"

王满胜立刻安静了。他想抢救公羊,但更怕挨刀,所以,他站着不动了。

可怜的公羊,它在出着大力。

王满胜给拉着母羊的人说:"求你们了,你们走吧。他想把公羊往死里整。"

胡安全说:"你把我看扁了。整死公羊我拿啥挣钱?我不过是想多配几个,你听清了没有?"

王满胜转过脸,可怜兮兮地看着李世民。李世民给他摆摆手,让他离开这儿,他要和胡安全说话。王满胜不想走。李世民说你不走我没法说话。王满胜不情愿地走了。

李世民说:"安全……"

胡安全说:"这事你别管我自个儿处理。你去告诉往王满胜,我不想占他的便宜。我挣够我的钱就把公羊还给他。他把我家母羊踢落羔了我得把损失补回来。"

又说:"上回那两块半钱我出得窝囊。他家公羊串门搞了我家母羊该是强奸,你看,我还懂点法律。你是村长连法律也不懂还给人说是了非。你要说是了非就拿法律来咱依法办事。"

李世民的脸发烧了。胡安全没有说错,他确实不懂法律。官司断不成了。

但村长李世民决计要断这个官司。

乡上法庭的老刘歪着脖子把李世民看了很长时间。老刘说我都不敢认你了我在法庭工作了这么多年没见过哪个村长主动上门来要学习法律。老实说法律书的种类很多植树造林环境保护计划生育都有法律你要哪一种？李世民说我要管男女关系的那一种。老刘说没有这种专门的法律。李世民说间接的也行。老刘就给了李世民一摞子法律书。

李世民把自己关在他家的一间屋子里，不让任何人打扰他。"我要读书。"他说。他像虫子一样，一页一页蛀着那些小册子。他相信他能从这些小册子里找出办法，不但能把胡安全说倒，也能让王满胜心服口服。

那些天，胡安全用王满胜家的公羊又配了几次羔。王满胜几次找李世民，都被李世民的婆姨挡在了门外。李世民的婆姨把脸笑得像核桃一样，说："世民在屋里念书哩，不让打搅。"王满胜跳起来了。王满胜说："李世民你听着你再这么念下去我家的公羊就被胡安全折腾死了。"李世民的婆姨把王满胜友好地推到了街道上，说："世民不会出来的。他的脾气你知道他不会出来。"

王满胜没心思上山了。我的心像尿戳哩我没有心思上山，他给他婆姨这么说。就在他难熬的那些日子里，每天都有人拉着母羊去胡安全家配羔。胡安全已经检验出了那只公羊的能耐，它一天最多只能配三次，到第四次就是用鞭子抽也不肯上了。世上也许有一天连配五次六次的公羊，但这一只不行。

每有一位主顾拉着母羊从胡安全家出来，王满胜的婆姨都要向王满胜报告。王满胜到底憋不住了。他咬了一阵牙根，从炕沿上跳下来。他一直蹲在炕沿上抽烟，现在，他从炕沿上跳了下来。

"日他妈我等不得李世民了。"他说。

"日他妈我自个儿处理！"他说。

他很快就叫来了王满堂王满光王学魁王学文一帮王家人，提着镢头铁锨铁锹一类长把儿家伙，来到了胡安全家。

王满胜说："把公羊交出来！"

胡安全的婆姨惊叫了一声，抱着头钻进了窑里，关上了门。

胡安全没想到王满胜会这么做。王满胜做得太突然了，不给他一点准备的时间。他把杀猪刀攥在手里，直勾勾地看着王满胜一伙。

王满胜威严地说："放下屠刀！"

胡安全说："谁过来我捅谁，捅个血流满地，捅出他的肠子来。我照准一个往死里捅。"

当然，他们没打起来。许多天以后，人们还能想起村长李世民冲进胡安全家院子里的情景。他英勇无比，把一只手举在空中，对着院里的人喊了一声："都给我站住！"正要往上扑的王满堂王满光王学魁王学文们被村长李世民的气势镇住了，站住不动了。李世民并不放下他举在空中的五指划开的手。他转头看着胡安全，说："把刀放下！"他看着胡安全放下了杀猪刀，才把他的手从空中收了回来。

他说："你们听着。只要你们一动手，就不是我李世民能管的事了。我念了好几天法律书。你们看我的眼。"

确实，李世民的眼睛像鸡屁股一样，鼻子底也像抹了一道锅黑。

他说："我熬夜了，停电了我就点着煤油灯熬，我到底熬出来了。法律不是唬人的是正经东西，出了人命就得去公安局说事。县法院三天两头毙人哩，难道你们不怕毙？怕毙就给我退出去。"

王满堂王满光们心虚了。他们怕毙，就一个跟着一个退出了胡安全家的院子。

王满胜不愿意走。王满胜说我要我的公羊。李世民给王满胜吐了一口。王满胜也出去了。

现在，李世民走到胡安全跟前了。

李世民说："你说我能不能断这官司？"

胡安全说："能。你断吧你能。"

李世民说："明天一早就在这儿，我来断，用法律断。"

全村的人都拥到了胡安全家的院子里，心情都一样的兴奋和激动，等着观赏村长李世民用法律断公羊串门的官司。

院子中间空出来一个大圆圈，扎了两根木橛，分别拴着王满胜家的那只公羊和胡安全家的那只母羊。它们听不懂围观者们热闹的话语，偶尔抬一下头，支棱着耳朵，它们的主人王满胜和胡安全分别蹲在它们跟前，低着头。

圆圈的一边放着一张木桌，一条木凳。村长李世民和乡上法庭的老刘从人圈外走进来，坐在了木凳上。李世民咳嗽了一声，把夹在胳肢窝里的一摞法律书放在了木桌上。

人们鸦雀无声了。

李世民一脸严肃，说："这位是咱乡上法庭的刘同志，叫他来是作个见证，他不断官司，我断。"

人们哄一声笑了。李世民说你们笑，笑完了我再断。人们立刻收住了笑声。李世民又咳嗽了一声，开始断官司了。

他说："王满胜胡安全两家险些闹出人命，是由这两只惹是生非的羊引起的。我就先说羊。母羊寻羔当然要叫唤，公羊听见叫声就串了门。公羊的主人王满胜要收配种钱，母羊的主人胡安全说公羊犯了强奸罪。这就是矛盾，母羊的主人说是送上门的，配羔钱不该出，公羊的主人说母羊用叫声勾引公羊，钱一定要收。这也是矛盾。矛有矛的说法，盾有盾的道理。法律呢？按照法律，强奸要在二十四小时以内报案才能立案。还有，母羊不情愿，以公羊自身的条件和能力，也不可能强奸成功。所以，强奸不能成立。事实只能是，两只羊互为邻居，长期见面，声息相闻，产生了感情，应为通奸。法律不管通奸，胡安全，不信你看法律书去。"

李世民把桌上的法律书扔在了胡安全的脚跟前，说："你要找出一条来，我把村长让给你当。"

胡安全说："我不看我也不信，法律不管通奸让世上的人都通奸去。"

李世民不理会胡安全，继续断官司："但是，两只羊违犯家规，私自幽会，引起两家主人的矛盾，并造成一定的后果，法律就要管了。按照法律，不满十六岁的儿童和智力不全的人，行为后果由监护人负责。以此推理，羊是畜牲，不通人事，行为过失应由主人承担责任。根据以上论证，现对公羊串门一案宣判如下——"

老刘拨了一下李世民的胳膊，说："是调解不是宣判。"

李世民说："现对公羊串门纠纷案调解如下：第一，公羊强奸既不成立，母羊家应全额给付配种费。第二，母羊落羔是因公羊的主人脚踢所致，公羊家应给予一定补偿。第三，公羊在母羊家受到非法拘禁并强行被迫劳役，劳役的收入，除去饲料费，全数退还公羊主人，这是一笔细账，要坐下来慢慢算。"

官司就这么断了。满场的人嗷一声叫了起来，给李世民拍了好长一阵巴掌。

王满胜和胡安全又在茅厕相遇了。也许王满胜不该多嘴，可他喉咙有些发痒，就叫了胡安全一声，说："我一直不知道，你告我家公羊强奸啊，亏你能想得出来。我一想起来就觉得好笑。法律不承认是强奸，是通奸。你虽然想得绝，可就是白想了。"又说，

"我还得感谢你。我一直不知道我家公羊能配三次羔，现在知道了。但我一天只让它配两次，我的心没你那么贪。"

胡安全一句话也没说。那些天，胡安全一直很少说话。他满脑子都想着"通奸"这两个字。他的喉咙里像卡了一样东西，咽不下又吐不出来，很难受。就在那天，在许多天以后的那天正午，他去了王满胜家。他知道王满胜和他的羊群在山上。他给王满胜的婆姨说他喉咙里卡了一样东西想让她看看能不能取出来。他说他婆姨回娘家了要不他不会找她。他说得很认真，甚至还咳了几下。王满胜的婆姨信了，她让他张开嘴。他没张嘴。他一把抓住了她的手腕。她说安全你把我的手攥疼了快放开。他说一会儿还有更厉害的进去！他一用力，就把女人的手拧到了背后。女人哼了一声，肚子立刻挺了起来。他把她推进了窑里。女人挣扎了一下，他又加了点力，女人的肚子挺得更高了。女人说安全你让我给你取喉咙里的东西你让我取。他说我不让你取了我要弄你。女人拧过脸看他。他说别这么看我。女人说我看你有没有脸。他说噢噢你看，看一会儿我再弄。他又用了一下力，女人不看了。女人大口地喘着粗气。

他说："我知道你不愿意，但你不能喊叫，你喊叫我就掐死你。"

女人不想死。胡安全再没什么口舌就睡了她。临走的时候，他看了一眼躺在炕上的女人。女人歪着头，眼睛睁得大大的，看着炕墙。

他说："这不是强奸，是通奸。"

胡安全揣着杀猪刀睡了一夜。也许王满胜的婆姨会告诉王满胜。也许王满胜永远不会知道。最好是王满胜知道了却不张扬。不管王满胜知道还是不知道，揣着杀猪刀总比不揣好。

王满胜没找他。第二早上去茅厕尿尿的时候，王满胜也没扑过来。王满胜尿完尿赶着羊上山去了。王满胜甚至看也没看他一眼。他放心了，然后兴奋了，便从茅厕里跳出来，进了王满胜家。

女人正在梳头。女人好像给他笑了一下。

女人说："你不怕满胜回来？"

胡安全亮了亮怀里的杀猪刀说："我有这东西。"

他没来得及用那把刀，王满胜就用镢头把他砸平了。他骑在王满胜婆姨的身子上，听见门响了一声，回头就看见了王满胜。王满胜举起镢头，斜着朝他抢过来。砸在了他的腰上。他哼了一声，再也没爬起来。女人把她的身子从胡安全的身子底下抽出来，说："我把事情给满胜说了。"

王满胜说胡安全你起来。胡安全努力了几次，说："我的腰断了。"他的脸上布满痛苦，又说："你应该找李世民啊，他有法律。"

王满胜说："我想自个儿解决。"

王满胜又要举镢头了。

胡安全说："我以为你不知道，我还想弄一次。"

王满胜说："说得好我也想再砸一下。"

这一回，他砸在了胡安全的头上。

他婆姨说："你把他砸死了。"

他扔下镢头，蹲在窑门外点了烟吸了一口，说："找李世民去。"

那时候，李世民已经成了名人。先是县上的记者找他，然后是地区的记者，他们让他谈体会。李世民说我没体会我按法律办事我没体会。记者们兴奋了，说这就是最好的体会接着说。李世民受到鼓舞，就把他点着煤油灯熬夜念法律书的事抖了出来，就进了广播上了报纸，很可能还要上电视。王满胜的婆姨找到他家的时候，他正和婆姨商量上电视该穿什么衣服。王满胜婆姨说快快快满胜把胡安全砸死了，李世民愣了。李世民说你慢点说我没听清。王满胜婆姨又说了一遍。李世民到底听清了。

他说："快个尿这得找公安局。"

公安局的人问王满胜为什么砸了一镢头还要砸另一镢头？王满胜说第一镢头砸在了腰上我想砸的是头而不是腰。

"知道不知道会砸死人？"

"知道。"

"知道会砸死人你还砸？"

"你这话问得怪。他活着我难受。难道你们要让我难受地活着？"

公安局的人笑了。

枪毙王满胜的那天，村上的人都去了县城看热闹。王满胜家的那只公羊大摇大摆地走进了胡安全家的羊圈。

原载于《文友》1999年第10期

上吊的苍蝇和下棋的王八蛋

老仁把他哥改叫王八蛋的时候是通知过他哥的。他说：从今后我叫你王八蛋。他还说：我在任何时候任何地点都这么叫。

他哥笑了一下，说：我知道你对我不满。

他哥这么说的时候是低着头的，然后他哥抬起头来看着老仁，说：就算你对我不满你也不能叫我王八蛋啊，能不能另改一个叫法？

老仁说：不行，我就这么叫。我想了好多天想来想去叫你王八蛋最合适。

他哥说：我不姓王啊。我和你一样姓仁啊。虽然对一个人来说姓王姓仁还是姓别的什么是一件无所谓的事情，但是，我不愿意姓王啊。我愿意姓仁。你要是叫我仁八蛋没准我就会同意。

老仁认真想了一会儿，说：仁八蛋和王八蛋听起来只是一个字的区别但意思全然不同，所以，我还是要叫你王八蛋。

他哥也想了一会儿，做了最后的努力，说：就算我是个蛋，我也是姓仁的人的蛋，而不是姓王的人的蛋，更不是什么王八的蛋。再说，如果我是蛋，你也就是蛋了，咱都是一个娘生父母养的蛋。叫我王八蛋该叫你什么？王九蛋？

老仁愤怒了。愤怒扭歪了老仁的脸。老仁不说蛋了。

老仁说：请你不要胡搅蛮缠。

老仁接着又说：你没有资格说什么娘啊父母。你压根就没有父母。

他哥说：可笑。难道我是从天上掉下来的？难道我是用泥随便捏出来的？我是类人猿？

老仁说：王八蛋。

他哥说：可笑。

老仁说：王八蛋。

他哥说：叫吧你叫吧，你可以这么叫，但我不认同。

老仁说：王八蛋。

他哥说：叫吧你叫吧，我认可了。想想，当初要是把人叫驴的话，现在我们的通称就是驴而不是人了。这么一想，就知道叫什么其实是很无所谓的。退一步天高地阔，我退一步。我就当我改了名。

就这么，他哥失败了，成了王八蛋。

老仁是在他哥又一次从河东区下棋回来后和他哥发生这番争执的。他们经常发生这样的争执。一条河把他们居住的城市分成两个部分。他们在河西区。他们是双胞胎，许多年以前，他们一前一后顺着同一个女人的大腿溜了出来。他们住在一个单元房里，一块儿上学，一块儿参加工作，又一块儿下岗，然后又一块儿提前秃顶，成了光头。

他们都没有女人。

其实他们是不同的。他们一个叫仁一，一个叫仁二。

他们还有许多不同。

他们曾经有过一个女人。她是和平医院的护士。护士在走进那套单元房的当天晚上又离开了。护士惊叫了一声，逃了出去。他们对护士的出逃都很惊愕，但惊愕的内容却很不相同。仁一惊愕的是她竟然逃走了，然后，就关心她能不能再回到单元房里来。仁二的惊愕完全是因为护士的那一声尖叫，然后，就想知道护士出逃的原因。她为什么要逃？第二天，他们带着各自关心的问题去了一趟和平医院。

护士礼貌地接待了他们。仁一知道了护士不可能再回单元房以后，很快就告辞了。纠缠在一件没有任何希望的事情里是愚蠢的。

仁二留了下来，和护士进行了长时间的探讨，并邀请护士在胜利饭店吃了一顿晚餐。

仁二说：你的尖叫给我留下了深刻的印象。

护士说：我不可能同时嫁给两个男人。

仁二说：没人让你嫁给两个男人啊。

护士说：你们太像了，虽然你们是两个一模一样的男人但毕竟是两个男人啊。

仁二说：事实上，两个男人是不一样的，一个是仁一，一个是仁二。

护士说：我分不清谁是仁一谁是仁二。如果我嫁的是仁一，仁二进了我的房子我很可能会把他当成仁一和他同床共枕的。如果我嫁的是仁二，仁一进了我的房子我也会把他当成仁二和他同床共枕。

仁二说：这是个时间问题。时间长了你会分辨清楚的。

护士说：我对我的分辨能力突然失去了自信。就因为我对我的分辨能力突然失去了自信，我才叫了一声逃离了，并决定不再回你们的单元房。就算时间能帮我分清，可是，我无法保证我在分清仁一和仁二之前不会把仁一和仁二搞错。我缺乏这种耐心。我喜欢有序的生活。我害怕乱套。三个人，两个一模一样的男人和一个女人在一套单元房里是很容易乱套的。

仁二说：我明白了。我能理解。其实，相像的面貌和肉体有着完全不同的精神。

护士说：我很遗憾。我真的很遗憾。也许是惋惜。如果有一样东西，比如仪器，像X光机能看见人的内部脏器那样，能立刻检测出人的精神就好了。那也不行。就算有这种仪器，我也不可能把它架在我的屋门口，每天对着仁一或者仁二检测一次，然后确定哪个是应该跟我上床的人是不是？你说呢？

仁二再次对护士表示了他的理解。

仁二回到单元房的时候，仁一正好吃完最后一块蛋糕。仁一看见仁二和那位护士进了胜利饭店，他想他不能亏待自己，就买了两块起士林蛋糕。

仁二说：她挺可爱。

仁一说：没错，屁股圆突突紧绷绷的。

仁二说：她的左眼下边有一颗痣，像一滴动人的眼泪。

仁一说：胸脯鼓鼓的，肯定有很好的手感。

仁二说：你给我们的谈话里掺加了一种流氓的气味。

仁一说：那我不说了。你也别说。

几天以后，仁二又一次和他哥仁一提起了那位护士。

仁二说：她说，仁一和仁二不但难以分清，也难以确定。

仁一说：是么？这倒是个新鲜的说法。

仁二说：一和二是按离开母体的先后顺序排的，可在娘胎里，没准是先有二后有一的。

仁一说：你要是觉得吃亏，咱换个个儿也行，你叫仁一我叫仁二。我对一和二并不看重，也没你那么大的兴趣。

仁二说：她好像受了惊吓一样。

仁一说：我已忘记她了。

仁二说：你是个没有记性的人。

仁一说：我不能倒着往后走。我往前看。

仁二说：人只要经历过，就不可能忘记。

仁一说：不是人，是你。不是所有的人都和你一样。

没有人能说清那位护士曾经要嫁给哥哥仁一还是弟弟仁二。仁一和仁二也没讨论过这个问题。仁一拒绝提说这件事情。仁一说我已经忘了我拒绝提说。仁二却无法忘记，时不时会想起她，想起她左眼下的小痣和她的那一声尖叫，所以，那位曾经的护士就算在了弟弟仁二的名下。

后来，仁一迷上了中国象棋。他每天都要去河东区，和那里的棋手们切磋棋艺。

仁二坚定地朝着他哥的脸吐了一口。

仁二很快就知道了他这一吐虽然坚定却极其乏力。坚定的态度并不一定都能产生有力的结果。

仁一用手在脸上抹了一下。脸上没有留下多少唾沫星儿。然后，仁一就用一种莫明其妙的表情看着他弟仁二。他看见他弟仁二噏着嘴要吐第二口，就迅速地伸出胳膊划开五指阻止了仁二。

仁一说：请不要吐不要辱没斯文。

仁二说：我不是辱没斯文，我是要让你知道，下棋是可以的，但不可以去河东区。

仁一说：为什么？

仁二说：他们罪恶深重。

按照仁二的说法，许多年以前，河东区的人把他们的父亲挂在一架篮球杆上，用军用皮带抽死他。河东区的人先剥光了他们母亲的衣服强奸了她，然后让他们的母亲跪在一堆碎玻璃碴上。母亲全身的血都顺着膝盖渗进了玻璃碴里，使玻璃碴变得像一堆玛瑙。河东区的人虽然没有作践他们的小妹，但是，小妹被流血的母亲吓死了。小妹惊叫了一声，倒在了母亲的跟前，再也没有起来。小妹的惊叫和护士的尖叫绝不相同。小妹的叫声非常短促，虚弱得像一声呻吟。所以——

仁一说：你说的是一部电影吧？

仁二说：是历史。

仁一说：听起来倒是挺残酷的。如果你让他们拿上带有刺刀的三八大盖儿，他们就和电影上的日本鬼子一样了。如果你让他们把小妹挑在刺刀尖上，小妹就成了少年英雄王二小了。

仁二说：你还知道王二小啊？你还是有些记性的。

仁一说：就算河东区的人吊死了我们的父亲奸杀了我们的母亲吓死了我们的小妹——好像有过这么回事儿，可这也太像电影里的故事了。就算你说的都是发生过的，那也是上辈人的事情，和我下棋的是下一辈。你不知道他们的棋下得有多好！可好可好。

仁二说：无耻。你太无耻了。你让我痛心！

仁一说：你可以痛心，但你不能干预我的生活。我喜欢下棋。我爱和谁下就和谁下。我喜欢和河东区的人下。

仁二说：他们的身上流着他们父母的血。

仁一说：你这是瞎掰活。关于生命的知识我还是知道一些的。生命是精子和卵子相遇的产物，与血没有关系。我们身上有我们父母的血么？我们的父亲是被吊死的，血在他的身体里。我们母亲的血流进了玻璃碴。不对么？

类似的谈话进行过无数次。无数次的谈话并没有使仁一有任何改变，反而更加重了仁二内心的痛苦。他揍了他哥仁一一顿，然后从单元房里搬了出去。

几天后，仁二又搬了回来。

仁二说：我必须提醒你。我决定天天提醒你。所以，我不能离开这套单元房。

仁一说：你可以不离开，也可以提醒，我只当屋里有一只苍蝇，但你不能揍我。如果你要揍，我就拨打110。你可记住了？

仁二没有再揍他哥仁一。他从衣兜里掏出一只自行车铃铛，安在了墙角上。

仁二说：我已懒得和你说话。我用自行车铃铛。我想提醒你的时候我就按铃。

仁一一回来，仁二就开始按铃。

仁一说：按吧，听铃声比听你说话好多了。

仁一很快就适应了自行车的铃铛声，在铃铛声里吃饭，睡觉，然后去河东区。

许多天以后，他走进单元房，看见他弟仁二坐在墙角底下，却没有按铃。

他问他弟：铃呢?

仁二说：坏了。

仁一说：你再去弄一个新的来。我已经习惯了。没有铃声，我会吃不好饭，睡不着觉的。

仁二没有安装新的铃铛。他把那只坏铃铛取了下来，然后把自己挂了上去。

仁一听到他弟仁二上吊的消息以后并没有吃惊。他走了一步棋，然后说：他迟早会这么做的，他是一只不可理喻的苍蝇。

仁一是在下完那盘棋以后才去看上吊的他弟仁二的。他像看一盘棋一样看得很仔细。仁二在临死前一定经历过痛苦的挣扎。他的模样很狰狞，两只拳头紧紧地攥着，其中一只拳头的指缝里夹着一张纸条，上边写有几行字，排列成一首诗的样子：

> 我已经清楚
> 世界是王八蛋的
> 而我是一只苍蝇
> 苍蝇应该上吊

仁二从嘴里吐出来的舌头看上去却有些滑稽，像没有完成的惊叹号。

谢尔盖的遗憾

法官问谢尔盖姓名。

谢尔盖说：谢尔盖。

法官抬起头看谢尔盖。

谢尔盖以为法官耳朵不好没听清，又说了一遍谢尔盖。

法官摇摇头说：我不是没听清，我是不明白。你为什么要起这么个名字？

谢尔盖产生了一种鄙夷的情绪。

一脸鄙夷的谢尔盖说：请问法官同志，我为什么不能起这么个名字？有新出台的关于起名的法律么？

法官说：没有。我是说你的名字怎么听都像外国人。

谢尔盖说：毛尔盖呢？法官同志大概不知道有个地方叫毛尔盖吧？毛尔盖是地道的中国地方。

又说：你要是不相信你可以去看过去的中学语文课本，那上边就有毛尔盖。

又说：如果我姓毛我可能会叫毛尔盖的。

法官说：毛尔盖我是知道的，不就是过雪山草地的那个毛尔盖吗？可我还是觉得你的名字像外国人。

谢尔盖懒得再和法官谈他的姓名。因为他感到厌恶。他坦率地向法官表述了他的厌恶。他说：我不想再说我的名字。你的提问和方式都让我感到厌恶。

法官表现得很有涵养。法官甚至给谢尔盖笑了一下。

法官说：好吧，我知道了。在我们交谈的过程中我尽可能让你改变这种印象。

谢尔盖立刻涨红了脸，好像受到了侮辱，叫了起来：这不可能。我厌恶的东西很多。我有太多的厌恶。

法官依然满脸涵养。

法官说：你是个容易激动的人。

谢尔盖似乎得到了某种提示，冷静了一些。他低头想了一会儿，承认了他是个容易激动的人，很快又做了否定。

谢尔盖说：我喜欢思考，太多的激动是因为思考。我突然就会激动。

法官说：突然？

谢尔盖说：突然。

法官说：噢噢，那就说说你的突然。

谢尔盖举了两个例子。

他说：刚来到这座城市的时候，我并不厌恶它。它是用一堆六百年前的砖头箍成的，这并不能成为一个人厌恶它的理由。可是，二十多年，我在这座城市居住了二十多年，我每天都要面对这些砖头，我不能不想一点什么。我突然想到这些砖头使居住在这座城市里的人显得像一群老鼠，一群在砖头缝里吱扭吱扭叫嚷着进进出出的老鼠。再想想，一窝几百万只老鼠在一堆六百年前的砖头缝里吱扭吱扭啃啮着粮食蔬菜和各种肉类，并不断地修补这些砖头，还为这种修补找来许多借口，说是为了古城的形象，说是为了吸引更多的人包括外国人来看这些砖头，这有多恶心。我就突然感到了恶心。

他说：我对我妻子的厌恶并不是因为她几十年来拒绝和我上床。我们只上过一次床。她喊疼。然后就生下了谢里夫。然后就开始和别的男人幽会。因为我让她疼了，所以她拒绝我而去找别的男人，别的男人不让她疼而让她舒服。拒绝疼而要舒服，每一个人都会这么做。可是，想想吧，女人第一次上床都会喊疼的。有了第一次的疼才会有后来的无数次舒服。我让她疼是别的男人让她舒服的原因。换句话说，因为有了和我的第一次疼，才有了和别的男人的无数次舒服。简化一点说，因为疼，才有舒服。因为和所以连在一起才是完整的。我妻子是完整的，有因为也有所以。我呢？只有因为而没有所以，只有前半截而没有后半截，后半截跑到别的男人那里去了。这多恶心！我突然对我的妻子产生了厌恶。

法官说：噢噢。那么，给谢里夫头顶上砸铁钉呢？

谢尔盖说：那是另一个突然。

谢尔盖把一枚三寸长的铁钉从他的儿子谢里夫的脑顶上砸了进去。

谢尔盖说：我是突然想这么做的。我说过我是个喜欢思考的人。这一次的突然也是因为思考。

他说：对一个多次看过阅兵式实况转播的人来说，产生那种整齐划一的渴望是很容易的。我就产生了这种渴望。我不但渴望生活态度的整齐划一，也渴望肢体动作的整齐划一。谢里夫正是在我产生了这种渴望的时候放学回来的。他正在上高中。他背着书包，戴着耳机，听着流行音乐，从客厅去他的房间。他有一个超薄型全金属壳的随身听，日本货。他的发型是电视和报刊上常能看到的歌星的式样。当然这些都不重要，重要的是看到他散漫的脚步和随意扭动的肢体，我突然有了一种不舒服的感觉，并有了一种想让他的肢体变得规整起来的冲动。谢里夫每天都会这么几次通过客厅和客厅里的我。他显然没感觉到这一次的通过和往常任何一次的通过有什么不同。他瞥了我一眼，这是他感到客厅里有人时惯用的。他瞥我但不和我打招呼。他当然想不到他今天瞥了一眼的我和他过去瞥过无数眼的我已经发生了变化。

他说：当我想到谢里夫已经在我的眼皮底下这么随心所欲地招摇了十几年，我就感到惊讶。我得有多大的耐心！就像一个人要去某个地方会沿着一条路往下走一样，我顺着我的思路继续往下想。我经常这样思考问题，直到我认为我已经想清楚的时候为止。我想，谢里夫从我妻子的身体里分离出来的时候就是随心所欲的。没经任何允许就放肆地蹬胳膊蹬腿又哭又叫。谢里夫没经过任何训练就能够吃奶，然后就啃啮粮食蔬菜和各种肉类。谢里夫的身高已经达到了170厘米以上，可他的肢体……我不再往下想了。我的思想在谢里夫的肢体上停了下来，就像蝴蝶落在什么东西上一样扑闪着翅膀。我决定对谢里夫的肢体做点什么，然后，我敲开了谢里夫的屋门，把他叫了出来。

他说：我和谢里夫进行过艰苦的谈判。我让他走正步。我说的正步是我在阅兵式转播上看到的那种正步。谢里夫不走。我说走吧儿子。谢里夫叫了一声爸爸，然后说，我不明白你为什么要我这么做？凭我的经验，让一个自由散漫惯了的人很快明白过来是很困难的，也许是不可能的，所以我没作解释。我说你走吧，正步。谢里夫不再叫爸爸了，也不说话了，他在瞪我，好像我是一个怪物。他瞪着我足足有一刻钟，然后返身进了他的房间。就这么，我的儿子谢里夫把他的满怀渴望的父亲一个人丢弃在客厅里，像丢弃他从作业本上撕下的一页废纸一样，而且，是团成一个废纸团以后丢弃的。

他说：我并没有因为受到了谢里夫的冒犯和侮辱而生气。我要继续我的努力。我又一次敲开了谢里夫的屋门。我带上了那枚铁钉，还有一把小铁锤。我有几把小铁锤，我带着的是一把两头都可以砸击铁钉的那一把。我想，如果谢里夫坚持不让他的肢体满足我的愿望，我就自己动手，把他的肢体摆弄成我所希望的样子。小铁锤和铁钉可以帮助我。

他说：我带着铁钉和小铁锤走到谢里夫的身后。谢里夫又戴上了耳机，坐在椅子里，胳膊盘操着，两腿平伸在写字台上。这当然是一种舒适的姿势，却不是我希望的那种阅兵式上的规整的舒适。同样都是舒适，差别有如天壤。我已经说过，我站在了谢里夫的身后，从墙上的镜子里看着谢里夫。谢里夫也从镜子里看着我。也许谢里夫并没有看我，因为耳机里有他喜欢的音乐，因为他满脸都是毫不在乎的表情。我可是实实在在地看着谢里夫的。我又一次提出了我的要求。我想用协商的办法解决问题。民主和协商已成为时尚，我不想落后于时尚。我说谢里夫你应该知道我为什么要来找你。镜子里的谢里夫无动于衷。我说我要你去客厅里走正步。镜子里的谢里夫依然无动于衷。我说你的肢体一直是自由散漫随心所欲的我已经无法容忍你应该走正步。我可能还说了一些其他类似的话。谢里夫突然喊了一声神经病，然后又恢复了原来的姿势和表情。我很惊讶，因为依我所受的教育和全部的生活经历，走正步和神经病是没有任何关系的。我失去了继续说话的耐心。我取出了那枚铁钉，把它垂直放上了谢里夫的头顶。这时候，我看见镜子里的谢里夫张大了眼睛和嘴巴，大概以为我要在他的头顶上做一样游戏，而我是从来不做任何游戏的，这也是谢里夫知道的。所以他张大了眼睛和嘴巴，我无数次用我的小铁锤往各种物体上砸进过铁钉，这一次是我一生中的最后一次。我觉得这一次不比以往的任何一次艰难，甚至更容易。我连击了两下，那枚铁钉就顺利地全部进入了谢里夫的脑袋里。谢里夫做出了一种尖锐的异物突然进入他的身体顶端以后应有的反应。谢里夫脸上的表情像我在电影和电视上经常看到的画面定格一样，固定住了。椅子里的谢里夫盘操着胳膊，两腿平伸在写字台上，耳机里的音乐没有中断。

谢尔盖的叙述也没有中断。

他说：我没有急着去做我想做的事情。我把那枚铁钉留在了谢里夫的脑袋里，把我的小铁锤放回到原来的地方，然后，我喝了一会儿茶。就像我喜欢思考一样，我也喜好喝茶。我尤其喜欢喝绿茶。绿茶有一种发涩的香味。我相信喜喝绿茶的人都会有这种感受。然后，我又一次去了谢里夫的房间。他在椅子里。他顽固地保持着原有的姿势，好像继续在听他喜欢的流行音乐。我取下了他的耳机，然后把他抱到了客厅。我希望能在大一些的空间里做我要做的事，客厅是我们家最大的空间。他很重，我费了很大工夫才搬动了他。我把他放到客厅以后又喝了一会儿茶。我感到绿茶已经有些乏味。然后，我开始搬弄谢里夫的肢体。我用不着征求他的意见了。我要把他的肢体摆弄成我所希望的样子，让他甩腿，摆胳膊，敬礼……我就是在这个时候感到痛苦和绝望的。我以为我能完成我的想法。我错了，因为谢里夫的肢体已经僵硬。谢里夫用僵硬最后一次向我表示了他的固执。我面对僵硬的谢里夫没有任何办法。这就是我痛苦和绝望的原因。我知道了什么叫无可奈何。阅兵式是可以的，而谢里夫是不可以的，三寸铁钉也奈何不得。

法官说：就这么，你杀死了你的儿子谢里夫……

谢尔盖说：我没想杀死他。我只是想规整他的肢体。

法官说：事实上你杀死了他。当你走进谢里夫房间的时候，你已经有了杀人的故意。

谢尔盖说：我不得不再一次纠正你，我没想杀死我的儿子谢里夫。你的说法让我无法接受。规整肢体和消灭生命不是一个概念。

法官说：你为什么要用铁钉？

谢尔盖说：用菜刀吗？我厌恶流血。我厌恶日本人就是因为他们嗜血成性，不但杀人而且剖腹自杀。

法官说：噢噢。

谢尔盖在一间单人牢房里度过了他一生中的最后一段时光。他不再回答任何问题，直到他离世的最后一个晚上。为了顺利执行判决，他们把谢尔盖放在了一张特殊的床上。床的中下部有一个圆洞，使床上的谢尔盖可以屙屎尿尿。谢尔盖拒绝了看守的好意，没有吃任何东西，只是一味地拉撒。他说他已经厌恶了他身体里存留着的一切东西，他要把它们全部从那个圆洞里拉撒出去，甚至可以不惜脱肛。在谢尔盖身边彻夜执行公务的看守们问谢尔盖，为什么他的妻子没来探望过他？谢尔盖说，她不会来的，在舒服和难堪之间，她当然会选择舒服。

和谢尔盖一起被执行的还有一个强奸杀人犯和一个抢劫杀人犯。他们被分别从三辆卡车上扶持到执行地点，并排跪着。谢尔盖以为枪声会同时响起，三响如同一响。事实上，枪声几乎是同时响的，但仍然有先后之分。谢尔盖接受的是最后一响。不整齐的枪声是谢尔盖最后的遗憾。

谢尔盖终年48岁，大学毕业后一直在东方机械厂工作，喜欢读书。

原载于《作家》2000年第8期

高　潮

黄梅女士的第一次性高潮和麻雀有关。

她说：那年我十二岁。

十二岁的黄梅女士站在她家的屋顶上挥动着双手，噢噢地发出一声又一声吆喝。和黄梅女士一起站在屋顶上吆喝的还有她的母亲和弟弟。黄梅女士的祖父母因为年事已高爬不上屋顶，就站在院子里吆喝。邻居家的屋顶上站着黄梅女士的邻居们，也有像黄梅女士一样的女孩子。邻居的邻居呢？他们当然也在他们的屋顶上和院子里。

登高可以望远。黄梅女士看见了钟楼和鼓楼，钟楼和鼓楼上也站满了人。黄梅女士还看见了许多高大的楼房。黄梅女士的父亲作为工人阶级的一员，很可能就站在其中的一座高大的楼房顶上。

城市太大了，黄梅女士看不见郊外，但黄梅女士完全可以想象出郊外的田野和兵营。田野里满是勤劳朴实的农民伯伯，兵营里满是亲爱的解放军叔叔，他们和黄梅女士一起挥动双手噢噢的吆喝着。

他们在驱赶麻雀。

紧接着，黄梅女士就想到了整个祖国。九百六十万平方公里的祖国大地上和屋顶上站满了工农商学兵。那时候，黄梅女士已经能准确地说出祖国的国土面积。从东海之滨到帕米尔高原，从水乡江南到塞外北国，吆喝声像波浪推着波浪一样。

噢噢——第一层波浪过来了。

噢噢——紧接着的是第二层波浪。

那时候，黄梅女士已经能在作文里写出"从东海之滨到帕米尔高原，从水乡江南到塞外北国"这样的文字来表示祖国的辽阔了。

噢噢——从东海之滨到帕米尔高原。

噢噢——从水乡江南到塞外北国。

噢噢——工农商学兵。

那是一个无比兴奋的时刻。屋顶上的黄梅女士穿着一件短袖衫，在她兴奋地挥动双手发出那种兴奋的噢噢的时候，她的短袖衫和裤腰就会出现短暂的分离，就会露出黄梅女士的肚皮和肚脐眼。那时候的女孩子是不时兴露出她们的肚脐眼的，但不时兴露出并不等于没有露出的可能，就如同那时候的女孩子不时兴谈论性高潮不等于她们没有性高潮一样。

麻雀们陷入了人民战争的汪洋大海，无处逃遁，便一只又一只跌落下来。满世界都有麻雀落地时发出的那种柔软的响声。每一个跌落都会引起一阵欢呼。每一阵欢呼都会使紧接着的噢噢声变得更为兴奋。

黄梅女士家的屋顶上就有跌落的麻雀。

黄梅女士就是在这时候出现晕眩和酥软的。嘭，一只麻雀跌落在黄梅女士的脚跟前，陶醉在欢呼声里的黄梅女士晕眩了，通体酥软了。风撩起她胸前的红领巾，她咬住了它。然后，她坐了下去。

没有人对坐下去的黄梅女士表示特别的关注，他们看见她微闭着眼睛，以为她累了。

当然，也不能排除黄梅女士在晕眩和酥软之后，会有一种累的感觉。

也可以说黄梅女士的这一次晕眩和酥软以及累与性高潮无关，但是，性高潮的过程会伴有晕眩酥软和些微疲乏却是不可否认的，所以，也不能绝对肯定黄梅女士的这一次晕眩和通体酥软以及累就不是性高潮。谁好意思去进一步追究一个十二岁的女孩子在晕眩和酥软的同时，身体里有没有产生那种特殊的分泌？这不成流氓了么？又有谁敢说女人的性高潮只能和男人有关，而绝对不会和赶麻雀或者别的什么有关呢？事实上，黄梅女士在许多年以后从记忆中搜寻出了她的这一次晕眩和酥软，她说：

我是有过性高潮的。

我在我家的屋顶上赶麻雀的时候就有过。

她目光迷蒙，像回忆久远的往事那样对她的丈夫老曹说。

黄梅女士发育良好，很快长大了。身高一百六十四厘米胸脯挺着的黄梅女士又一次出现了性高潮。

这一次是因为李铁梅。

麻雀没有赶尽跌绝，赶麻雀的人已经有了新的兴奋和激动。难道江水英不让人激动么？白毛女呢？吴菁华呢？小常宝呢？

黄梅女士是扮演李铁梅的。

老曹就是在黄梅女士扮演李铁梅的那一段时间里看上她并和她结婚的。

想想吧，想想痛说革命家史那一场，当李奶奶用一大段台词把张玉和变成了李玉和，然后把十七岁的李铁梅紧紧地抱在怀里的时候，李铁梅激动了，她举起号志灯，给曾经和她一起打过麻雀现在正看着她的工农商学兵们唱出了那一段"跟我爹爹打豺狼"。

想想吧，想想九百六十万平方公里的祖国大地，从东海之滨到帕米尔高原，从水乡江南到塞外北国，有多少个梳着长辫子穿着红布衫的李铁梅举着号志灯在唱？

当她唱到"红灯高举闪闪亮"的时候，唱到"子子孙孙打下去"的时候，尤其唱到"打不尽豺狼决不下战场"一句中那个长长的"战"的时候，已经亢奋了很长时间的李铁梅终于晕眩了，通体酥软了，要坐下去了——当然，她不能坐下去，因为这不是赶麻雀，也不在她家的屋顶。李奶奶及时地扶住了她。她们做出了一个共举一盏红灯的造型。

黄梅女士非常感激这一个造型设计。晕眩和酥软了的黄梅女士是无力长时间举着那盏红灯的,李奶奶的帮助使她在想坐下去又不能坐下去的时候没有坐下去。如果不是李铁梅,她也许会坐下去的,让那种晕眩和酥软延长一会儿,再延长一会儿。

许多年举着红灯打豺狼使黄梅女士出现过许多次晕眩和酥软。

难道这不是性高潮么?

黄梅女士坚定地看着她的丈夫老曹。

她说:我可是严格按照你说的性高潮的特征来检查我的。我有性高潮,这就是结论。

老曹说:是的是的你有。你不但有性高潮,而且还紧扣着时代的脉搏。你让我想哭!

黄梅女士说:别哭。我愿意让我的性高潮在你希望出现的时候出现,但你不能否认我的历史。我不是你说的那种没有性高潮的人。如果你还要让我举例,我就该说到麻将了。

经过和老曹的几次交谈,黄梅女士不但知道了性高潮是怎么回事,也能轻易地把性高潮和打麻将联系起来了。近些年来她一直喜欢打麻将。她很肯定地说她在打麻将的时候也出现过性高潮。比如触摸,她说我摸麻将的时候也可以说麻将在摸我,这种触摸不但是愉悦的也是亲昵的。比如情绪的高涨和突然低落,在把六万摸成七万但翻开一看是六万而不是七万的时候就会出现。高潮当然是在需要六万就真的摸到了一张六万的时候出现的。噢,是它。噢噢……血液已经快速地流动过了,也晕眩过了,然后就是酥软和放松。

黄梅女士说:事实证明,我不但有性高潮,而且会多次出现。

老曹说:你跟我没有。

黄梅女士说:这我承认。

老曹说:我要让你跟我有。我和你费了这么多的口舌就是为了这一点。

　　黄梅女士很没把握地说：我不想让你失望，但是，这很难，因为你不是麻雀，不是号志灯，也不是麻将牌。

　　老曹说：想想吧，每天晚上，九百六十万平方公里的祖国大地上，有多少人在搞性活动，多少人出现了性高潮……

　　黄梅女士想了一会儿，说：这倒是个办法。

　　黄梅女士又想了一会儿，说：我一直想问你，我们这么多年，你从来没和我说过性高潮的事，现在你怎么老说？

　　老曹说：过去我只知道我和你在床上的时候很乏味但不知道为什么乏味，现在我知道了，我不想乏味。我恨不能掐死你。

　　黄梅女士同意和老曹试试，因为她不想让老曹掐死她。

　　桑拿房里的按摩小姐使老曹发现了女人的性高潮。老曹第一次进桑拿房是朋友请客，后来又自个儿进过几次。按摩小姐每一次都有性高潮，而黄梅女士没有。比如呻吟，黄梅女士从不呻吟。比如扭动，黄梅女士从不扭动。比如叫床，黄梅女士从来都是一声不吭的。完了？黄梅女士只是在老曹完了的时候才这么问一句，然后睁开眼睛。乏味啊乏味啊，而且，乏味了多少年啊！老曹想大哭一场。

　　老曹终于决定要改变他和黄梅女士的这种乏味的状况了，因为有性高潮的按摩小姐不乏味却是要花钱的。能不花钱就不花钱是老曹的经济原则。

　　老曹险些成功了。他在又一次出差归来之后，把黄梅女士从打麻将的地方拽了回去。

　　老曹说：你说过要和我试试的。

　　黄梅女士想起了她曾经有过的诺言：噢，是的，我说过。

　　黄梅女士躺了下来，抱住了老曹。开始的时候，黄梅女士似乎有些漫不经心，但很快就有了变化。黄梅女士的眼睛是睁开着的，嘴巴也张开了一些，甚至，老曹能听见她喘气的声音了。老曹说好么？老曹说舒服么？老曹还说了许多动情的话。老曹说你也说一句什么吧我想听你说你哪怕哼一声也好啊我的亲亲。

黄梅女士真哼了一声。

黄梅女士说：我怎么也不该打那一张二饼啊我怎么那么傻！

老曹不动了，定定地看着黄梅女士。然后，老曹从黄梅女士的身体上翻滚下来。

老曹说：我会掐死你的。

黄梅女士哭了。黄梅女士说老曹啊老曹我知道你在调动我。黄梅女士说老曹啊老曹我愿意让你调动可我没办法不想我打错的那张牌我的对家要的就是二饼而且是夹二饼。

老曹说：我会掐死你的。

黄梅女士还在哭。黄梅女士说你别泄气你再调动吧。黄梅女士说人的变化是有过程的你耐心一点吧老曹，我是有过性高潮的人说不定我跟你也会有的。

奇迹是在老曹对黄梅女士的又一次调动中出现的。黄梅女士到底感到了性高潮的来临，她突然抱紧了老曹并张大了嘴巴。她想给老曹说来了来了我来了……

她没有说出口，因为老曹不但紧紧地压着她的身体，也紧紧地掐着她的喉咙。

老曹说：你肯定把我当成了麻将牌或者号志灯，这是我无法容忍的。

黄梅女士正在努力地扭动着她的身体。

原载于《作家》2000年第8期

作者致谢

感谢尹昌龙先生。因为他的美意，使我终于有了出版文集并以此检视我三十多年文字生命的勇气和动力。

感谢海天出版社。我很悦意把我的文集交给它，除了信任，还因为，它是深圳的出版社。"深圳的"，在我的情感世界里，就是"自家的"。自家人亲自家人，自家人进自家门，这也是一种"自然"。

感谢海天出版社第一编辑室。蒋鸿雁先生的专业素质，比之我的"自我检视"，要来得更为严肃——我拒绝了几家出版社的好意，没有匆忙地出版文集，就是想有一次严肃的检视，而不是印一套书，放在书架上，以它的"厚"和"多"显示"成果"，讨好自己。

感谢涂俏。她是出色的编辑，更是一位优秀的作家，由她做责编，我的欣喜和不安都是由衷的。

我当然希望，她为这套文集付出的劳动是"劳"有所值的。

感谢陕西师范大学的马聪敏老师。没有她的帮助，文集中的《回答卷》和《交谈卷》不但要延期交稿，还要杂乱无章的。事实上，文集中的诸多作品都有过她无私的帮助。

感谢霍鑫，是他把文集中没有电子文本的作品搜集整理成了电子文本。参与这一繁琐事务的，还有：李生普、肖磊、马宪刚、张琰、孙柯诸同学。对他们无私的付出，我满怀感激。

我信赖李松樟先生智慧的劳动。我甚至相信，他会使文集的每一页都有一个经久耐看的面相——它实在是"书"的重要的组成部分，尤其是在越来越讲究"眼缘"的当下。

我至今不会使用电脑。写作之于我，依然是在纸上"爬格子"。三十多年了，没有诸多朋友的支持和援助，没有读者朋友的偏爱，那么多小小的"格子"我是"爬"不过来的，所以，我的感谢不能少了他们。包括我现在工作的单位——深圳市文联和文联的同事们、朋友们。

　　王京生先生有一句话：深圳是一座爱书的城市。我深受触动，也感同身受。我爱这座爱书的城市，也是她的一个"分子"。文集中有一半的文字，是我成为深圳人之后写出来的。我愿把我的这套文集，首先献给她，也愿意接受她的检视。

　　但愿这套文集能有好的运气。

杨争光

2012年6月26日